KB171583

개떡 같은 세상에서
즐거움을 유지하는 법

개떡 같은 세상에서 즐거움을 유지하는 법

미멍 지음 | 원녕경 옮김

다연
DAYEONBOOK

헐, 내가 어쩌다 격려의 아이콘이 됐지?

'미멍 씨, 타락했군요.'

한 팬이 남긴 비판 댓글에 나는 깜짝 놀랐다. 타락이라니, 난 마약도 매춘도 하지 않았는데?

그런데 곰곰이 생각해보니 그녀의 말이 조금 이해되었다. 제대로 된 일에 인생을 낭비하지 말라던 내가 '노력하는 내 모습이 더 좋다'는 내용의 책을 썼으니…….

게다가 과거의 트러블메이커가 지금은 격려의 아이콘이 되지 않았나!

그러고 보니 내가 어쩌다 격려의 아이콘이 된 거지? 솔직히 이 새로운 역할은 아직 적응이 안 된다. 그러나 무엇보다 두려운 건 누군가에게 타락으로 인식되는 나의 이런 변화를 나는 진보와 성장의 결과라고 여긴다는 사실이다.

확실히 나는 변했다.

지금의 나는 매일 14시간 이상 일을 한다. 밤늦게까지 글을 쓰는 건 일상이 되었다. 모니터의 글자도 어른거리고 머리도 제대로 돌아가지 않는 새벽 한 두 시 즈음에는 나는 어쩔 수 없이 샤오룽샤(갯가재 요리)를 시켜 먹는다. 그러고는 다시 힘을 내어 글을 쓴다.

지금의 나는 방금 수술을 받고 한 달간 후속 치료가 필요하다는 의사 선생님의 말에도 아랑곳하지 않는다. 비서와 업무 회의를 하며 일을 손에서 놓지 못하는 것이다. 치료를 마치고 링거를 맞는 동안 노트북을 꺼내 작업하다가 간호사에게 혼쭐이 나기도 했다. 당시 간호사는 링거를 맞는 손은 움직이면 안 된다고 말했다.

"어떻게 링거를 맞으면서 노트북 자판을 두들긴단 말이에요!"

그래서 나는 한 손으로 자판을 쳤다.

지금의 나는 택시에서도 글을 쓰고, 공항청사에서도 글을 쓰며, 고속열차에서도 글을 쓴다. 이런 내게 친구는 말했다.

"완전 걸어 다니는 글쓰기 기계가 따로 없고만!"

이런 말을 듣고 '내가 정상은 아닌가 보다' 하는 생각이 들어 일부러 나 자신에게 휴가를 주자며 항저우로 여행을 간 적도 있다. 그러나 바비큐 음식점에서 고기 익기를 기다리는 10분 동안 나는 조건반사적으로 노트북을 꺼내 글을 썼고 또다시 친구에게 핀잔을 들어야 했다. 그 이튿날 나는 과감히 노트북을 놓고 외출했지만 관광지를 돌면서도 뭔가 허전한 마음을 지우지 못해 기어코 스마트폰을 꺼내 글을 쓰고 말았다. 그런 나를 향해 친구는 다시는 나와 여행을 가지 않겠노라 맹세했다. 친구는 진지하게 말했다.

"너 정말 심각한 워커홀릭이야! 넌 노력을 좀 끊어볼 필요가 있다구."

아니 내가 왜 노력을 끊어야 해? 나는 내가 좋아하는 일을 하고 있고 그런 까닭에 열정이 샘솟고 또 즐거운데? 즐기기에도 부족한 시간을 왜 끊어내야 한단 말이지? 밤새워 게임을 하고, 밤새워 SNS에 새 게시물을 올리고, 밤새워 드라마를 보는 사람들이 어디 피곤함을 느끼던가? 나도 그들과 마찬가지다. 나에게 글쓰기는 그 자체만으로 즐거운 일이다. 게다가 나처럼 자기현시욕이 강한 사람은 수백만 명이 내 글을 기다리고 있다는 사실만으로도 힘이 불끈 솟는다.

좋은 문장을 썼을 때의 그 흥분과 환희란! 눈을 감으면 금방이라도 인파를 제치고 구름열차에 올라타 파리의 에펠탑을 넘어 대기층을 뚫고 달나라에 안착할 것 같은 기분이다.

무엇보다도 내가 쓴 글이 누군가의 인생에 긍정적 영향을 미쳤을 때의 그 기분이란 형용할 수 없을 만큼 좋다.

나의 한 팬은 너무 늦은 나이에 대학원 진학 준비를 결심했다가 이내 포기할까 싶었는데 '늦었다고 생각할 때가 가장 빠른 때다'라는 내 글을 보고 그 이튿날 바로 원서를 넣고 악착같이 공부해 대학원에 합격했다.

어떤 팬은 자신의 꿈을 좇고자 줄곧 회사에 사표를 내고 싶었는데 시스템 안의 편안함과 안일함 때문에 쉽게 결단을 내리지 못했다. 그러다가 나의 글 '내가 안정적인 직장을 그만둔 이유'를 보고 그날 밤 사직서를 썼다. 그녀는 지금 작은 북카페를 운영하고 있는데, 많은 돈을 벌지는 못하지만 누구보다 즐겁게 일하고 있다.

또 어떤 팬 둘은 내 글을 좋아한다는 공통분모를 가지고 만나 사랑에 빠져 결혼하기도 했다. 그들은 내게 결혼 기념 사탕(중국에서는 결혼식 때 사람들에게 사탕을 나눠주는 풍습이 있다)까지 보내주었다.

만약 누군가가 내게 왜 글을 쓰느냐고 묻는다면 나는 바로 이러한 피드백 속에서 엄청난 자기 가치감을 얻기 때문이라고 말할 것이다. 이는 내가 매일 새로운 작업을 하면서도 기운이 넘칠 수 있는 이유이며, 좋은 원고를 쓰지 못했다고 뼈저리게 자책하는 이유이다.

뭐, 좋다. 이렇게 노력하는 것 또한 일종의 중독이라고 말한다면 나는 좀 더 독한 워커홀릭이 되고 싶다. 솔직히 나는 내가 그리 엄청난 노력을 하고 있다고 생각하지 않는다. 사람들은 내가 반년 동안 30만 자의 글을 썼다고 대단하다 말하지만 많은 웹 작가가 6개월에 100만 자의 글을 쓰고 있음을 감안하면 30만 자는 아무것도 아니다. 그러므로 나는 앞으로도 계속 전력투구할 예정이다.

끝으로 그동안 고독했던 나의 무수한 밤을 함께하며 나를 격려해주고 힘을 불어넣어준 샤오롱샤 등 수많은 야식에 감사 인사를 전한다.

베이징 차오양구 왕징의 한 음식점에서

미멍

CONTENTS

PART 3 나는 노력하는 내가 더 좋다

PART 4 미안하다, 널 미워할 시간이 없다

PART 5 미모보다는 재치

PART 6 내가 이 세상을 사랑하게 된 이유는 바로 당신 때문에

PART 7 로맨틱함의 끝은 일상적이고 소소한 낭만

PART 8 그 시절, 인기 없던 소녀

PART 1

이 개떡 같은 세상에서 즐거움을 유지하는 법

우리는 안다, 세상이 혼잡하고 어둡고 황당하다는 것을.
그럼에도 여전히 그 복잡함에 맞서 즐겁게 살아갈 방법을 찾는다.

'나무를 심기 좋은 최적의 시기는 25년 전이다.
그리고 그다음의 적기는 바로 지금이다.'

아빠의 결혼

"네 아빠가 결혼한단다."

헐! 나는 어떤 표정을 지어야 할지, 어떤 반응을 해야 할지 알지 못한 채 그저 머릿속으로 이 통보를 되뇌며 한참을 멍때렸다.

아빠가 결혼한다니…….

이번이 아빠의 세 번째 결혼이다. 누구와 하느냐고? 묻고 싶지도 않다. 질문하지 않으면 별것 아닌 일이 될 테고, 다른 이들도 금세 잊을 테니까. 이것이 내가 현실을 극복하는 방법이다. 크게 도움이 되는 것 같지는 않지만…….

아빠의 첫 번째 결혼 상대는 엄마였다. 젊은 시절 뽀얀 피부에 온화한 인상의 소유자였던 엄마는 동시에 네댓 명의 사내가 쫓아다닐 만큼 나름대로 '인기녀'였다. 그런 엄마가 아빠를 선택한 건 아빠가 똑똑하고 말주변이 좋은 데다 잘생겼기 때문이다.

하지만 가난하기는 했어도 배운 집안이라는 자부심이 있었던 외할아버지는 딸이 한참 밑지는 결혼이라 생각했다. 그도 그럴 것이 엄마는 유치원 교사로 일하며 작가를 꿈꿨던 반면, 아빠는 할아버지가 쉰여덟에 낳아서 학비 문제로 초등학교도 졸업하지 못했다. 아빠는 침대시트 공장에서 근무하며 퇴근 후에는 목공일을 했다.

어린 시절, 나는 아빠가 일하는 목공 현장에 있는 것이 좋았다. 바퀴가 지나간 자리에 먹줄이 그어지고 나무에 새겨진 멋진 검은 줄을 따라 대팻밥이 소복이 쌓이면 내가 원하는 모양의 조각이 나왔다. 그 모습을 보고 있노라면 목수라는 직업이 정말 대단하게 느껴졌다.

아빠는 낚시에도 재주가 있었다. 주말 아침마다 아빠는 나를 데리고 자링강(양쯔강의 한 지류)으로 자주 낚시를 갔는데, 한 번 낚싯대를 드리우면 이내 우리 식구가 한 끼를 배불리 먹고도 남을 만큼의 물고기가 낚였다.

다만, 아빠의 가장 큰 취미는 도박이었다. 1년 365일 중 대략 300일은 밖에 나가 마작을 했고 섣달 그믐날도 예외는 아니었다.

그러나 내가 아플 때마다 아빠는 항상 내 곁을 지켰다. 네 살이었던가, 성홍열에 걸려 한 달을 입원했을 때 아빠는 매일 퇴근 후 병원에 들러 나와 놀아주었다. 여섯 살 때 자전거 바퀴에 발뒤꿈치가 끼어 살점이 떨어져 나갔을 때도 아빠는 나를 업고 병원으로 내달렸다. 일곱 살 때 장폐색증에 걸렸을 때는 코에 위관을 꽂느라 고통에 눈물을 쏟는 내가 안쓰러워 병실 문밖에서 눈시울을 붉히기도 했다.

내가 초등학교에 다니는 동안 아빠는 매일 아침 삼륜차로 엄마의 출근과 나의 등교를 책임졌다. 그런 후에 한참을 달려 일터에 갔으므로 빈번히 지각했다. 아빠가 다니는 공장 입구에는 그날 지각한 사람의 이름을 적는 작은 칠판이 있었는데, 분필로 기록된 이름들 중 아빠의 이름만 페인트로 적혔던 기억이 난다.

내가 중학교에 다닐 때 아빠는 사업을 시작했고, 그 무렵 아빠에게는 여자 친구가 생겼다. 아빠의 동업자이기도 했던 그녀에게는 고지식한 남편과 살아 있는 개구리를 잡아 입에 넣을 만큼 무지막지한 아들이 있었는데 아빠는 자주 두 집안의 모임을 주선하곤 했다. 한번은 자링강으로 물놀이를 하러 갔다가 그 여자의 수영복 어깨끈이 풀려 가슴 한쪽이 노출되는 사고가 있었다. 당시 아빠는 아주 친절하게 그녀에게 그 사실을 알렸는데 내가 조숙했던 탓일까? 나는 아빠의 그 자연스러운 말투에서 부자연스러운 뭔가를 읽어내고 말았다.

아빠가 그녀의 가족을 식사에 초대했을 때의 일이다. 아마도 열애 중이라 잘 보이고 싶은 마음이 컸는지 아빠는 직접 팔을 걷어붙이고 요리를 준비하며 내게 송화단(삭힌 오리 알 또는 달걀) 껍데기를 벗기라고 했다. 나는 좀 굼뜨게 행동했고, 이에 조바심이 난 아빠는 내 뺨을 때렸다. 물론 아빠가 내게 항상 손찌검을 했던 건 아니다. 1년에 한 번 있을까 말까 한 일이었는데 그때의 따귀는 이유가 좀 달랐다. 사랑하는 사람에게 몇 분이라도 더 빨리 송화단을 먹게 해주려던 계획이 나 때문에 지체됐다는 게 이유였다. 아마 이런 게 바로 사랑의 힘이리라!

당시의 나는 뚱뚱했고, 그 여자는 그런 나를 놀리길 좋아했다. 그렇게 뚱뚱하니 시집가기는 글렀다면서……. 그럴 때면 아빠도 덩달아 말을 보탰다.

“맞아. 그러면서 밤에 잘 때 침대가 딱딱하다고 불평한다니까. 살이 쿠션이면서.”

그렇게 아빠는 사랑하는 여인에게 충성심을 표현하기 위해 가까운 사람도 기꺼이 내쳤다. 아빠는 그녀와 한편이었고, 나와 엄마는 그들에게 남이자 적이 되었다.

그 후 우리 집은 매일 정해진 시간에 울고불고, 싸우고, 외면하고, 서로를 모욕하는 레퍼토리가 이어졌다.

어느 날 저녁, 늘 그렇듯 아빠가 마작을 하러 나가고 그 여자가 웬 기생오라비와 함께 엄마를 찾아왔다. 낮에 엄마에게 욕을 먹고서는 복수를 하러 온 것이었다. 엄마는 그들 중 한 사람에게 머리채를, 다른 한 사람에게 팔을 붙잡힌 채 바닥에 끌려다니며 얻어맞았다.

그 현장에는 나도 있었다. 그날, 나는 살면서 가장 가까이서 구타 현장을 목격했다. 태생이 마르고 연약한 엄마는 그들의 협공에 온몸이 멍투성이가 된 채 울며불며 그들을 쥐어뜯었다. 엄마가 그렇게 무력하고 처참하고 절망적인 모습을 보인 건 처음이었다. 순간 머리가 하얘진 나는 주방으로 뛰어가 식칼을 뽑아들었다. 그러고는 그

두 사람을 향해 칼끝을 겨누며 막말을 쏟아냈다.

"C8, 잘 들어! 내가 너희를 죽이고 만다!"

만약 조금 더 마르고, 예쁜 열세 살짜리 소녀가 식칼을 들고 시쳇말로 이런 '쩌는' 선언을 했다면 컬트무비의 한 장면 같은 느낌이 있었을지 모르겠다.

어쨌든 그들은 나의 그 짧은 위협에 놀라 엄마를 놓고 부리나케 달아났다. 식칼의 위력은 대단했고, 그 장면은 마치 드라마 속 식칼의 PPL 같았다.

엄마는 나를 위해서라도 이혼할 수 없다며 가정을 유지할 거라고 악을 썼다. 날 위해 가정을 지키려 애쓰는 엄마를 보며 나는 나 자신이 너무나 싫어졌다. 나 역시 엄마에게 상처를 주고 있는 게 아닐까? 이 세상에서 내가 사라진다면 조금은 화목해질까? 이런 생각들을 하며 자전거를 타고 내달리노라면 두 눈에서 흘러내리는 눈물이 중력을 거슬러 바람에 흩어졌다.

그 시기 나는 매일 밤 어떻게 하면 엄마를 지켜줄 수 있을지, 또 어떻게 하면 그들에게 복수할 수 있을지를 생각하느라 잠을 설쳤다. 추리소설을 읽고 각종 살인 방법을 연구했는가 하면 심지어 그 여자의 아들을 납치할까도 생각했다.

장기간의 불면과 두통으로 정신과를 찾기도 했지만 의사 선생님은 별 문제가 없다고 했다. 어쩌면 우울증은 내게 걸맞지 않는 고급스러운 병이었는지도 모르겠다.

아빠는 연속극 같은 우리 집 가정사가 덜 복잡하다고 느꼈는지, 아니면 당시 사람들의 입방아에 오르내리는 정도로는 성에 차지 않았는지 또 바람을 피웠다. 학교 수업을 빼먹고 집에 돌아갔던 그날, 대문을 열고 들어서자 방문 너머에서 아빠와 가정부가 침대에서 시시덕거리는 소리가 들려왔다. 순간 심장이 달음박질쳤고 나는 도망치듯 집을 뛰쳐나왔다. 식칼을 들고 위협하던 그 용기는 다 어디로 간 걸까, 대체 어디로…….

엄마를 대하는 아빠의 태도는 날이 갈수록 냉담해졌다. 엄마가 열이 나 집에 누워 있어도 아빠는 무관심으로 일관했다. 한번은 말다툼을 하다 엄마를 크게 다치게 한 일도 있었다. 아빠가 엄마를 밀쳤는데 침대 모서리에 복부를 부딪힌 것이다. 평소에 아빠는 본인이 동물을 사랑하는 선량한 사람이라고 말했다. 겨울이면 집에서 키우는 강아지가 감기에 걸릴세라 한밤중에 일어나 이불을 덮어준다면서 말이다. 그러고 보면 아빠는 확실히 인심 좋은 동물 애호가가 분명했다. 하지만 그의 본처와 가족도 엄밀히 따지면 동물 아닌가!

당시 나는 눈물범벅 비빔밥이 내 고정 식단이었다고 말할 만큼 대부분의 시간을 짠 내 나게 보냈다.

아빠와 엄마는 끝내 이혼했다. 그 이후로 엄마는 늘 우울해했고 가끔 내가 말대답을 할 때면 따귀를 올려붙이기도 했다. 내 뺨을 때려 엄마의 기분이 나아진다면 나는 괜찮았다. 나는 생활비를 받으러 매달 아빠를 만났다. 아빠는 언제나 나를 사랑한다고 했다. 나는 아빠가 연기를 하는 건지, 아니면 원래 다중인격인 건지 분간할 수 없었다. 나와 내가 가장 사랑하는 엄마에게 상처를 주는 것이 당신의 사랑 표현이란 말인가!

1년 후, 아빠는 수차례 엄마를 찾아와 온갖 감동적인 미사여구를 쏟아내며 속죄했고 둘은 재결합했다. 아빠는 다른 여자들에게 완전히 관심을 끊었다고 했다.

그러고는 회사의 경리와 눈이 맞았다. 그랬다. 아빠는 항상 가까운 주변 인물과의 외도로 엄마에게 치욕을 안기는 특이한 재주가 있었다.

아빠와 엄마는 다시 전투 모드가 되었다. 내가 대학에 진학해 다른 지역으로 가고 난 후에도 둘의 싸움과 냉전과 반목은 계속되었다.

방학 때 집에 돌아오자면 아빠는 으레 친구들과 먹고 마시며 장광설을 늘어놓고 있었다. 아빠의 친구들은 그 나물에 그 밥이라고 룸살롱을 다니며 늘 새로운 여자를 찾고 애인을 여럿 두는 것을 자랑스럽게 생각하는 부류였다. 아빠는 남자가 평생 한 여자와만 사는 건 무능하다는 증거라고 말했다.

아빠와 그 친구들은 흥이 오를 대로 올라 룸살롱 아가씨 얘기부터 성병 치료 경험, 여성 타입에 따른 스폰서 비용 등을 거침없이 까발렸다. 내 아빠라는 사람은 자신의 딸이 바로 옆방에 있다는 사실을 진즉 잊어버린 듯했다. 아빠가 신나게 안마방 아가씨와의 일을 이야기했을 때, 나는 정말 손목이라도 그어 내 몸 안에 흐르는 더러운 피를 모두 아빠에게 돌려주고 싶었다.

그로부터 긴 시간이 흘렀지만 가능하다면 나는 그날 저녁으로 돌아가 아빠에게 내 편협한 생각을 말해주고 싶다. 성공이란 당신 주변의 사람이 당신의 존재에 기뻐하는 것이며, 한 남자가 자신의 아이에게 줄 수 있는 최고의 보살핌은 그의 엄마를 영원히 사랑하는 것이라고! 이렇게 못 하겠다면 적어도 지나친 거만함이나 이기적인 행동으로 아이의 인성에 영향을 주지는 말라고 말이다.

한번은 대학 동기의 집에 놀러 가 그 가족들과 함께 식사를 한 적이 있었다. 친구의 아버지는 어머니에게 반찬을 올려주는가 하면 그녀의 잔소리에도 인내심을 발휘했다. 그는 집안에서 본인의 서열이 부인, 딸 그리고 강아지 다음인 꼴찌라고 말했다. 순간 울컥한 나는 화장실에 가는 척하며 자리를 피하고는 눈물을 흘렸다. 정상적인 가정은 원래 이런 모습이며, 보통의 아빠들은 이런 언어를 사용하는구나 싶었다.

나는 당시의 일과 그날 느낀 감정에 대해 한 번도 주변 친구들에게 이야기한 적이 없다. 상대의 위로 기술을 시험하는 것도 아니고 어색함만 커질 뿐인데 이야기를 한들 뭐 어쩌겠는가? 나의 특기는 명랑한 척하는 것이다. 그것도 아주 과하게! 한부모 가정에서 자란 사람은 어느 정도 심리적 결핍이 있다고들 하는데, 그래서인지 나는 최선을 다해 정상적인 가정에서 자란 보통 아이처럼 보이려고 해왔다. 그렇다, 한부모 가정의 아이들은 모두 연기파다!

아빠와 엄마는 다시 이혼했다. 이 소식을 들었을 때 나는 해방감을 느꼈다. 허울뿐인 가족보다야 한부모 가정이 훨씬 나았으니까. 엄마는 지금에야, 아빠의 외도를 알아차리고 서로 사이가 틀어졌을 때 곧바로 아빠의 손을 놓지 못한 것이 본인의 가장 큰 잘못이었다고 말한다. 구세대 중국인에게 이혼이란 너무나 처참한 단어였기에 이를 피하려고만 하다가 십수 년의 세월을 낭비했다고 말이다.

이혼 후 엄마는 한결 쾌활해졌다. 아빠와 다투는 데 썼던 시간을 자신이 정말 좋아하는 일에 투자하며 세상과 어울리는 법을 배워나갔다. 춤을 추고, 소설을 읽고, SNS를 하고, 음악회에 다니며 비참한 주부에서 문화예술을 즐기는 여인으로 변신했다.

한편, 아빠와 그 나이대인 대부분의 남성이 어떻게 본처에 대한 마음이 식고 변해가는지 목격한 나는 영원한 사랑을 믿지 않게 되었다. 당시 내게 사랑이란 언제든 갈아탈 수 있고 또 깨지기 쉬운 것에 지나지 않았다. 나는 영원한 사랑이 문학 작품 속에나 존재하는 허구요, 변치 않는 사랑의 맹세는 자기기만이며, 백년해로는 자다가 봉창 두드리는 소리라고 생각했다.

10년 넘게 날 짝사랑한 남자가 내게 고백했을 때, 내가 사랑은 다 개소리라고 말하자 그는 이렇게 말했다.

"행복한 사람은 말을 하지 않아. 행복함에 집중하느라 자신의 삶이 얼마나 완벽한지 자랑하는 시간도 아깝다고 생각하거든. 그러니까 네가 보지 못했다고 해서 진정한 사랑의 존재를 부정해서는 안 돼."

그는 내 유치원 동기이자 초등학교, 중학교의 같은 반 친구였고, 대학 졸업 후 앞서거니 뒤서거니 같은 도시로 가 같은 직장의 같은 사무실에서 일한 동료이기도 했다. 연애를 하고 결혼하기까지 11년이라는 시간 동안 우리는 거의 매일을 24시간 함께했다. 그는 나를 사랑한다고 말했고, 자기 자신보다 더 사랑한 지 오래라고 했다. 그는 그의 결연함과 완고함, 고집스러움으로 비관적인 나를 바꿔놓았다.

누군가는 이렇게 말한다. 당신의 아버지도 10여 년이 지난 후에야 감정이 변한 게 아니냐고. 그랬다. 한때 완벽했던 집은 거의 하룻밤 사이에 무너졌다. 한부모 가정에서 자란 사람에게 안정감은 희소자원이나 다름없다. 그래서 행복을 느낄 때면 오히려 묘한 죄책감이 들기도 한다. 내가 가당키나 할까? 이제부턴 재난 같은 시간이 이어지려나?

아빠는 사업 실패로 최근 몇 년간 실의에 빠졌다. 한창 때 돈을 물쓰듯 했던 아빠가 지금은 한 그릇에 10위안이 조금 넘는 고추기름 훈툰(고추기름에 버무린 얇은 피의 만두)을 먹는 것도 아까워한다.

어쩌면 내가 아빠를 원망해야 맞는 건지도 모르겠다. 하지만 대학에 진학하는 나를 배웅하며 아빠가 보여줬던 안타까움과 눈물은 진짜였고, 전화 통화를 할 때마다 내게 늘어놓는 걱정과 당부들 역시 진짜이며, 만날 때마다 뚱뚱하다며 날 비웃는 대신 많이 먹고 살을 좀 찌워 더 건강해지라고 하는 말도 진짜다. 명절을 쇠러 집에 갔다가 병이 나 링거를 맞았을 때 내 곁에서 늘어지게 걱정을 하던 모습이나 내 생일에 전화를 걸어와 내가 태어났을 때의 첫 울음소리가 아직도 생생하다며 감회에 젖는 것 또한 진짜다.

그런 아빠가 또 결혼한단다. 아빠는 엄마에게 전화를 걸어 그의 마음속 1순위는 나이고, 2순위는 엄마와 나의 외할머니라며 애틋하게 고백했다 한다. 물론 지금 아빠가 결혼하려는 여자가 나와 함께 1순위인지, 아니면 우리 엄마와 외할머니와 함께 2순위인지 나는 알지 못한다. 비록 무비스타는 아닐지라도 아빠의 애정은 언제나 다수에게 분포되어 있었으니까.

참고로 기세등등하게 기생오라비를 대동해 우리 엄마를 구타했던 아빠의 첫 번째 애인은 내가 복수를 하기도 전에 유방암에 걸려 한쪽 가슴을 잘라냈는데, 어쩌면 수영할 때 노출했던 그쪽 가슴인지 모르겠다.

이 개떡 같은 세상에서 즐거움을 유지하는 법

차이징(전 중국중앙방송의 기자 겸 앵커)이 저서 《보다》에서 이런 말을 했다.

'고통은 우리의 자산이 되지 않는다. 우리에게 진정한 자산이 되는 건 고통에 대한 성찰이다.'

그런 의미에서 나의 독보적인 경험을 종합해보았으니 모두에게 조금이나마 도움이 되었으면 한다.

◆ 기쁨과 고통이 통제 불능의 감정이라는 생각을 버린다.

어떤 일을 바라보는 시선이나 그에 대한 반응은 감정이 아닌 사고방식에 의해 결정된다. 나쁜 일이 얼마나 나쁜 일이 되느냐는 결국 자기 자신에게 달려 있다는 뜻이다. 똑같이 개똥을 밟아도 개똥을 밟았으니 운이 좋으려나 하고 웃어넘기는 사람이 있는 반면, 개똥을 밟다니 재수도 더럽게 없다며 우울해하는 사람이 있다! 이렇듯 사람의 기분을 좌우하는 건 개똥을 밟았다는 사실이 아니라 그 사실을 대하는 사고방식이다. 기본적으로 자기감정은 얼마든지 스스로 '관리'할 수 있다는 인식을 지녔을 때 비로소 더 즐겁게 살아가는 방법을 이야기할 수 있다.

◆ **내가 어떻게 할 수 없는 일 때문에 고민하거나 괴로워하지 않는다.**

나쁜 일이 벌어졌을 때 일반적으로 나는 내가 그 일을 통제할 수 있는지, 나의 노력으로 상황을 전환할 수 있는지를 가장 먼저 생각한다. 아빠와 엄마가 이혼했을 때도 나는 이렇게 생각했다.

'두 분이 이혼하신 게 나 때문인가? 아니다. 내가 계속 괴로워하는 게 두 분이 화해하는 데 도움이 될까? 아니다. 내가 긍정적인 사람이 되어 엄마도 긍정적으로 변화한다면 더 좋은 게 아닐까? 그럼 눈물은 거두고 착실히 공부하자. 내가 좋아하고 잘하는 일이 글쓰기이니까 열심히 노력해 대학원에도 진학하고 엄마의 못다 이룬 작가의 꿈도 대신 이뤄드리자.'

내가 강해져야 엄마를 보호할 수 있었기에 나는 슬퍼하는 데 시간을 낭비할 수 없었다. 어쩔 수 없는 일 때문에 고민하느니 더 나은 삶을 살기 위해 뭐라도 하는 게 훨씬 생산적인 선택이었으니까. 당시의 내게 사랑하는 사람을 지키는 유일한 방법은 내가 더 강하고 멋진 사람이 되는 것뿐 다른 건 다 헛소리에 불과했다.

◆ 비교적 긴 타임라인상에서 지금의 고난을 바라본다.

나는 언짢은 일이 생기면 내가 3년 후에도 그 일을 기억하며 연연해할지를 생각한다. 그러면 대개 'NO'라는 답이 나오고, 그렇다면 당장 화를 내는 일이 쓸데없는 감정 소비라는 결론이 난다. 그럴 시간에 차라리 TV를 보거나 인터넷 쇼핑을 하거나 먹고 마시는 게 낫지 싶은 것이다. 생각해보라. 당시에는 하늘이 두 쪽 날 것처럼 느껴졌던 일들도 지나고 보면 아무것도 아닌 일이 얼마나 많은가! 인생은 너무나 짧다. 태어나서 숨을 거두기까지 우리에게 주어진 시간이 대략 900개월이라고 가정한다면, 괴로워하며 보내는 1분의 시간도 너무나 큰 낭비다.

◆ 금전적 손실에 연연하지 않는다.

돈을 잃으면 나는 생각한다.

'이 돈이 되돌아온다고 내가 백만장자가 되겠어? 그런 것도 아닌

데 뭐 슬퍼할 일이라고!'

내가 아는 한 여성은 친구에게 전화 요금을 충전(중국은 선불요금제로, 일정 금액을 충전해 휴대전화를 사용한다)해주려다가 실수로 모르는 사람의 휴대전화에 50위안을 충전하고 말았다. 그런데 상대가 도둑놈 심보로 돈을 돌려주려 하지 않았고 이 일로 그녀는 일주일 동안 속앓이를 했다. 중요한 건 그녀가 당장 이 50위안이 없다고 해서 굶어 죽을 일은 없을 만큼 월수입이 있다는 사실이다. 그렇게 오랫동안 괴로워한다고 돈이 되돌아올까? 그렇지 않다. 그래서 나는 금전적 손실에 대해 쿨한 편이다. 내가 돈이 많아서가 아니라 잃은 돈을 생각하며 끙끙대봤자 아무 소용이 없다는 걸 알기 때문이다. 그럴 바에는 차라리 자신의 전문성을 키워 앞으로 더 많은 돈을 벌 가능성을 만드는 게 낫다.

◆ 나의 행복보다 더 중요한 일은 없다.

기억하라. 자신의 행복이 첫 번째 가치가 되어야 한다. 앞서 언급한 여성은 50위안 때문에 7일을 괴로워했다. 그러나 과연 그녀의 7일이 고작 50위안의 가치에 불과했을까? 즐거운 삶이야말로 무한한 가치가 있음을 왜 모르는 걸까? 룸메이트가 오늘 쓰레기를 비우지 않았다고, 오늘 올린 SNS 게시물에 친구들이 '좋아요'를 눌러주지 않았다고 연연해하는 주변 사람들을 볼 때마다 나는 너무나 마음이 아프다. 그럴 시간에 차라리 TV를 보라.

◆ 절대 몸 밖의 물건 때문에 슬퍼하거나 괴로워하지 않는다.

그렇다. 나는 물건에 대한 애착이 없다. 새로 산 스마트폰에 큰 흠집이 생겨도 그러려니 한다. 그저 내가 사용했던 흔적일 뿐인데 아무렴 어떤가? 게다가 난 흠집이 좀 있는 스마트폰이 더 멋지다고 생각한다. 다른 사람의 것과 다르니까! 명품 가방을 사더라도 함부로 굴리는 편이다. 다시 말하지만 이건 내가 돈이 많아서가 아니라 편하게 사용할 수 없는 물건이라면 아예 사지도 않기 때문이다.

어쩌면 당신에게도 사지 못하는 물건보다 쓰지 못하는 물건이 더 많을지도 모른다. 내가 본 이야기 속 여성은 허영심에 샤넬 가방을 구입한다. 그러던 어느 날, 돈 많은 친구들과 클럽에 갔는데 친구들이 모두 가방을 바닥에 던져두자 그녀도 가방을 내려놓을 수밖에 없었다. 저녁 내내 그녀의 머릿속엔 온통 가방 걱정뿐이었다. 모임이 파하자 그녀는 얼른 자신의 가방을 챙겼지만 가방에는 주름이 잡혀 있었고 그녀는 눈물로 그날 밤을 보냈다. 과연 그럴 필요가 있을까?

◆ 살 수 없는 물건에 절대 집착하지 않는다.

내가 즐거운 가장 큰 이유는 욕심이 크지 않기 때문이다. 매일 좋아하는 음식을 먹을 수 있다면 나는 그것으로도 충분히 행복하다. 특히 맛있는 젠빙궈즈(전병을 얇게 부쳐 달걀, 채소, 튀긴 과자 등을 넣어 접어 먹는 간식)나 마장샤오빙(참깨를 뿌려 화덕에 구운 동글납작한 빵), 샤오롱샤 등을 먹으면 그 소소한 즐거움이 꽤 오래 지속된다.

나는 명품에 집착하지 않는다. 물론 명품을 구매하기도 하지만 그건 물건의 디자인이나 질감이 좋아서이지, 명품이 나의 가치를 증명해준다고 생각해서가 아니다. 바보는 고급 스포츠카 마세라티를 몰아도 마세라티를 모는 바보일 뿐이다.

◆ 체면을 차리는 데 집착하지 않는다.

알리바바 그룹의 회장 마윈이 셔츠 단추를 잘못 채운 채 있다거나 주름이 자글자글한 가방을 들고 있다고 가정해보자. 당신은 그런 그를 보고 칠칠치 못하다고, 없어 보인다고 생각할까? 그렇지 않을 거다. 왜? 그는 마윈이니까. 체면은 포장하려 한다고 해서 포장할 수 있는 게 아니다. 간혹 대외적 자리에서 아내의 순종적인 모습으로 자신의 체면을 세우려는 남성들을 보면 나는 그것이 그렇게 우스워 보일 수가 없다. 자신이 정말 대단한 사람이라면 아내에게 굽실거리는 모습이 오히려 귀여워 보이는 법이거늘……. 자신의 여자가 체면을 세워주길 바라는 것보다 더 꼴사나운 일이 있을까? 약자를 괴롭히는 방법으로 자신의 패기를 드러내려는 바보들은 내게 욕먹을 자격도 없다. 체면을 중시하는 사람은 대개 차릴 체면이 없는 인물이다.

◆ 언제나 기꺼이 베풀기에 그로 인해 무엇을 잃는다 해도 기분 나쁘지 않다.

'감정적으로 베풀기만 하고 보답을 바라지 않는 사람은 그 바람대로 그 어떤 보답도 얻지 못한다.'

최근 들어 내가 가장 좋아하는 말이다. 이는 내가 사심 없는 헌신을 하지 않는 이유이기도 하다. 예컨대 나는 부모들이 자식을 키우느라 얼마나 많은 희생을 했는지 이야기하는 걸 좋아하지 않는다. 누가 자식을 낳으라고 한 것도 아니고 본인이 선택한 것 아닌가? 나는 아이를 위해 잠과 여가 시간과 자유를 희생한 동시에 아이와 함께하는 즐거움을 얻었고, 다시 어린아이로 돌아갈 시간을 얻었으며, 매일 아이와 독설을 주고받고 서로에게 굴욕을 안기는 재미를 즐기게 되었다. 이 자체만으로도 얼마나 즐거운가!

◆ 항상 자신이 행운아라고 생각하며 내가 얻은 것에 대해 생각한다.

나는 매일 내게 행운이 넘친다고 생각한다. 오늘 또 좋은 영화를 보고, 필치가 뛰어난 글을 읽었다면 내게는 그것이 곧 행운이요, 기쁨이다. 반면, 내가 싫어하는 사람이나 싫어하는 일에 대해서는 금세 잊어버리는 편이다.

왜 어떤 사람은 행운의 아이콘처럼 보이고, 또 어떤 사람은 불운의 아이콘처럼 보이는 걸까? 영국의 심리학자 리처드 와이즈먼의 실험 결과에 따르면 운은 사람의 사고방식 및 행동 습관과 관련 있다고 한다. 이른바 행운아는 항상 어떤 일의 좋은 면에 주목하는데, 이 습관이 선순환을 형성하는 것이다.

◆ 오늘이 내 인생의 마지막 날이라는 마음으로 매일을 산다.

행복한 사람을 보면 대부분 그가 긍정적이기 때문에 행복한 거라고 생각하지만 사실 꼭 그렇지만도 않다. 예를 들어 나는 거시적으로 봤을 때 매우 비관적인 사람이다. 다만, 미래가 어떻게 될지 모르기에 현재를 중시하며 지금을 즐길 뿐이다. 나는 언제 죽어도 수지맞은 인생을 살았다고 생각할 수 있도록 매일을 살아간다. 날마다 내가 좋아하는 일을 하고, 좋아하는 사람들과 시간을 보내며, 절대나 자신을 괴롭히는 일을 하지 않는다.

◆ **내게 불필요한 것이 무엇인지 확실히 알고 있다.**

많은 사람이 불행한 이유는 뭘까? 그들이 부와 권력, 미모, 지혜 등을 모두 가지려 하고 또 이를 가진 사람들을 부러워하기 때문이다. 부자를 혐오하는 정서가 보편적인 것도 바로 이 때문이다. 남편이 상장회사 대표인 내 친구는 남편과 함께하는 시간이 너무 적은 게 항상 불만이다. 실제로 그녀는 이런 이유 때문에 매일 남편과 말다툼을 벌인다. 그런 그녀에게 나는 말했다.

"이 세상에는 자신의 일에 야망이 있는 남자와 가정적인 남자 이렇게 두 부류가 있는데 네가 선택할 수 있는 건 둘 중 하나뿐이야."

참고로 내 남편은 일에 대한 욕심은 가져본 적도 없고 게임이 취미인 사람이다. 40세에 퇴직해서 백수로 지내는 게 꿈인……. 하지만 그는 누구보다 가정적이고 내게 잘한다. 그거면 충분하지 않나? 나는 남편이 나보다 벌이가 적은 것에 조금도 개의치 않는다. 멋지고 돈 많은 남의 남편을 부러워하지도 않는다. 돈이야 내가 벌 수 있고 그가 내게 잘하기만 하면 나는 그걸로 족하니까. 그러니 자신이 무엇을 원하고 또 자신에게 불필요한 것이 무엇인지를 잘 생각하라. 그리고 자신에게 불필요한 것이라면 남이 얼마를 가졌든 나와는 상관없는 일이니 관심을 꺼라. 당신이 불행한 이유는 욕심쟁이이기 때문이다.

◆ 어떤 실패를 해도 손해를 봤다고 생각하지 않는다.

"망했어요. 사 년 사귄 남자 친구가 날 버렸거든요!"

이렇게 말하는 사람들에게 나는 묻고 싶다.

"연애를 하는 동안에는 즐겁고 행복했나요? 뭔가 배운 게 있나요? 누군가를 정말 사랑하면 그의 모든 것을 배우게 되던데?"

만약 이런 질문들에 대한 답이 모두 '아니오'라면 당신은 왜 그와 함께했는가? 제정신인가? 어떤 일을 하는 과정에서 즐거움을 느끼고 뭔가를 배웠다면 결과가 어떻든지 당신은 손해를 본 게 아니다.

◆ 남의 말을 지나치게 의식하지 않는다.

인터넷상의 어떤 이 혹은 식당 종업원 또는 버스에 함께 탄 아줌마 등 모르는 사람이 당신의 감정을 휘두르도록 내버려두지 마라. 더 강인하고 사랑스러운 내가 되어 곁에 있는 사람들에게 즐거움을 주는 것이 곧 가장 큰 성공이다. 그 외의 다른 사람들은 당신이 알 바 아니다.

◆ 나 자신을 사랑하려고 노력한다.

고통은 외적 요소가 아닌 자신에 대한 불만에서 비롯된다. 진정으로 자신을 사랑할 줄 알아야만 비로소 진짜 행복을 얻을 수 있다는 얘기다. 나는 자신을 사랑하기까지 많은 시간이 걸렸다. 중·고등학교와 대학교를 다닐 때만 해도 나는 지독한 열등감에 사로잡혀 있었다. 뚱뚱했고, 키가 작았으며, 내 모든 것이 마음에 들지 않았으니까. 그래서 난 내가 가장 중시하는 게 무엇인지, 다른 사람들의 어떤 점을 가장 부러워하는지를 곰곰이 따져보았다. 그건 바로 뚜렷한 주관과 지식 그리고 똑똑함이었다. 그 후 나는 이런 점들을 나의 장점으로 만들기 위해 노력했다. 이렇게 나는 행복해지는 나만의 방법을 찾았다.

나에게 행복이란 곧 발전이다. 어제보다 오늘 더 많은 지식을 얻었다면 그것으로 안심이 된다고나 할까? 그래서 책 보는 일은 나의 열등감을 치유하는 유일한 방법이 되었다.

물론 사람은 저마다 중요하게 생각하는 것이 다르다. 핵심은, 무엇을 중시하고 또 어떤 사람을 부러워하든 자신이 좋아하는 인물이 되면 된다. 돈 있는 사람이 부러우면 돈을 벌고, 예쁘고 멋진 사람이 좋다면 스스로 아름다운 인물이 되어라. 그래야 행복해질 수 있다. 내가 가장 잘할 수 있는 나만의 무기를 가지면 다른 사람들의 비꼼이나 트집쯤은 쥐뿔만도 못한 것이 된다.

나는 공리적인 이 세상이 좋다

'동창회는 이 세상에서 가장 끔찍한 발명이다.'

그제 저녁 대학교 후배 녀석의 위챗(중국의 모바일 메신저) 모멘트에 올라온 글이다. 녀석은 내게 메시지를 보내 얘기 좀 할 수 있냐고 물었다. 누군가와 말을 하지 않으면 열 받아 폭발해버릴 것 같다면서!

지난주 그는 고등학교 동창회에 참석했다. 학창 시절 '공부의 신'으로 불리며 학습부장을 도맡았던 그는 교우관계가 돈독했던 만큼 이번 동창회에 거는 기대도 컸다. 한때 친했던 친구들과 뜨겁지만 바보 같았던 청춘 시절을 추억하며 겸사겸사 뭐 좋은 일자리가 없는지 알아볼 생각이었다(그가 근무하고 있는 잡지사가 곧 망할 판이라 친구들에게서 연줄을 대보려는 요량이었다). 그런데 친구라는 녀석들은 자신이 별 볼 일 없는 잡지사의 별 볼 일 없는 에디터로 일한다는 얘기를 듣자 예의상 술 한 잔을 하더니 이내 그날 참석자 중 가장 잘나가는 친구에게 환심을 사기 위해 등을 돌렸단다.

동창회의 주인공으로 떠오른 그 친구는 고등학생 때는 평범한 성적에 평범한 외모로 존재감이라고는 눈곱만큼도 없었던 '안경남'이었다. 하지만 그는 29세에 이미 로펌의 공동대표였고, 나름대로 성공했다는 벤처 기업 사장이나 회장 비서실장 녀석까지 법률자문 운운하며 그와 친한 척을 하기에 여념이 없었다.

후배는 격분했다.

"사람들이 참 계산이 빨라, 그죠? 전에는 내 노트며 시험지 한번 베끼려고 나에게 납작 엎드리던 녀석들이 이제는 내 앞에서 위세를 떨더라고요. 찍소리도 못하던 찌질이 안경남은 인기 절정이 되고……. 계산적인 녀석들의 면상보다 더 아니꼬운 게 있을까 싶더라고요."

1년 전이라면 나는 그의 말에 전적으로 동의했을 것이다.

당시 내가 쓴 시나리오가 업계 내 큰손의 눈에 들어 '놀랍다'는 평가를 받은 적이 있었다. 그 회사에서는 수천만 위안을 투자해 내 시나리오를 드라마로 만들겠다 결정했고 이내 모 방송국에 편성도 확정되었다. 배우를 캐스팅하고 파일럿 필름을 찍기 시작하자 업계 내에 어느 정도 소문이 나기도 했다. 그러자 각지의 사람들이 하루가 멀다 하고 나를 찾아왔다. 어떤 투자자는 내게 시나리오를 부탁하며 하이난에 별장을 얻어줄 수도 있고, 몰디브 리조트에 보내줄 수도 있으니 원하는 조건은 뭐든 말해보라고 했다. 또 어떤 대단한 영화사의 부사장은 개인 작업실을 마련해주겠다며 위치까지 선정해주는 열의를 보였고, 부동산 사업을 하다 방송계로 눈을 돌린 한 갑부는 매일 아침 차를 마시자고 청하기도 했다. 그녀는 자신의 전기적 일생을 이야기하다가 대뜸 2천만 위안을 투자해 내게 회사를 차려주겠다 말해 나를 얼떨떨하게 만들었다.

나는 어떻게 이리도 많은 '파트너'와 '친구들'이 한꺼번에 내 인생에 로그인할 수 있는지 궁금했다. 그러나 얼마 후 이런저런 이유로 내 드라마의 방송 편성이 취소되자 이 소식을 들은 '파트너'들은 단 며칠 만에 잽싸게 로그아웃을 했다. 그들은 더 이상 내게 차를 마시자 하지 않았고, 더 이상 나와 인생이나 이상을 논하지 않았고, 미래를 계획하지도 않았다. 그들은 마치 우리가 알고 지냈던 적이 없었던 것처럼, 그전의 모든 일이 내 꿈속에서 벌어진 일인 것처럼 하나같이 멋진 연기를 보여주었다.

당시 내가 뼈저리게 느낀 바가 있다. 바로 소위 잘나가는 사람과 그렇지 않은 사람에 대한 태도가 분명한 곳이 방송업계라는 것이었다. 그때 나를 만나러 왔던 영화사 사람만 해도 그랬다. 당시 그는 내게 모 시나리오 작가의 뒷담화를 쏟아냈다. 영화 시나리오를 한 편 썼다고 자기가 대단한 줄 아는데 그 이후의 작품들이 갈수록 엉망이라며 욕을 했더랬다. 하지만 그 후 그는 자신이 '병신'이라고 욕했던 시나리오 작가가 모멘트에 게시물을 올리는 족족 가장 먼저 '좋아

요'를 눌렀다. 어디 그뿐이랴. 그 작가의 작품이 또 대박 났을 때 자신의 SNS에 그 작품을 극찬하는 게시물을 올리고 대단한 필력이라는 칭찬을 아끼지 않았다. 속물도 이 정도면 일종의 경지 아니겠는가!

어쨌든 현실은 이렇게 잔혹하고 세상은 이토록 현실적이다. 그러나 어느 날 문득 나는 깨달았다.

'공리적인 게 나쁜 걸까? 공리적인 태도 이면에는 이 세상을 살아가는 진정한 게임의 법칙이 숨어 있는 것뿐이지 않나?'

이런 것들을 넘어서서 자신의 삶에 충실하고 싶다면 남들을 신경 쓰지 않으면 그만이다. 도저히 신경을 쓰지 않을 수 없다면, 그리고 더 나아가 남들에게 존중과 찬사를 받고 싶다면 방법은 의외로 간단하다. 내가 먼저 대단한 사람이 되는 거다.

그렇다. 애당초 그들이 내게 각종 러브콜을 보냈던 건 내가 대단해서가 아니라 모 방송국이 대단했기 때문이다. 그 방송국과의 연관성을 잃은 나는 아무것도 아니었다. 언젠가 모 방송국의 이름에 기대지 않고 인정받는다면 그건 내가 정말 대단한 사람이 되었다는 증거일 것이다. 그러고 보면 꽤 고무적이지 않나? 지극히 현실적이고 경박해 보이는 이 바닥도 게임의 법칙만큼은 정말 투명하니까. 감독이든 배우이든 시나리오 작가이든 작품으로 이야기하면 되고, 드라마는 시청률로, 영화는 박스오피스로 평가를 받으면 그만이다. 상업성을 하찮게 여긴다면? 좋다, 그럼 상으로 이야기하면 된다.

게임의 법칙이 이렇게나 투명하니 안심이라고 말을 하면 각종 암묵적 관행도 있지 않느냐고 반문하는 사람들이 있을 터! 사실, 암묵적 관행도 법칙의 일부분이다. 다만, 그 암묵적 관행을 따를지 말지는 개인의 선택이며 그 선택에 따른 결과도 본인 몫일 뿐이다. 중요한 것은 사람들의 공리적 태도 이면에는 당신의 노력에 대한 인정이 내포되어 있다는 사실이다.

어떤 시청률도, 박스오피스도, 상도 단지 운으로만 얻을 수는 없다. 이러한 사실을 깨닫고 난 뒤 나는 더 이상 이 바닥이 너무 현실적이라는 둥, 세상이 너무 계산적이라는 둥의 불평을 늘어놓지 않는

다. 사람들이 나를 대수롭지 않게 여기면 나의 전문성이 아직 부족하다는 뜻으로 받아들이고 기술을 높이기 위해 백배는 더 노력한다. 그리고 누군가가 내게 우호적이면 그 자체만으로 기쁨을 느낀다. 이는 곧 내게 이용 가치가 생겼다는 의미이고 또 내가 발전했다는 증거이니까!

사실, 다른 업계도 마찬가지 아닐까? 그래서 나는 생각한다. 별 볼 일 없는 사람에게는 작은 기회조차 주어지지 않는다고! 내가 충분히 대단한 사람이 되었을 때 수많은 기회가 물밀 듯이 밀려오고, 내가 충분히 뛰어난 사람이 되었을 때 원하는 모든 것이 알아서 나를 찾아오는 법이라고!

이렇게 생각해서 좋은 점이 뭐냐고? 다른 잡생각을 하지 않아도 되고 불평하는 시간도 줄일 수 있다. 내가 좋아하고 또 잘하는 일을 찾아서 최대한 그 일을 완벽하게 해내기 위해 노력하면 기회는 자연스레 찾아온다. 드라마에서 종종 "네가 날 무시해? 두고 봐. 감히 네가 올려다볼 수도 없는 사람이 되어줄 테니까!" 하는 식의 대사가 나오는데, 여기서 우리가 꼭 알아야 할 게 있다. 바로 다른 사람이 감히 쳐다볼 수 없는 존재가 되려면 남보다 몇 배의 노력을 더 해야 한다는 사실이다!

다시 처음 이야기로 돌아가자. 나는 후배에게 네가 가장 노력했던 때가 언제냐고 물었고, 그는 고등학교 때라고 말했다. 당시에는 정말 부지런했고 승부욕이 강했으며 집안 역시 엄격해 죽기 살기로 공부했으므로 그만큼 성적도 좋았단다. 그는 대학교에 진학하면서부터 간섭하는 사람이 없다는 생각에 대부분의 시간을 놀고 연애하는 데 소비했고 졸업해서도 대충 일자리를 찾아 안이한 생활을 했단다. 나는 말했다.

"봐봐. 친구들이 너에게 잘해줬을 때는 공교롭게도 네가 가장 노력하던 시기였어. 그런데 넌 그동안 되는대로 살았다며! 그러면서 친구들이 널 존중해주고 네게 일자리까지 소개해주길 바라는 거야? 무슨 근거로? 반면, 네 동창이라는 그 안경남은 그런 반전 드라마를 연출하기까지 엄청 노력하지 않았을까? 생각해봐. 네 말대로 고등학교 때는 평범한 성적에 존재감도 미미했던 녀석이 변호사 자격증을 따고 로펌 공동대표가 되기까지 얼마나 고생을 했겠어? 그러니 다른 친구들도 그 친구에게 줄을 대고 싶어 한 것 아닐까? 이렇게 따지면 세상은 참 공평한 거야."

다른 사람이 당신을 끌어주고 밀어주길 바라지 마라. 그들이 당신의 부모도 아닌데, 왜 당신을 오냐오냐 해줘야 하는가?

마태효과(Matthew Effect, 부자는 더욱 부자가 되고 가난한 자는 더욱 가난해지는 부익부 빈익빈 현상을 가리키는 말)를 피할 수 없는 게 요즘 세상이다. 이는 바꿔 말해 내가 뛰어날수록 기회가 많아진다는 얘기다. 금상첨화를 원한다면 내가 먼저 비단이 되어야 한다.

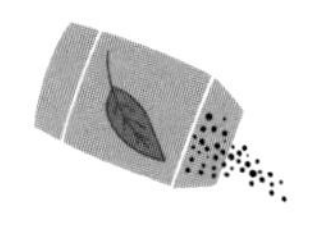

늦었다고 생각할 때가 가장 빠른 때다

선전에서 베이징으로 회사를 이전했다. 8월에 결정해 9월 말에 이전을 마쳤다. 그러자 사람들은 하나같이 깜짝 놀라며 물었다.

"그럼 남편은 어떻게 해요?"

음, 알다시피 내 남편은 슈퍼 공처가다(이렇게 자랑하지 않으면 난 죽는다). 그는 항상 애틋한 눈빛으로 날 바라보며 말한다.

"여보, 난 당신이 어딜 가든 쫄래쫄래 따라다닐 거야. 당신만 내 옆에 있으면 세상을 다 준대도 필요 없어."

그런 그에게 나는 말했다.

"그래? 그럼 나 베이징에 갈래."

"뭐?"

뜻밖에도 남편은 망설였다. 물론 이내 나의 기에 눌려 내 뜻을 따를 수밖에 없었지만! 그렇게 나는 어쩌면 사상 최고령일 베이징 방랑자(베이징에서 생활하지만 베이징 호적이 없는 사람들을 일컬음) 중 한 명이 되는 데 성공했다.

나의 결정에 주위 사람들은 손해가 너무 큰 거 아니냐고 말했다. 선전에서 13년을 지냈는데 그 많은 것을 포기하고 다른 도시로 가다니 용기가 대단하다면서. 그중에서도 지금 이 나이까지 사서 고생을 하려는 사람은 흔치 않을 거라는 의견이 지배적이었다. 그러나 나는 그렇게 고생스럽지 않았다. 내가 가장 좋아하는 언론사에서 12년을 종사했고, 내가 가장 사랑하는 편집 일을 했으며, 여가 시간에 책을 쓰기도 하는 이런 인생은 내겐 즐거움 그 자체였다. 지금은 그저 영화계에 진출해 이 업계의 가장 늙은 신인이 되었을 뿐이다.

베이징에 온 후, 나는 이 도시에 적응하며 새로운 친구도 만들고 그렇게 다시 나만의 울타리를 만들어가는 중이다. 시작은 집도 차도 없었지만 그건 그리 큰 문제가 아니었다. 교통이야 지하철을 이용하면 됐고, 집은 임대하면 될 거니까. 그것도 새집으로! 요즘은 베이징 사투리를 들으며 얼화음(베이징의 억양)을 공부하고 있는데 이게 꽤 귀엽다. 이렇게 난 여태까지와는 또 다른 인생을 살고 있다.

그러고 보니 완전 대박이다! 보통 사람들은 한 번 사는 인생을 나는 두 번 사는 셈 아닌가! 이런 게 행운이 아니면 뭘까? 사람들은 이런 나를 보고 어쩜 그리도 바보 같고 단순하냐고 묻는다. 하지만 나라고 모든 변화에 태연하기만 했을까? 그렇지 않다.

2년 전, 우연히 기회가 닿아 시트콤 시나리오를 써달라는 의뢰를 받았다. 참고로 난 아주 오래전부터 좋은 대사나 문장을 보면 닥치는 대로 외우는 문장 '덕후'로서 한국 드라마의 명대사며 온갖 가십의 쌈박한 글귀, 심지어 길거리 광고판의 멋진 수식어도 줄줄 꿰고 있다. 당시 나는 내게 다년간 쌓인 이런 내공이 있으니 시나리오를 쓰는 것쯤이야 식은 죽 먹기라고 생각했다. 하지만 현실은 그렇지 않았다. 절대적인 전문성이 필요했기에 제대로 된 대사 한 줄을 쓰기도 어려웠다. 동종업계의 시나리오 작가들이 관련 아카데미 출신이거나 관련 학과를 전공했거나 그것도 아니면 업계에서 잔뼈가 굵은 사람들뿐인 데에는 다 이유가 있었던 것이다.

나의 시나리오 작업은 결코 순조롭지 못했다. 수차례 벽에 부딪히며 완성하기는 했지만 레전드라 불리는 시트콤과 비교하자니 이게 웬 쓰레기인가 싶었다. 나는 엄청나게 자문했다.

'이 나이에 시나리오 작가로 데뷔하기는 너무 늦은 게 아닐까?'

그러나 나는 이 한마디에 구원을 받았다.

'늦었다고 생각할 때가 가장 빠른 때다.'

그랬다. 30대에 시나리오 공부를 시작했으니 남보다 늦은 건 확실했다. 하지만 내가 이 일을 좋아하는 건 분명한 사실이기에 지금이 아니라도 언젠간 시작했을 테고 그렇게 따지면 40대, 50대 때보다는 확실히 지금이 가장 빠른 때였다.

우리가 살아가는 매일이
우리의 남은 인생에서 가장 젊은 날!
그러니 고민하느라 시간을 보내는 것보다
차라리 지금부터 열심히 노력하여
부족한 부분들을 채워가는 게 낫다.

우리가 살아가는 매일이 우리의 남은 인생에서 가장 젊은 날! 그러니 고민하느라 시간을 보내는 것보다 차라리 지금부터 열심히 노력하여 부족한 부분들을 채워가는 게 낫다는 결론을 내렸다.

그 후 나는 시나리오 관련 전문 서적을 닥치는 대로 사들여 한 권 한 권 정독했다. 영화 〈쇼생크 탈출〉처럼 좋은 시나리오는 아예 통으로 외웠고, CBS 시트콤 〈내가 그녀를 만났을 때〉는 네 번을 돌려보며 6만 자 넘게 필기했다.

남보다 시작이 늦었기에 누구보다도 이 일에 대한 경외감을 가졌고, 나이가 많아 낭비할 시간이 없었기에 현재를 더욱 소중히 여기며 내가 사랑하고 원하는 일에 몰두했다. 가장 고통스러운 일은 실패하는 것이 아니라 할 수 있는 일이었음을 뒤늦게 깨닫는 것이라 믿었기 때문이다.

완커 그룹의 창업자 겸 전 회장인 왕스는 가장 존경하는 인물로 훙타 그룹의 회장 추스젠을 꼽는다.

추스젠은 그야말로 롤러코스터 같은 인생을 살아온 인물이다. 멋진 기업가에서 하루아침에 곤두박질쳐 감옥살이를 했고, 출소했을 때는 이미 70대였지만 그는 다시 창업을 결심한다.

왕스가 윈난으로 그를 만나러 갔을 때 그는 백발이 성성한 모습으로 창업에 대한 의욕을 불태웠다. 왕스는 바로 그 모습에 감명받았다.

"생각해보세요. 일흔다섯의 노인이 선글라스를 끼고 낡은 라운드

셔츠를 입은 채 오렌지가 열리면 어떤 모습인지 신나게 얘기하는 모습을요. 당시 저는 생각했습니다. '내가 그와 같은 좌절을 겪었다면, 그리고 그와 같은 나이가 되었다면 나는 무슨 생각을 했을까?' 제가 저를 아는데 저라면 분명 그처럼 용기를 내지 못했을 겁니다."

혹자는 '늙음'이 무엇이냐고 묻는다. 늙음이란 겁이 많아지는 것이다. 늙으면 바나나를 하나 사더라도 덜 익은 바나나는 고르지 못한다. 바나나가 익기도 전에 자신이 먼저 죽을까 봐 두렵기 때문이다.

그러나 추스젠은 달랐다. 오렌지가 열매를 맺기까지 6년이 걸리는데, 당시 그는 이미 일흔다섯이었다. 일흔다섯의 그가 여든한 살 때의 성공을 꿈꾼 것이다.

이 얼마나 멋진 이야기인가! 사람들은 흔히 말한다.

"벌써 스물여덟인데 지금 프랑스어를 배우기는 늦은 거 아니야?"

"서른넷에 법 공부를 하기엔 이미 늦은 거겠지?"

이 얼마나 부끄러운 일인가? 늙었다는 건 그저 게으름을 피우고, 도망가고, 포기하고 싶은 사람들의 핑계일 뿐이다.

'운명이라는 단어는 약자의 핑계 속에, 강자의 겸어 속에 등장한다.'

하이얼 그룹의 회장 장루이민은 예순여섯인 지금도 여전히 매주 두 권의 책을 읽는다. 이는 1년이면 100권 이상을 읽는다는 의미다.

나도 훗날 이렇게 멋진 노인이 되고 싶다. 예순에 미국 유학을 가 연극영화학과 학사며 박사 같은 학위를 따고 매일 어제보다 한 뼘 더 성장한 삶을 사는 게 내 로망이다. 겸사겸사 캠퍼스 안의 '훈남'들을 구경하면서! 그러다 내 아들 웨이탕이 놀러 오면 시크하게 한마디 하는 거다.

"아들, 엄마가 지금 바빠서 시간이 없어!"

나는 집에서 아이가 날 보러 와주길 눈 빠지게 기다리는 가련한 노인은 되지 않을 거다.

지금 내 나이가 몇이고 또 앞으로 몇 살이 되든지 나는 노력을 멈추지 않을 것이다. 난 그저 내가 원하는 모습의 그런 사람이 되고 싶으니까.

마흔이 됐을 때 나는 열심히 노력한 스무 살의 나에게 감사할 것이다. 예순이 됐을 때 나는 열심히 노력한 마흔 살의 나에게 감사할 것이다. 그리고 여든이 됐을 때 나는 열심히 노력한 예순 살의 나에게 감사할 것이다.

그런 의미에서 나는 이 영어 속담이 참 좋다.

'나무를 심기 좋은 최적의 시기는 25년 전이다. 그리고 그다음의 적기는 바로 지금이다.'

이 세상에 재능을 가지고도 기회를 만나지 못하는 불운아는 없다

몇 해 전, 문학 사이트에 소설을 연재한 적이 있다. 당시 난 내 필치에 스스로 감탄하며 매일 쓸데없는 고민을 했다.

'이 넘치는 끼를 감추려 해도 감출 수가 없네. 이러다 바로 유명인사 되는 거 아니야?'

하지만 내 소설의 총 조회 수는 고작 몇백에 불과했고, 나의 걸작을 소장한 사람도 한 명뿐이었다. 잘못 본 게 아니다. 진짜 한 명이었다. 그나마도 나의 소설을 읽은 사람 대부분은 내 친척이었다. 도저히 이런 결과를 받아들일 수 없었던 나는 인터넷소설 마니아인 친구에게 물었다. 당시의 내 질문은 정확히 이랬다.

"정말 속상해! 네티즌들은 다 눈을 어디다 달고 다니는 거래? 나의 재능이 안 보이나?"

그러자 친구가 말했다.

"솔직히 내가 이 사이트를 오래 이용해서 아는데 말이야. 사람들이 네 소설을 안 보는 이유는 딱 하나야. 네가 잘 못 써서 그래. 네가 잘만 쓰면 백 퍼센트 뜬다니까. 사람들이 알아서 찾아볼 거거든."

제호관정(醍醐灌頂, 제호탕을 정수리에 붓는다는 뜻으로, 정신이 번쩍 뜨이거나 맑아짐을 이르는 말)! 이 말은 분명 당시의 나를 위해 만들어진 것이다.

과거 영상물을 놓고 평론하던 시절, 나는 별 볼 일 없는 영화나 드라마가 대박 나는 걸 보고 대중이 바보 아니냐며 대단히 분개했다. 대중이 바보가 아니라는 걸 깨달은 건 그 후 직접 웹드라마를 찍어보고 나서였다. 시청자들의 눈은 예리했고, 그들의 지적은 날카로웠으며, 재치가 넘쳤다! 이로써 나는 내가 별 볼 일 없다고 혹평했던 드라마들보다 내가 찍은 드라마가 못하다는 사실을 알게 되었다.

그 후 나는 태도를 바로잡고 낑낑대며 다시 공부했고 성실히 시나리오를 썼다. 대중은 바보가 아니기에 이 업계에 대한 나의 경외심은 더욱 커졌다. 그 덕분에 지금은 시나리오를 쓰면서 날마다 극단적 강박증이 있는 사람처럼 대사 한 마디며 웃음 포인트, 플롯 등에 집착하고 있다.

나뿐만이 아니라 다른 시나리오 작가들도 마찬가지다. 상대가 시나리오를 받아들고 더 고칠 필요 없이 훌륭하다 말해도 우리는 더 재미있게, 더욱 멋지게 만들 곳은 없는지 거듭 시나리오를 검토하며 자기 자신을 괴롭힌다. 단 한 마디라도 좋은 대사가 늘어나면 대중에게 사랑받을 기회 또한 늘어날 테니까.

매일 시간이 부족해 네댓 시간밖에 못 자면서도 우리는 진통제를 삼켜가며, 잘 시간을 쪼개가며 새로운 기술과 새로운 무언가를 공부한다. 이는 결코 대단한 일이 아니다. 이 업계 종사자라면 누구나 갖춰야 할 태도다.

예전의 나는 '시나리오를 이렇게 재미있게 썼는데 왜 영화사들은 나를 찾아오지 않는 걸까?' 하며 꽤 억울해했다. '업계에 시나리오 작가가 부족하다더니 그렇지도 않나 보다' 하는 생각도 했다. 그러나 내가 정말 열심히 노력해 좀 더 성장했을 때 나는 비로소 대중이 이런 노력과 성장을 단박에 알아차린다는 사실을 깨달았다.

이 바닥에 부족했던 건 시나리오 작가이지, 절대 재능을 갖고도 기회를 만나지 못했다고 착각하는 바보가 아니었던 거다.

예전에 내 밑에 있던 인턴 작가 중 글 솜씨는 뛰어났지만 EQ가 정말 낮은 친구가 있었다.

당시 대학교 4학년이었던 그는 인턴을 하면서 구직 활동을 병행했는데, 자신의 재능을 과신하고는 전 세계 500대 기업이 아니면 거들떠보지도 않았다. 한번은 사무실에서 지원 회사의 HR 부서로부터 면접 안내 전화를 받았는데, 그는 이렇게 말했다.

"여보세요. 어디 회사죠? 제가 그 회사에 지원을 했었나요? 구직

사이트에서 단체 메일로 이력서를 보냈더니 기억이 잘 안 나네요. 간단하게 회사 소개 좀 해주시죠."

하루는 면접을 보고 돌아와 면접관이 자신을 무시했다며 매우 언짢아하기도 했다. 다른 지원자와는 30분 동안 이야기를 나눴는데 자신과는 고작 5분 얘기한 게 다였다면서! 그래서 그는 '나를 채용하지 않으면 당신들이 손해'라는 식의 말을 쏴붙였다고 했다. 나는 그에게 "그런 상황에서 어느 회사가 널 뽑겠니? 뽑는 게 비정상이지"라고 말해주고 싶었지만 꾹 참으며 말을 너무 막 던지지 말라 조언했다. 그러자 그는 나를 힐끗 쳐다보며 말했다.

"알겠네요. 지금 제 EQ가 낮다고 생각하시는 거죠? 그런데 정말 재능이 있는 사람은 감성지능 따위는 신경도 안 쓴다고요."

'뭐야? 자기가 뉴턴이나 쉘든(CBS 드라마 〈빅뱅이론〉에 나오는 괴짜 천재)인 줄 아는 거야?'

EQ는 재능의 일부이고, IQ의 일부분이기도 하다.

나는 말도 제대로 하지 못하는 사람이 무슨 자격으로 재능을 논할 수 있는 건지 도무지 이해할 수 없었다. 듣자 하니 그는 최근 여덟 번째 이직을 했다고 한다. 그의 말대로라면 아직까지 진정으로 그를 알아주고 그의 능력을 아껴줄 백락(명마를 잘 가려내는 춘추 시대 진나라 사람)을 만나지 못한 셈이겠다.

그러나 백락이 나타나길 기다리기 전에 그가 먼저 알아야 할 전제조건이 있다. 바로 자신이 정말 천리마냐는 것이다.

재능을 가지고도 기회를 만나지 못했다고? 이런 말을 하는 사람들이 정말로 하고자 하는 이야기는 바로 자신들이 성공하지 못하고 인기를 얻지 못하는 건 순전히 이 세상 탓이라는 거다.

'세상은 왜 철없는 우리를 무릎 꿇게 하는가?'

'왜 우리가 좋을 대로 게임의 법칙을 바꿀 수 없는 거지?'

'우린 완벽한데 외부 조건이 받쳐주질 않네.'

'상사는 날 알아주지 않고, 동료들은 하나같이 나쁜 놈들뿐이야. 그렇다고 내가 금수저도 아니고…….'

그렇다. 이런 이유들은 자신이 가장 받아들이기 쉬운 핑곗거리가 틀림없다. 하지만 이 말은 꼭 해야겠다. 헛소리하지 마라!

기자생활 시절, 많은 사람을 인터뷰하면서 진심으로 깨달은 바가 있다. 바로 어느 업계든 그중에서 제일 잘나가는 사람, 가장 성공한 사람은 재능, 노력, 인맥, 수단 중 적어도 한 가지는 남보다 월등하며 그 월등함이 더할수록 더 대단한 사람이 된다는 사실이다.

이 세상에 재능을 가지고도 기회를 만나지 못하는 불운아는 없다. 당신이 성공하지 못한 이유는 당신이 그만큼 대단한 사람이 아니기 때문이다.

나는 어떻게
회사를 말아먹었나?

2014년 11월, 나는 선전에 완우성장이라는 영상 미디어 회사를 차렸다. 당시 난 중국 영상 회사가 특정 지역에 편중되어 있음을 안타까워했다.

'왜 중국에서 잘나가는 영상 회사는 다 베이징이나 상하이에 몰려 있는 거지?'

나는 다짐했다.

'내가 중국 남부에 가장 역동적인 영상 회사를 만들겠어! 북부에 화이브라더스가 있다면 남부에는 완우성장이 있게 하리라! 그리고 남부 전역에 정중히 사과하리라, 죄송합니다!우리가 너무 늦었죠, 라고…….'

우리는 시작부터 큰 판을 짜며 높은 포부를 가졌다. 전 세계에서 가장 멋진 회사가 되겠다며 애플, 구글, 페이스북 등 세계적인 기업의 기업문화와 인사제도를 참고했고, '질서 재건, 새로운 변화'를 회사 모토로 삼았다.

물론 서두르는 게 능사는 아니었기에 나는 직원들에게 말했다.

"너무 급하게 회사를 키우지는 맙시다. 이 년 후에 상장하는 걸 목표로 하도록 하죠."

그 결과 우리 회사 완우성장은 나의 현명한(?) 지도하에 2년이 채 안 된 2015년 8월, 회사를 설립한 지 정확히 10개월 만에 완전히…… 망했다!

◆ 돈을 벌지 못하는 기업은 유죄다!

나는 준비성이 있는 사람이다. 그래서 막 회사를 차렸을 때 스티브 잡스와 마크 저커버그를 연구했다. '아무렴, 그들 정도의 급이어야 내 사업 멘토가 될 수 있지!' 하면서……. 어쨌든 나는 곧 세계 일류 기업가가 될 인물! 그들이 회사를 차린 궁극적 목표는 돈을 벌기 위해서가 아니라 더 발전하기 위해서, 그리고 더 나아가 세상을 바꾸기 위해서라고 했다. 이 얼마나 멋진 목표인가!

나는 항상 직원들에게 이렇게 강조했다.

"I have a dream(나에게는 꿈이 있어)! 완전 쩌는 영상 작품을 만들어서 중국 영상업계의 판도를 뒤엎는 거지. 내가 회사를 차린 건 돈을 벌기 위해서가 아니야. 돈을 좇는 건 너무 저급한 일이지."

내 말에 한 직원은 말했다.

"솔직히 사장님이 맨 처음에 그렇게 말씀하셨을 때, 전 사장님이 사기꾼 아니면 바보일 거라고 생각했어요. 그런데 알고 지내다 보니 알겠더라고요. 사장님은 바보였어요."

나는 그의 말을 인정할 수 없었다. 그러나 근 1년의 시간을 들여 나는 그의 말이 옳음을 증명하고 말았다. 너무 언행일치를 실천한 나머지 정말 돈을 벌어들이지 못한 것이다.

2015년 8월까지 400만 위안의 투자금을 고스란히 날렸고, 통장은 그야말로 빈털터리 '텅장'이 되었으며, 이 때문에 직원들의 월급도 지급하지 못했다.

마윈은 돈을 벌지 못하는 기업은 부도덕하다며 이런 기업은 돈을 벌지 못함에 마땅히 부끄러움을 느껴야 한다고 했다.

맞는 말이다. 한 기업의 가치관이 무엇이든, 궁극적인 목표가 무엇이든 가장 먼저 해야 할 일은 바로 돈을 버는 것이다. 창업자라면 먼저 투자하고 나중에 돈을 벌겠다는 생각은 버려라. 시작부터 돈을 벌어야 한다. 자신의 직원들도 책임지지 못하면서 무슨 자격으로 세상을 변화시키겠다고 운운하며, 월급도 지급하지 못하면서 무슨 앞날을 논하겠는가?

돈을 벌고 못 벌고는 당신의 비즈니스 모델을 검증하는 유일한 기준이다. 그러니 기억하라. 좋은 사장은 직원과 돈을 이야기하지만 나쁜 사장은 돈 이야기를 제쳐두고 마음가짐이나 꿈만 이야기한다.

◆ 핵심 기술도 없이 기업문화를 논하는 건 개소리다!

2014년 11월 우리 회사는 채용공고를 냈다. 이는 역사상 가장 웃기는 채용공고라고 불렸고, 동시에 우리 회사에 망조가 있었음을 보여주는 증거이기도 했다.

'그렇습니다. 우리 회사는 다자셰(민물 털게 요리), 쉐이주위(민물 생선 요리), 하이디라오(중국 훠궈 전문 레스토랑) 훠궈를 사내 급식으로 제공하고 있습니다. 하지만 신둥팡요리학교가 아니라 정말 영상 회사랍니다. 주된 업무는 먹기이고 짬을 내 진짜 업무를 처리합니다.'

이러니 회사가 안 망하고 배기겠는가? 당시 나는 즐거움과 성장, 과시를 한데 버무린 기업문화를 만들기에 바빴다. 혼자서 여러 직책을 겸하며 마케팅, 배급, 광고 유치를 도맡았다. 또 많은 시간을 들여 직원들에게 맛있는 음식을 만들어주었다. 그에 따른 효과는 뚜렷했다. 몇 달 만에 직원들의 평균 몸무게가 5킬로그램 늘어났으니까.

하지만 이렇다 할 상품도 만들지 못하고, 핵심 기술 또한 확립하지 못한 회사가 기업문화를 논할 자격은 없었다.

그때의 경험으로 난 더 이상 잡스 같은 사람을 따라 하면 안 된다는 중요한 사실을 배웠다. 나에게는 그럴 자격이 없었다. 타고난 게 아니라면 천재는 될 수 없기 때문이다. 잡스는 스마트폰을 만들고 다시 이에 혁신을 불어넣지 않았는가!

창업 초기에 창업자가 해야 할 유일한 한 가지는 핵심 상품을 만드는 일이다. 온 힘을 다해 동종업계보다 10배는 나은 핵심 기술을 확보하고, 이를 집중적으로 발전시켜야 비로소 회사가 설 자리가 생긴다.

내가 유일하게 잘하는 한 가지는 바로 콘텐츠다. 재정, 배급, 광고, 관리에 대해서는 쥐뿔도 모른다. 그래서 지금 나는 콘텐츠 제작만 하고 있고 앞으로도 다른 일을 하는 데는 1분도 쓰지 않을 생각이다. 만약 내가 정말 바보라면 나는 적어도 복합형 바보가 아닌, 전문적인 바보가 되겠다.

◆ 힘든 것은 당연하다. 자신의 노력에 도취되지 마라!

'맙소사, 내가 꿈을 좇고 있잖아!'

'나도 참 고생이네!'

'나는 지금 위대해지고 있는 중인 거야.'

창업자들은 이처럼 자신의 노력에 도취되기 십상이다. 나 역시 이런 과정을 거쳤다. 시간을 절약하기 위해 나는 매일 회사 소파에서 혹은 바닥에서 쪽잠을 잤다. 그때는 아침부터 밤늦게까지 1분도 제대로 쉬지 못하며 정말 열심히 노력한다고 생각했다.

그러나 창업자들이 분명히 알아야 할 사실이 있다. 노력을 하는 건 당연한 일로써 대단하게 여길 만한 것도, 자랑할 만한 것도 아니다. 꿈을 좇는 건 스스로가 선택한 일 아닌가? 사연 팔이를 하고 자신의 고군분투기를 얘기하는 건 성공한 사람에게 어울리는 일이다. 그러니 실패했을 때는 그냥 입 다물어라(왜 나는 성공하지 못했는데 사연 팔이를 하냐고? 그건 내가 못 말리는 수다쟁이이기 때문이다).

과정이 힘들고 팍팍한 건 당연한 일이다. 더군다나 우리의 노력은 극히 맹목적일 때가 많다. 우리의 눈에는 노력한 것처럼 보여도 사실은 아주 사소한 노력에 불과한 때가 많다는 뜻이다. 물론 내가 가고 있는 방향이 맞는지 잠깐 멈춰 서서 생각해볼 겨를도 없을 만큼 모두가 매일을 숨 가쁘게 살아가고 있는 게 현실이다. 하지만 그럼에도 우리가 정말 해야 할 일은 자신의 전략과 방향을 분명히 하는 것이다. 방향이 틀리면 잘못된 노력을 지속하는 것밖에 되지 않으니까.

◆ 당신의 잘못으로 말미암아 모든 팀원이 책임을 지게 되니 절대 제멋대로 굴지 마라!

창업 초기, 나는 인간적이고 호의적인 사장을 자처하며 직원들한테 멋들어지게 약속했다. 우리 회사에서 직원을 해고하는 일은 없을 테니 직원과 회사가 함께 성장해가자고!

그러나 2015년 8월, 회사에 돈이 떨어지고 동업자마저 손을 털자 나 혼자서는 20여 명의 직원을 거느릴 수 없는 상황이 되었다. 새로운 길을 모색하려면 인원 감축을 할 수밖에 없었고, 그 말은 곧 몇 명을 제외한 나머지 직원을 해고해야만 한다는 뜻이었다.

문제는 당시 우리 직원들 중 누구 하나 모자라는 사람이 없는 데다 모두 성실하기까지 했다는 것이다. 그들은 장기 야근도 마다하지 않으며 열심히 일했다. 어떤 직원은 잠 한숨 자지 않고 연속 60여 시간을 일하는 기록을 세울 정도였다. 회사를 생각하는 마음도 대단했다. 연말 송년회 때 이름표 떼기 게임을 하다가 한 직원이 넘어져 돌에 머리를 부딪혔고, 기어코 머리에서 피가 나는 사고가 있었다. 자기는 괜찮으니 걱정 말라며 나를 안심시키는 그녀를 나는 병원에 데려갔다. 치료 후 병원비를 계산하고 추가 수당으로 1천 위안을 건넸지만 회사의 어려운 사정을 생각한 그녀는 한사코 이를 거절했다.

그들은 회사를 위해 돈 한 푼 허투루 쓰는 일이 없었다. 한번은 촬영에 소품으로 주사기 몸통이 필요했는데 인터넷 오픈마켓에서 물품을 구하지 못하자 병원으로 달려간 직원도 있었다. 물론 병원에서는 줄 수 없다고 했고, 이 직원은 바이러스 감염의 위험을 무릅쓰고 버려진 주사기 몸통을 주워 왔다.

그들은 최고의 직원이었고 나는 최악의 사장이었다. 회사가 이 지경이 된 건 전부 나의 잘못된 판단 때문인데 죄 없는 그들을 반드시 해고해야만 하는 상황이라니……. 나는 정리해고 대상자인 직원을 불러놓고 입을 떼기도 전에 대성통곡하고 말았다. 그들에게 직원을 해고하는 일은 절대 없을 거라고 누누이 말해놓고 이제 와서 뒤통수를 치는 격이 되어버렸다는 사실은 나를 더욱 무력하게 만들었다.

그들이 화를 내고 원망하고 태도를 바꾸어도 당연한 일이었다. 하지만 그들은 상황을 충분히 이해한다며 도리어 나를 위로했다. 자신들은 금세 새 일자리를 찾게 될 테니 절대 자신들을 걱정하거나 죄책감을 갖지 말라면서……. 심지어 나와 계속 함께하고 싶다며 회사 사정이 나아질 때까지 월급을 받지 않겠다는 직원도 있었다. 그들은 해고를 당했음에도 회사의 앞날과 남은 직원들을 걱정하며 향후 베이징으로 회사를 이전했을 때 리스크를 줄일 방법들에 대해 조언을 아끼지 않았다. 이러한 모든 상황이 나를 얼마나 부끄럽게 만들었는지 모른다.

직원들을 해고하는 사흘 동안 나는 아침에 눈을 떠 저녁까지 온종일 눈물을 흘렸다. 밥을 먹으면서도 울고('밥순이'라서 그래도 밥은 먹어야 했다), 씻으면서도 울고, 길을 걸으면서도 울었다. 정리해고를 한 후에도 9월까지 완료해야 할 프로젝트가 있어 일은 계속해야 했는데, 해고를 당한 직원들은 그 일을 마칠 때까지 자발적으로 회사에 남아 야근도 불사하며 최선을 다해주었다.

그 시기, 우리는 예전과 다름없이 농담 삼아 서로를 디스하며 이야기꽃을 피웠다. 회사가 해산되는 날 우리는 다 같이 해피밸리(중국의 테마파크)에 가기로 했다. 타지에서 온 직원이 대부분인데 선전에서 그렇게 오래 생활했고 심지어 회사 바로 옆이 해피밸리인데도 다들 야근을 하느라 갈 시간이 없었기 때문이다.

회사가 문을 닫는 날 테마파크로 단체로 놀러 갈 궁리를 하는 사람들은 아마 우리밖에 없을 거다. 이보다 더 바보 같은 일이 또 있을까! 하늘도 이런 우리를 더 이상 두고 볼 수 없었는지 그날 비를 내렸다. 해피밸리 입구에 도착해서야 대부분의 놀이기구가 운행하지 않는다는 사실을 발견한 우리는 놀기를 포기할 수밖에 없었다.

사흘 간의 정리해고는 나의 창업 경험을 통틀어 가장 아픈 상처가 되었다. 모든 돈을 잃고 집을 담보로 빚을 갚아야 하는 상황보다도 직원들을 해고한 것이 나를 더 힘들게 했다. 이는 나의 가장 큰 트라우마가 되었다. 지금도 회사를 제대로 경영하지 못하면 해산해야 하는 상황이 올 수 있다는 생각을 하면 조금이라도 꾀를 부리거나 내 마음대로 결정을 내릴 엄두가 나지 않는다.

예전의 나는 생각도 책임감도 없었다. 툭하면 타인과의 약속을 잊어버리기 일쑤였고 원고를 써주겠다 해놓고 펑크를 낸 적도 한두 번이 아니었다. 물론 지금도 여전히 펑크를 내긴 하지만 일말의 책임감은 생겼다. 나의 실수로 말미암아 모든 팀원이 책임을 져야 한다는 사실을 생각하면 제멋대로 굴 수가 없다.

지금 내가 이렇게 열심히 노력하는 이유 중 하나는 하루빨리 회사 이익을 높여 예전 직원들을 다시 불러오기 위해서다.

창업을 하면 어떤 기분이냐고? 창업이란 매일 아침 눈을 떴을 때 더 이상 늦잠을 자면 안 된다는 생각이 드는 것이다. 하나의 집단이 내가 먹여 살리길 기다리고 있는 기분이기 때문이다. 창업이란 내가 내리고 싶어도 내릴 수 없는 해적선에 승선한 기분이다. 창업은 신이 나와 무슨 원수가 졌기에 나를 이 지경으로 만들었는지 정말 귀신이 곡할 노릇인 느낌이다. 창업은 아슬아슬하고 자극적이어서 멈출 수 없는 느낌이다.

무엇보다도 지난 1년간의 경험이 없었다면, 내가 어떻게 "나도 회사를 말아먹어본 사람이에요"라는 말을 아무렇지도 않게 툭 던질 수 있겠는가!

PART 2

EQ가 높다는 말은 제대로 말을 할 줄 안다는 의미다. 정말로 EQ가 높은 사람은 가식적인 게 아니라 따뜻한 마음을 지니고 이를 표현할 줄 안다.

EQ가 높다는 말은 제대로 말을 할 줄 안다는 의미다

〈Let's Talk〉(중국의 예능 프로그램)를 보다 보면 방송인 차이캉융이 정말 대단하다는 생각이 든다. 어떤 토론 주제가 나와도 고상한 말솜씨를 뽐내는 것은 물론, 상대가 개떡 같은 말로 논제를 흐릴 때에도 그는 조곤조곤 교묘하게 말을 돌려놓는다. 그가 구사하는 단어나 이야기하는 자세 때문에 상대가 바보처럼 보이기 일쑤다.

나도 그처럼 EQ가 높고, 또 그렇게 말을 잘한다면 얼마나 좋을까! 친구들에게 이 이야기를 했더니 그들은 모두 이렇게 말했다.

"너도 말 잘하잖아. 너처럼 직설적이면서 EQ도 높은 사람은 보기 드물걸!"

"설마, 욕을 입에 달고 사는 나 같은 수다쟁이가?"

그러자 친구들은 내가 말을 잘한다는 증거를 줄줄이 나열하는 게 아닌가! 이에 나는 인정하지 않을 수 없었다.

'내가 원래 좀 멋졌구나!'

EQ가 높다는 말은 제대로 말을 할 줄 안다는 의미다. 그렇다면 어떻게 말을 해야 할까? 30가지 말하기 기술을 살펴보자.

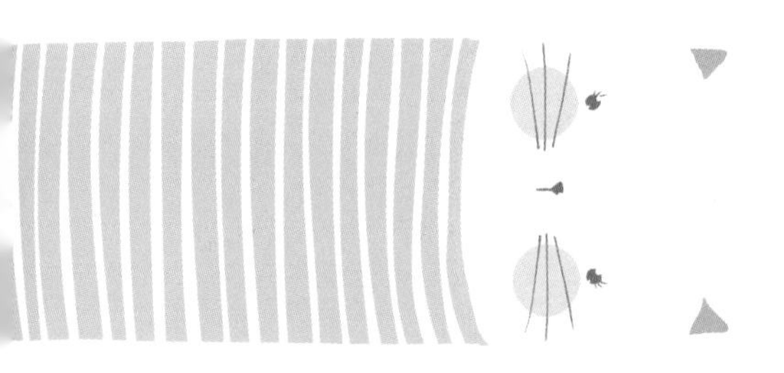

◆ "아니지" 대신 "맞아"라는 추임새를 사용하라.

한 친구는 "아니지"라는 말을 습관적으로 사용한다. 다른 사람이 무슨 말을 하든지 일단 "아니", "아니지" 하고 시작한다. 그러나 이러한 추임새 뒤에는 대개 상대 의견을 부정하고 지적하는 말이 아닌, 보충 의견이 이어진다. 그럼에도 사람들은 그를 좋아하지 않는다. 그가 습관적으로 내뱉는 "아니지"라는 말에 이미 부정당한 느낌을 받기 때문이다.

내가 인터뷰했던 사람들 중 완전 박학다식한 교수가 있었는데, 그에게는 정말이지 훌륭한 습관이 있었다. 상대가 아무리 바보 같은 말을 해도 진지하게 "맞아요" 하고 말해주는 것이었다. 그런 다음 그는 상대의 말을 확장하듯 자신의 의견을 이야기했다. 그의 이러한 화법은 그처럼 대단한 사람에게 인정을 받았다는 묘한 기쁨과 과분함을 느끼게 해주었다. 게다가 나의 생각을 그토록 멋지게 확장해주니 나도 덩달아 대단한 사람이 된 기분에 빠져들게 한다. 그 후 나는 그의 화법을 본받아 먼저 상대를 인정한 뒤 다시 나의 의견을 이야기한다. 이렇게 하면 확실히 분위기가 좋아져 소통이 한결 원활해진다.

◆ 고맙다는 인사를 할 때는 호칭이나 상대의 이름을 넣어라.

"고맙습니다"와 "○○ 씨 고맙습니다"의 차이는 뭘까? 바로 전자가 상대를 포괄적으로 가리키는 인사인 반면 후자는 상대를 특정하여 보다 마음이 담긴다는 데 있다. 아는 사이라면 고맙다는 인사를 할 때 호칭이나 상대의 이름을 더해보라. 그러면 훨씬 다정한 인사가 된다.

◆ 다른 사람에게 도움을 청할 때에는 상대의 동의를 구하는 말을 덧붙인다.

다른 사람에게 도움을 청할 때 명령조는 절대 금물이다. 상대가 존중받고 있다는 느낌을 받을 수 있도록 동의를 구하는 말을 덧붙이는 게 좋다. 상장 기업의 CEO인 한 친구는 내게 무슨 일을 부탁할 때마다 항상 "괜찮을까?", "-할 수 있을까?"라는 말을 덧붙인다. 이 같은 화법은 자신보다 지위가 낮은 사람에게 사용했을 때 자신을 더욱 교양 있는 사람으로 보이게끔 만들어준다.

◆ 대화를 나눌 때는 '나'보다 '너'를 더 많이 이야기하라.

차이캉융은 대화를 나눌 때 사람들은 저마다 '짐(천자, 과인)'이 된다고 말했다. 각자 자신의 말만 하고 싶어 한다는 뜻이다. 자신의 경험이나 의견을 이야기했다면 그 뒤에 "너는?", "네 생각은 어때?"라는 말을 덧붙여 상대에게 화제를 던져보라. 상대에게도 표현할 여지와 권리를 준다면 당신은 훨씬 사랑스러운 사람이 될 것이다.

◆ '우리', '저희' 같은 단어를 자주 말에 첨가하면 사이를 좁힐 수 있다.

예를 들어 알게 된 지 얼마 안 된 사람과 약속을 할 때 "내일 어디서 만날까요?" 대신 "내일 우리 어디서 만날까요?"라고 물어보라. 아주 작은 차이지만 훨씬 가깝고 친근하게 느껴질 테니까.

◆ 칭찬을 할 때에는 구체적으로 콕 짚어 말하라.

"너 정말 예쁘다", "너 진짜 똑똑하다", "너 완전 쩐다" 등등…….
이런 말들의 구사는 일반적인 칭찬의 기술이다. 이보다 더 고급 기술은 바로 상대의 어떤 점이 예쁘고 뛰어난지를 찾아내는 것이다.

내가 아는 한 여성은 몸매가 뛰어나 이미 귀에 딱지가 앉도록 몸매 좋다는 칭찬을 들어왔다. 그런데 어떤 사람이 그녀에게 이렇게 칭찬을 했다.

"중국 여자들은 허리와 힙의 비율이 별로 좋지 않은 편인데 당신만은 예외군요."

이 말이 꽤 인상 깊었던 그녀는 이렇게 칭찬한 상대와 결혼했다. 솔직히 말하면 나도 "미멍 씨, 책 대박이에요", "필력이 정말 좋아요"라는 칭찬들은 인사치레 정도로만 생각한다. 그러나 상대가 내 책의 어떤 문장이 좋았는지, 어떤 구절이 마음에 와 닿았는지를 이야기하면 '정말 내 글을 좋아하는구나' 싶어 감동한다.

◆ 상대의 숨은 장점과 상대가 칭찬받길 원하는 부분을 칭찬하라.

외모가 뛰어난 사람은 상대가 자신의 내적 부분을 칭찬해주길 바라고, 능력이 출중한 사람은 자신의 외모를 칭찬해주길 바란다. 자신이 부족하다고 느끼는 부분 역시 남에게 인정받고 싶은 심리가 작용하는 것이다. 따라서 상대가 기대하는 칭찬을 해주는 것 역시 칭찬의 기술이요, 말 잘하는 비결 중 하나다. 그러나 상대가 정말 속 빈 강정 같다거나 진짜 추남추녀인 경우라면 입은 비뚤어져도 말은 바로 해야 한다. 양심을 속이면서 하는 억지 칭찬은 위선이다!

◆ 남을 칭찬할 때는 유머를 곁들여라.

솔직히 말해서 노골적인 칭찬은 손발을 오그라들게 만드는 때가 많다. 그러나 칭찬에 유머를 더하면 오글거림을 덜어낼 수 있다. 예컨대 몸매가 좋은 사람을 칭찬하고 싶다면 이렇게 말해보라.

"아니, 다리 좀 짧고 허리 좀 굵으면 죽나? 얄미우니까 나한테 가까이 오지 마."

미모와 능력을 겸비한 여성을 칭찬하고 싶다면 이렇게 말해보는 것도 좋은 방법이다.

"국제적 관례에 따르면 예쁜 사람들은 백치미를 자랑하던데 너는 예쁜 데다 똑똑하기까지 하다니! 이건 반칙이야. 아니, 범죄라고!"

◆ 칭찬은 뒤에서 하더라도 험담은 상대의 면전에 대고 하라.

EQ가 높다고 '디스'를 하지 않는 것은 아니다. 친구들 사이에 서로 디스하며 티격태격하지 못한다면 무슨 재미가 있겠는가? 그러나 칭찬은 뒤에서 하더라도 험담은 상대의 면전에서 하길 바란다! 예전 동료 중 굉장한 미인이 있었다. 외모가 주는 선입견 때문인지 나는 그녀를 도도한 새침데기라고 생각했다. 그런데 그런 그녀가 한번은 내 험담을 하는 누군가한테 반박을 하는 게 아닌가! 우연히 목격한 이 모습에 나는 무척 감동받았고, 순간 그녀에 대한 호감이 급상승했다.

◆ 친구는 놀려도 친구가 좋아하는 것을 놀림거리로 삼지 마라.

친구가 좋아하는 스타를 놀림의 대상으로 삼는 건 금물이다. 이는 당신에게 '스타 덕질'을 하는 친구가 있다면 반드시 기억해야 할 사항이다. 친구를 '골빈 팬'라고 놀리는 건 괜찮을지 몰라도 친구가 좋아하는 스타를 '골빈 스타'라고 비웃어서는 절대 안 된다. 실제로 내가 아는 두 여학생도 이 문제로 우정에 금이 갔다. 그 둘은 10여 년을 알고 지낸 절친으로, 서로를 가족 같은 중요한 존재라고 말했다. 하지만 그중 하나가 한 영화배우의 일명 '빠순이'였는데, 다른 하나가 실수로 "○○○ 진짜 늙었다. 얼굴에 주름이 자글자글하네"라고 말했다가 그길로 그들의 우정은 막을 내렸다. 같은 이치로 스타 덕질을 하는 사람과 친구가 되고 싶다면 상대가 좋아하는 스타가 얼마나 잘생겼는지, 인성이 좋은지, 팬에게는 또 얼마나 잘하는지 등등을 칭찬하라. 이것이 상대와 가장 빠르게 우정을 쌓는 방식이다.

◆ 첫 만남에 상대의 이름을 기억하려 노력하라.

오래전 신문사에 갓 입사했을 때 나는 그야말로 완전 별 볼 일 없는 기자였다. 그런 내가 량원다오(홍콩의 작가이자 칼럼니스트 겸 TV 프로 진행자)를 인터뷰할 기회가 있었는데 당시 그는 나의 이름을 물었다. 그런데 그 후 1년여 만에 가진 두 번째 만남에서 그가 단번에 나의 이름을 부르는 게 아닌가! 어찌나 감격스럽던지……. 남의 이름을 잘 외우지 못하는 사람들이 많은데, 사실 이는 기억력이 달려서가 아니라 이름을 외우는 일 자체를 그리 중요하게 생각지 않아서이다. 만약 정말 중요함을 느낀다면 이야기는 분명 달라질 것이다.

◆ 아무리 화가 났다 해도 상대의 자존심을 건드리는 말은 삼가라.

그렇다. 싸움을 할 때에는 홧김에 막말을 하기 십상이다. 그러나 가까운 사이일수록 상대의 약점을 잘 아는 만큼 홧김에 내뱉은 막말의 위력은 매우 파괴적이고 치명적이다. 말다툼이 격렬해졌다 해도, 상대를 잘 안다는 것을 무기로 함부로 그에게 상처를 주지 마라.

◆ 직설적인 성격은 바른말을 할 때 보여주는 것이다.

친구를 뚱뚱하다고 디스하는 건 괜찮지만 "돼지같이 뚱뚱해"라고 말해서는 안 된다. 상대를 놀리는 것과 모욕하는 것은 별개의 문제이며, 유머와 빈정거림은 서로 완전 다르다. 도를 넘어선 발언은 결코 솔직한 게 아니다.

◆ 꿰뚫어 보되 이를 들추지는 마라. 상대에게 여지를 주는 게 필요하다.

상대가 틀린 말을 하거나 거짓말을 하고 있음을 알았더라도 그 자리에서 들추어내지는 마라. 누군가가 짝퉁 가방을 메고 자랑을 해도 이를 까발릴 필요는 없다. 솔직히 짝퉁 가방을 샀다는 사실만으로도 짠한데, 가짜를 진짜인 척 자랑하다니 더 짠하지 않은가! 사람은 자신에게 뭔가 부족하다고 느낄 때 명품으로 자신을 증명하려 하는 법이다. 하지만 스스로 더 단단한 사람이 되어 자신감이 생기면 그녀도 자신이 했던 행동이 덧없는 짓이었음을 깨달을 것이다.

◆ 사교 모임에서는 소수파의 기분을 고려하라.

열 명이 모임을 가졌다고 가정했을 때 그중 아홉 명이 고향 사람이라 할지라도 사투리는 쓰지 않는 것이 좋다. 특히 나머지 한 사람이 알아듣지 못하는 사투리라면 그는 매우 난처할 것이다. 열 명 중 아홉 명이 회사 동료이거나 학교 동창이라고 해도 마찬가지다. 동료나 동창이 아닌 사람이 한 명이라도 있다면 회사나 학교 이야기만 하는 건 실례다. 나머지 한 사람이 외톨이가 된 기분일 것이기 때문이다. 여러 사람이 모인 자리라면 소수파의 입장을 고려해 모두가 대화에 동참할 수 있는 화제로 이야기를 나눠라.

◆ 꼭 자랑해야겠다면 망신스러웠던 일을 곁들여 자랑의 수위를 조절하라.

이러한 '자랑의 기술'은 인류학자 케이트 폭스가 쓴《영국인 발견》

에서도 다뤄진 내용이다. 자신의 성공을 자랑하고 싶다면 듣는 이가 거북하지 않도록 반드시 망신스러웠던 일을 끼워 넣어라. 그러면 상대의 질투를 예방할 수도 있다. 예를 들어 "나 삼만 위안짜리 가방을 샀어"라고 꼭 자랑을 해야겠다면 이런 이야기를 덧붙여보라.

"가방을 메고 외출을 했는데 친구가 글쎄 진짜랑 완전 비슷하다면서 A급이냐고 묻는 거 있지? 일이천 위안은 줬겠다면서……."

◆ "내 말 이해했어?"라는 질문 대신 "내가 제대로 얘기했나?"라고 물어라.

"내 말 이해했어?", "내 말 알아들었어?"라는 말은 지극히 정상적인 질문처럼 들리지만 사실은 적절하지 않은 표현이다. '바보야 이해했니?', '내 말의 포인트를 알겠어?'라는 일종의 암시가 담겨 있으니까. 그러나 이러한 질문을 "내가 제대로 얘기했나?"라고 바꾸면 지적의 대상이 남이 아닌 내가 된다. 만약 내가 제대로 얘기하지 못했다면 다시 한 번 말해주겠다는 의향이 포함되어 있으니, 이 편이 훨씬 공손한 표현이지 않은가?

◆ 자신의 옹졸함을 털어놓으면 더 큰 호감을 얻게 된다.

EQ가 높은 사람들도 사심은 있다. 다만, 사심을 직접적으로 이야기할 뿐이다. 두 개의 사과가 있다고 가정해보자. 하나는 작고 하나

는 큰 사과다. 이때 큰 사과를 먹는 방법은 두 가지다. 먼저 작은 사과를 다른 사람에게 주고 큰 사과를 자신이 갖는 방법, 그리고 다른 하나는 "큰 사과를 주고 싶은데 좀 아깝네. 안 줘도 될까?"라고 솔직하게 이야기하는 방법이다. 전자의 경우 상대는 당신을 이기적이라고 생각할 것이다. 그러나 따지고 보면 똑같이 이기적인 상황임에도 후자의 경우에는 당신의 이기심이 귀여워 보일 수 있다.

◆ 재미있는 셀프 디스로 고급 유머를 시도하라.

대학 시절 룸메이트 중 한 명은 내 거의 모든 면이 마음에 들지 않지만 딱 하나 귀여운 구석이 있다고 말했다. 바로 내가 셀프 디스를 즐긴다는 점이었다. 내가 셀프 디스를 할 때마다 그녀는 다시 내가 좋아졌다고 했다. 셀프 디스를 하려면 단단한 마음과 뻔뻔함 그리고 유머 감각이 필요하다. 그래서 나는 아예 나의 치부나 과오를 유머 삼아 나를 웃음거리로 만드는데, 그 효과가 꽤 좋다.

◆ **자신의 비참했던 경험을 말하는 것도 상대를 위로하는 방법 중 하나다.**

다른 사람이 슬퍼할 때 그 아픔을 어루만져주는 방법은 그가 가장 불행한 사람이 아니라는 사실을 알려주는 것이다. 내게 남자 친구가 바람을 피웠다고 댓글을 남긴 팬이 있었다. 중요한 건 그녀가 이 사실을 알았을 땐 이미 남자 친구가 바람을 피운 지 2년째였고, 그녀를 제외한 주변 사람들은 모두 이 사실을 알고 있었다는 것이다. 그녀는 비참한 현실에 자살까지 생각했다고 한다. 그녀에게 나는 이런 답글을 달았다.

'제 전 남자 친구는 5년간 바람을 피웠어요. 그런데 제가 그걸 어떻게 알았는지 알아요? 남자 친구가 바람을 피운 상대가 그와 1년 넘게 동거를 하다 저를 찾아왔어요. 그녀는 저처럼 바보 같은 여자는 처음 본다며 보다 못해 찾아왔다고 하더라고요. 저는 당연히 남자 친구를 만나 따져 물었고, 그는 기왕 내가 알게 된 거 솔직하게 말하자 싶었는지 사실대로 말하더군요. 저와 연애를 시작한 지 얼마 되지 않아 바람을 피우기 시작했다고요. 5년간 장거리 연애를 했는데 그 5년 동안 그는 바람을 피웠던 거죠. 그의 친구들은 전부 알고 있었는데 나만 바보같이 그가 날 좋아한다고 착각했지요.'

이 글을 읽은 그 팬은 기분이 한결 나아졌다고 했다.

◆ 주야장천 힘들다는 이야기만 늘어놓지 마라.

EQ가 높은 사람은 최대한 남의 기분을 살피고 고통을 이해하려 노력한다. 상대의 이야기에 감정을 이입하지만 다른 사람도 자신에게 똑같이 해주길 바라지는 않는다. 그러므로 어떤 문제가 생겼을 때 쉴 새 없이 불평을 늘어놓는 방법으로 다른 사람에게까지 부정적인 에너지를 전염시키지 않는다.

◆ "내가 말했지", "내 그럴 줄 알았어" 하는 말은 삼가라.

살다 보면 누군가에게 주의를 줘도 소용없는 경우가 많다. 상대는 여전히 제 고집대로 일을 처리했다가 실패하고 손해보고 사기를 당하기 때문이다. 이럴 때면 우리는 참지 못하고 한마디 하게 된다.

"내가 말했지……."

언젠가 춘제(중국의 가장 큰 명절인 음력 정월 초하룻날) 때, 마카오로 가족여행을 간 적이 있다. 남편은 때가 때인 만큼 사람이 많을 거라며 반대했지만 이미 가족여행에 꽂힌 나는 그 말을 듣지 않았다. 아니나 다를까 사람들이 정말로 엄청 많았다. 당시 우리에게 닥친 첫 번째 관문은 줄서기였고, 그날 우린 장장 다섯 시간 동안 줄을 서야 했다. 평소 이것저것 잘 잃어버리는 나를 걱정해 남편은 자신에게 통행증을 맡기라고 말했다. 그러나 나는 굳이 내가 가지고 있겠다 고집 부렸고 결국 통행증을 분실하는 통에 우리 가족은 숙소도 잡지 못한 채 맥도날드에서 하룻밤을 꼬박 지새워야 했다. 당시 나는 매 순간 잘못된 결정을 내렸고 그 결정은 최악의 결과를 불러왔다. 하지만 남편은 "내가 말했지"라고 핀잔을 주는 대신 나와 함께 문제를 해결해주었다. 그게 얼마나 고마웠는지 모른다. 그날 이후 나도 이런 말을 하지 않는다.

◆ 이야기 도중에 상대의 말이 끊겼다면 "방금 무슨 말 하려고 했어?"라고 물어라.

대화를 하다 보면 본의 아니게 가끔 상대의 말허리를 자를 때가 있다. 이럴 때는 사과의 말과 함께 "방금 뭐라고 얘기했었지?"라고 상대가 말했던 내용을 상기시켜 자신이 존중받고 있음을 느끼게 하라.

◆ 매사에 상대를 이기려 들지 마라.

객관적으로 상대를 이기더라도 상대의 감정을 상하게 할 수 있다. 특히 자신의 가족이나 친구에게는 승부욕을 발휘하지 마라. 루단(달걀 장조림)이 맛있는지 차예단(찻잎·오향 등을 넣어 삶은 달걀)이 맛있는지 같은 사소한 문제로 얼굴까지 붉혀가며 논쟁을 벌이는 사람들이 많은데, 과연 그럴 필요가 있을까? 어떠한 원칙과 직결되는 문제가 아니라면 상대에게 승리를 양보하라.

◆ 영광은 함께 나누라.

누군가 후거(중국의 배우 겸 가수)를 칭찬했을 때 그가 제작진들을 향해 진심으로 이렇게 말했던 기억이 난다.

"영화를 찍으면서 모두가 함께 고생하는데 칭찬과 박수를 받는 건 항상 배우들뿐인 것 같아 송구스럽다."

이처럼 EQ가 높은 사람들은 영광을 함께 나눌 줄 안다. 살면서 누군가에게 칭찬을 받았다거나 이익을 얻었다면 또는 누군가와 나눌 경험이 생겼다면 그러한 결과가 있기까지 도움을 줬던 사람들을 잊지 말고 언급하라.

◆ 책임져야 할 일은 확실히 책임져라.

나는 남에게 책임을 떠넘기는 사람을 제일 싫어한다. 얼마나 싫어하는지 무슨 일이든 내게서 먼저 문제를 찾아보고 자신을 점검하는 습관이 생겼을 정도다.

◆ 성질을 부리지 마라.

후스(중국의 대문호로 베이징대학교 초대 총장)는 높은 EQ를 지닌 대표적 인물로, 거의 화를 내지 않았다. 그는 화를 내는 것이 일종의 추태라고 말했다. 그리고 자신의 감정을 제어하기 위해 화가 날 때면 10초간 심호흡을 하며 마음을 가라앉혔다고 한다. 우리 역시 이렇게 하면서 생각해보는 거다.

'성질을 부려야만 해결할 수 있을 정도로 심각한 일인가? 더 좋은 해결 방법은 없을까?'

◆ 거절할 때에는 먼저 "내 탓이오" 하라.

원고 청탁을 거절할 때 나는 이렇게 말한다.

"제가 좀 의지박약이라 미루기 선수거든요. 펑크도 잘 내고……. 지금 원고 청탁을 거절하는 게 제가 드릴 수 있는 가장 책임감 있는 답변인 것 같네요. 양해 부탁드립니다."

그러면 상대는 "알겠습니다. 다음을 기약하죠"라고 대답할 수밖에 없다.

◆ 협력을 모색할 때에는 상대에게 무엇을 줄 수 있는지를 이야기하라.

종종 프로젝트를 함께하고 싶다는 사람들이 있다. 그들은 대개 자신한테 무엇이 필요한지, 어떤 효과를 거두고 싶은지를 이야기한 후 내가 프로젝트에 참여한다면 자신들의 목표 또는 바람이 이뤄질 거라고 말한다. 하지만 그들이 잊고 있는 한 가지가 있다. 그들이 우리 아빠도 엄마도 아닌데 내가 왜 그들의 꿈을 이뤄줘야 하냐는 거다. 구직할 때에도 마찬가지다. 대부분의 지원자는 자신에게 얼마나 그 일이 필요한지를 이야기하지만 정작 이야기해야 할 것은 따로 있다. 바로 자신이 그 회사를 위해 무엇을 해줄 수 있는지, 해당 직책을 맡았을 때 어떤 일을 할 수 있을지 등 상대가 당신을 선택해야 할 이유를 제기하는 것이다.

◆ **정말로 존중하고 인내심을 발휘해야 할 상대는 가족, 배우자, 친구이다.**

사람들은 대부분 낯선 이에게는 예의를 차리면서도 가족, 배우자, 친한 친구에게는 쉽게 짜증을 부리고 화를 낸다. 상대가 받아줄 것이라는 믿음 때문이다. 우리는 왜 자신을 가장 사랑해주는 사람들에게는 상냥함, 다정함, 유쾌함을 보여주지 않는 걸까? 정말로 우리가 인내심을 발휘하고 또 존중해야 할 상대는 바로 그들인데 말이다.

사람들은 EQ가 높은 이가 싫다고 말한다, 가식적인 느낌이라면서. 그러나 정말로 EQ가 높은 사람은 가식적인 게 아니라 따뜻한 마음을 지니고 이를 표현할 줄 안다.

위에서 언급한 30가지 '말하기 기술'의 본질은 타인의 의견에 귀 기울이고, 상대방의 단점보다는 장점을 보며, 상대에게 필요한 것을 살피는 존중과 배려이다. 주변 사람들 중 EQ가 가장 높다는 평가를 받는 인물을 생각해보라. 그럼 그들이 오히려 너그럽고 진솔하다는 것을 알 수 있을 것이다. 그들은 진심으로 세상을 사랑하고, 사람을 좋아하고, 만물의 아름다움을 보려 한다. 또한 그들은 연민을 느낄 줄 알고, 상대를 이해하며 입장을 바꿔 생각할 줄 안다.

도덕의 본질이 타인을 생각하는 마음이라고 할 때 EQ의 본질 또한 마찬가지다. 혹자는 "EQ가 높은 게 뭐 대수이냐? 실력도 없으면서 요령만 피울 줄 아는 것 아니냐?"라고 말하지만 나는 그렇게 생각하지 않는다.

EQ 또한 하드 파워의 일부분이다. IQ는 사람의 최저 능력치를 결정하고, EQ는 사람의 최고 능력치를 결정한다. 상대에게 하는 말이 얼마나 편안함을 주는가에 따라 당신이 도달할 수 있는 최고의 경지가 결정된다. 꼭 당신의 야심이나 성공을 위해서가 아니더라도 EQ가 높으면 당신은 물론 당신 주변 사람들까지 즐겁고 행복하게 만들 수 있다. 그런데 굳이 마다할 이유가 뭐 있을까?

날강도들에게, 내가 왜 당신을 도와줘야 해?

요즘 나는 내가 정말 EQ가 부족한 사람임을 느끼고 있다.

대체 어디서 내 전화번호를 알았는지 모르지만, 한번은 생판 모르는 사람이 전화를 걸어왔다.

"미멍 씨, 정말 팬입니다. 다름 아니라 제가 창업을 했는데 제가 만든 앱의 애드버토리얼(기사형 광고)을 무료로 좀 써주셨으면 해서요."

그녀는 내가 대답을 하기도 전에 다단계 마케팅 모드로 돌입하여 자신이 창업을 해서 얼마나 힘든지를 토로했다. 어찌나 쉴 새 없이 말을 쏟아내던지 말을 끊기도 어려웠다. 그렇게 한 시간 넘게 그녀가 떠들어대는 이야기를 듣고 있자니 정말 머릿속이 텅 비는 기분이었다. 나는 반포기한 상태로 그녀의 이야기를 들으며 그녀가 만들었다는 앱을 다운받아 이것저것 실행해보았다. 그런데 정말 그 앱은 그냥 별로인 정도가 아니라 형편없었다. 나는 할 수 없이 그녀의 말을 끊고 미안하지만 도와줄 수 없다고 말했다. 그러자 그녀는 화를 냈다, 정말 진심으로. 그녀는 내게 호통을 치며 말했다.

"제가 한 시간 넘게 침이 다 마를 정도로 얘길 했는데 그냥 흘려들으신 거예요? 그쪽도 창업자면서 일말의 동정심도 없나 보죠? 좋은 분인 줄 알았는데 이렇게 매정하게 구실 줄이야! 정말 실망입니다!"

젠장!

창업한 게 뭐 대수인가? 도움 받아야 할 처지라고 유세라도 떠는 거냐고? 내 시간을 한 시간이나 빼앗아놓고 그런 말이 나오느냔 말이다! 창업을 했으면 상품으로 승부를 봐야지, 사연 팔이로 어떻게 해보려는 건 하수들이나 하는 짓인 건 아나? 동정심을 들먹거리며 도움을 강요하는 게 더 혐오스럽다 이거다! 이럴 때는 천 마디 말보다 꺼지라는 한마디가 최고인데…….

이때까지 나는 예전에 웨이보상에서 알게 된 사람이 이 세상 최고의 '돌아이'인 줄 알았다. 그녀는 내게 이런 쪽지를 보냈다.

'미멍 씨! 저는 당신의 책을 돈 주고 사고 싶지 않아요. 그러니까 책의 전체 원고 파일을 제게 보내주세요. 제가 원래 다른 작가의 책은 워드파일로도 보기 싫어하는 사람이거든요. 제가 당신 팬인 걸 감사해야 해요.'

내가 감사해야 한다니, 감사는 무슨 얼어 죽을!

그런데 최근 이런 어이없는 일들이 연거푸 몰려왔다. 어떤 이는 내게 원고 청탁을 하며 이렇게 말했다.

"글을 정말 잘 쓰시던데 우리 잡지사에 투고 좀 해주세요!"

나는 대답했다.

"죄송해요. 제가 다른 원고를 쓸 시간이 없어서요. 위챗 공식 계정에 글 올리고 시나리오 쓰는 것만 해도 바쁘더라고요. 죄송합니다."

그녀는 말했다.

"아, 알겠다. 'EQ가 높다는 말은 제대로 말을 할 줄 안다는 의미다'라는 글 저 봤어요. 지금 스물여덟 번째 방법을 사용하신 거죠? '거절을 할 때에는 먼저 '내 탓이오' 하라는……."

이에 나는 어색하게 웃으며 말할 수밖에 없었다.

"하하하, 들켰네요. 그런데 정말 죄송해요. 제가 진짜 바빠서요."

그러자 그녀가 바로 돌변했다.

"EQ가 높으면 타인을 생각하는 마음이 있는 거라면서요? 그럼 제 기분이 어떨지 고려해보셔야 하는 거 아닌가요? 시간이야 쪼개면 있는 거잖아요?"

젠장!

'EQ가 높다는 말은 제대로 말을 할 줄 안다는 의미다'라는 글에 이런 문장을 추가해야 할까 보다.

'다른 사람의 부탁을 거절하는 걸 미안해하지 마라. 어차피 당신을 난처하게 만드는 뻔뻔한 사람들은 좋은 사람이 아니다.'

얼마 전에도 내게 도움을 요청하러 온 사람들이 있었는데 태도가 정말 거만했다. 만나자마자 대뜸 자기가 일이 많아서 진짜 바쁘니 나더러 자신이 정한 시간에 전화를 하라는 거다.

내게 마가 꼈나? 요즘엔 부탁을 하는 사람들마다 왜 전부 이 모양인지! 내 모든 글을 자신의 위챗 공식 계정에 게재할 수 있도록 독점권을 달라고 한 사람도 있었다. 내가 왜 그런 독점권이 필요하냐고 묻자 그 사람은 당당하게 대답했다.

"내가 당신의 글을 좋아하니까요. 이런 이유면 충분하지 않나요?"

충분하기는 개뿔!

당신이 나를 좋아한다고 내가 무조건적으로 당신의 부탁을 들어줘야 하나? 아니 내가 왜? 내가 당신에게 뭘 빚졌나? 아님 내가 당신의 부모인 줄 아나? 남의 등에 빨대를 꽂으려 드는 게 당신이 누군가를 좋아하는 방식이라면 부탁인데 나 말고 나를 계속 뚱뚱하다고 디스하는 장자자(미멍처럼 SNS 글로 주목을 받기 시작한 중국 작가)를 좋아해주기 바란다.

그리고 꼭 귀띔을 해줘야 할 것 같은데 나는 미멍이지, 구세주가 아니다.

부자 친구에게 이 얘기를 했더니 그녀도 이런 경험이 있다고 했다. 잘 알지도 못하는 사람들이 찾아와 돈을 빌려달라고 한다는 거다. 그녀가 빌려줄 수 없다고 하면 상대는 고작 몇만 위안도 빌려주기가 아깝냐며 비아냥거린다고 했다. 당신처럼 별장만 몇 채에 레인지로버나 BMW 같은 자동차도 몇 대씩 굴리는 사람에겐 몇만 위안 정도는 껌 값일 텐데 야박하게 굴 거냐면서……. 그러면서 돈 있는 사람들이 더 한다고 개탄을 한단다.

젠장, 이게 대체 무슨 논리지? 막말로 남이 부자가 되는 데 보태주기라도 했나? 이래서 때로는 가난이 인품이 되기도 한다는 말이 있는 거다. 가난한 게 자랑인가? 상이라도 줘야 하느냔 말이다.

우리 주변에는 남의 전공을 이용해 먹으려는 사람들이 꼭 있다.

"너 영어 배우지 않았어? 나 대신 논문 번역 좀 해주라."

"너 중국어 할 줄 알지? 연설 원고랑 연말 결산서 좀 써줘라."

"너 디자인 공부했지? 나 로고 디자인 좀 해줘."

"너 일본어 배우지 않았어? 이 AV 내용이 뭔지 좀 봐줘."

그들은 마치 우리가 그들에게 편의를 제공하기 위해 이제껏 공부를 하기라도 한 것처럼 말한다. 도움 주기를 거절하면 서운함을 폭발시킨다.

"너 전공이 그거잖아? 별로 어렵지도 않은 일을……."

이럴 때면 정말이지 시원하게 욕이라도 날려주고 싶다. 논문 한 편 번역하고, 로고를 디자인하고, 연설 원고를 쓰는 데에도 시간과 노력이 필요하지 않나? 다년간 쌓아온 지식과 경험이 필요한 일인데 다른 사람의 노동을 존중해주면 어디가 덧나나?

유럽에서 유학 중인 내 친구는 뜬금없이 각종 명품 가방이며 화장품을 사달라고 부탁하는 사람들 이야기를 했다. 심지어 어떤 사람은 아예 무슨 색상의 립스틱, 몇 사이즈의 신발 등이 적힌 리스트를 작성해주기도 한단다. 물건들을 사러 다니는 게 얼마나 번거로운 일인데! 이 가게 저 가게를 돌며 물건을 골라야 하고, 원하는 색상이나 사이즈가 없으면 재방문이나 다른 가게에 들르는 수고를 해야 한다. 무엇보다 중요한 건 집에 돌아올 때마다 세관검사를 통과해야 한다는 것이다.

친구는 기껏 물건을 사 오면 "중국에서 사는 것보다 별로 싸지도 않네!", "색상이 이게 아니네!", "사이즈가 안 맞네!" 등등 별별 불평을 듣는 경우도 있다고 했다.

그럴 때는 싸대기를 날려줘야 하는 건데…….

상대가 부탁을 들어줬으면 고맙다는 마음을 가져야 마땅하거늘 도리어 트집을 잡으며 불평을 하다니, 이게 도둑놈 심보가 아니고 뭔가?

동료가 영화를 보러 갔을 때의 일이다. 기분 좋게 자기 자리를 찾았는데, 그 자리에 다른 사람이 앉아 있었다. 동료가 좌석을 잘못 찾은 것 같으니 비켜달라고 부탁하자, 상대는 주변을 가리키며 한 가족이라서 꼭 함께 앉아야겠으니 그쪽이 양보를 해달라고 했다. 이에 동료는 자리를 양보하고 안 하고는 자신의 자유인데 이런 식으로 먼저 남의 자리를 차지하고 앉는 것은 아니지 않느냐고 말했다. 그러자 상대는 당당하게 말했다.

"우리가 어르신들 모시고 모처럼 영화를 보러 왔는데 자리 좀 양보해주는 게 뭐 대수라고. 하여간 요즘 젊은이들은 어쩜 이렇게 몰지각할까!"

또 다른 동료는 친구와 침대 기차(중국에는 장거리 이동이 많아 침대 기차가 많다. 한 칸에 3층 침대가 마주보고 설치되어 총 6개의 침대 좌석이 있는 열차와 2층 침대가 마주보게 설치되어 총 4개의 침대 좌석이 있는 열차로 나뉜다. 3층 침대 기차의 경우 2, 3층은 허리를 펴고 앉을 수 없는 구조라 1층 〉 2층 〉 3층 순으로 가격이 더 비싸다. 고로 3층 침대 기차보다는 2층 침대 기차가 더 비싸다)를 타러 갔다가 이런 일었다. 2층과 3층 침대 사람이 1층 침대를 사용하는 그녀들에게 자리를 바꿔달라고 떼를 쓰더라는 거다. 남자 넷이 카드게임을 해야겠다는 이유로 말이다. 그녀들이 자리를 바꿔주지 않자 다 큰 남자 넷은 급기야 열차 객실 안에서 소란을 피웠고, 이에 화가 난 그녀들은 경찰에 신고를 했다. 곧 경찰이 출동했음에도 그들은 여전히 큰 소리를 쳤다.

"이게 다 마음을 곱게 쓰지 않은 아가씨들 탓이라고! 못돼먹은 것들!"

당신들 같은 머저리의 요구를 군말 없이 들어줘야 착한 사람 소리를 들을 수 있다면 난 그냥 평생 악독한 사람으로 살겠다!

물론 원고를 써주고, 자리를 양보하고, 물건을 사다 주거나 돈을 빌려주는 정도의 도움도 줄 수 없냐고 묻는 사람들이 있을 것이다. 그래봐야 사소한 일들이 아니냐면서 말이다.

그런 사람들에게 누군가 즈후에 올린 말을 해주고 싶다.

'사소한 일이라는 표현은 도움을 받는 사람이 아닌, 도움을 준 사람이 쓰기에 적합한 말이다. 즉, 내가 누군가를 도와 상대가 나에게 감사 인사를 했을 때 내가 상대에게 겸손의 뜻을 담아, 뭘요! 사소한 일인걸요, 라고 말할 수 있는 것이다. 도움을 요청하는 사람이 처음부터, 사소한 일인데 부탁 좀 하자, 라고 말하는 건 예의가 아니다.'

알겠는가?

'사소한 일'이란 도움을 부탁받은 내가 당신에게 해야 할 겸손의 말이다. 도덕성을 들먹이는 구실로 삼을 말이 아니란 말이다. 게다가 내가 도움을 줄 수 있는 일이라고 해서 반드시 도움을 줘야 하는 건 아니다. 까놓고 말해서 내가 다른 사람은 도와줄 수 있지만 당신은 도와주고 싶지 않다. 당신에게는 그럴 만한 가치가 없으니까!

적어도 나와 친구 사이라면 모를까, 얼굴도 본 적 없는 당신이 누구라고 내가 당신을 도와야 하나? 우리가 생판 남이라면? 좋다, 그럼 비즈니스로 접근하라. 자신은 어떤 대가도 치르지 않으면서 남의 덕만 보려고 하는 건 정말 아니지 않나?

당신을 도울 수 없다고 말하는 나를 이기적이라고 비난하는 당신이야말로 이기적인 날강도다. 착실히 노력할 생각은 않고 부탁 좀 하자는 몇 마디 말로 거저먹으려 하고 그런 계획이 실패하면 금세 정색을 하니 말이다.

그러고 보면 즈후에 올라온 이 말이 딱이다.

'타인의 정을 당신의 복으로 여기지 마라. 타인의 겸손을 당신의 운으로 여기지 마라. 타인의 포용을 당신의 몰염치의 밑천으로 삼지 마라.'

눈치 없고 뻔뻔하며 타인에 대한 배려가 눈곱만큼도 없는 머저리들에게 한마디만 하겠다. 내가 당신을 돕기 싫어하고 또 당신의 부탁을 거절하는 건 전부 당신 탓이다!

이용 가치도 없는 사람이 무슨 인맥을 논하겠는가?

세상을 살아가면서 인맥관리를 전혀 하지 않는다면 어떻게 될까? 인생이 비참해질까?

이 질문에 대한 최고의 답을 남편의 두 동창에게서 찾아보자. 두 동창 중 한 명은 '마당발'이었고, 다른 한 명은 전형적인 '책벌레'였다.

'마당발'은 학생회나 각종 동아리 활동에 열심이었다. 교내 소식통으로 통하던 그는 온갖 풍문부터 어느 과에 미남 미녀가 있는지까지 모르는 게 없었다. 학교 매점에 물건이라도 사러 갈라치면 길에서 아는 사람을 어찌나 많이 만나는지 가는 길이 구만리였다.

한편 '책벌레'는 학창 시절 어느 반에나 있을 법한 흔한 학생이었다. 검은 테 안경, 흐릿한 체크무늬 셔츠 차림에 말수도 적어 고리타

분한 느낌을 주는 전형적 스타일……. 기본적으로 강의실과 실험실만 오갔던 그는 과에서도 존재감이 거의 없어 대학 졸업을 앞두고도 그의 전체 이름을 다 아는 사람이 없을 정도였다.

졸업 후 '마당발'은 으리으리한 언론사에 기자로 입사하여 그야말로 '인맥왕'이 되었다. 의학계, 교육계, 요식업에 이르기까지 그의 연줄이 닿지 않은 곳이 없었다. 워낙 붙임성이 좋아 누구와도 친하게 지냈기 때문이다. 각 대형 병원의 병원장부터 오토바이 정비사에 이르기까지 거의 도시 인구 절반이 아는 사람이라고 할 정도였다. 환자가 몰려 병원 예약이 어려울 때에도 그는 최고의 전문가와 최고의 병동을 선택할 수 있었고, 입학 대란이라는 말이 나왔을 때에도 그의 아이는 시에서 가장 명문으로 꼽히는 두 학교 중 급식이 더 잘 나오는 쪽을 선택해 들어갈 수 있었다. 한 번 식사를 하려면 기본 두세 시간은 줄을 서서 기다려야 하는 인기 음식점의 사장도 그의 전화 한 통이면 방을 내어주었다. 그와 함께라면 어디에서든 VVIP 대접을 받을 수 있었다.

'책벌레'는 대학교를 졸업하고 계속 학교에 남아 석사, 박사, 박사후 과정을 밟았지만 여전히 존재감이 없었다. 아마 그에게는 사람보다 코드가 더 익숙했을 것이다. 졸업을 하고 여러 번의 동창회가 있었지만 동창들은 매번 그를 부르는 걸 잊어버렸다. 인터넷상에 개설한 밴드에도 그는 초대되지 않았다. 그에 대한 이야기를 좀 더 하고 싶어도 딱히 떠오르는 기억이 없으므로 할 수 있는 당시 그의 이야기는 여기까지다.

'마당발'은 몸담고 있는 업계가 사양길에 접어들자 회사에 사표를 던지고 창업했다. 그동안 쌓아온 인맥이 있으니 자본을 잘만 활용하면 뭔들 성공하지 못할까 싶었던 것이다. 실제로 창업 초기 그의 인맥은 꽤 쓸모 있었다. 그러나 시간이 흐를수록 그는 뭔가 이상하다는 것을 느꼈다. 예전만큼 자신의 '말발'이 먹히지 않았던 것이다. 예를 들어 투자자에게 밥을 사려고 음식점 사장에게 전화를 하면 미안하지만 룸 예약이 다 찼다는 대답이 돌아오는 식이었다. 창업 스트레스로 장기간 불면증에 시달리다 두통이 심해져 정신과 진료를 받으려 할 때에도 마찬가지였다. 병원장에게 전화를 걸었지만 병원장은 그의 전화를 받지 않았다. 무엇보다 가장 큰 차이는 중치우제(음력 8월 15일, 우리나라의 추석에 해당한다)였다. 언론사에서 일할 때만 해도 곳곳에서 선물한 위에빙(소를 넣어 만든 중추절 음식)을 매해 수십 상자씩 받곤 했는데 창업을 한 그해에는 달랑 두 상자가 전부였다. 그마저도 소식에 어두운 업체가 그의 퇴직 사실을 모르고 보낸 것이었다. 그 위에빙 두 상자를 보는 순간 그는 깨달았다. 예전의 인맥은 전부 자기 자신이 아닌, 자신의 백그라운드였던 유명 언론사의 이름 위에 세워진 허울이었다는 사실을 말이다.

'책벌레'는 박사후 과정을 밟을 때 진행한 프로젝트가 협력사의 팀장 눈에 띄어 함께 창업하자는 제안을 받았다. 협력사 팀장은 그에게 다른 건 아무것도 신경 쓰지 않고 기술 연구에만 집중할 수 있도록 해주겠노라 약속했다. 수고도 덜고 연구도 계속할 수 있으면 그 또한 나쁘지 않겠다고 생각한 '책벌레'는 그 제안을 받아들였다. 그리고 무슨 짓을 했는지 모르지만 얼마 지나지 않아 대박 특허 기술을 개발해냈다. 이 특허 기술로 벤처업계의 일약 스타로 부상한 그들의 회사는 2015년 A라운드 가치평가액이 5억 위안에 달했는데, '책벌레'가 주식의 60퍼센트 이상을 보유하고 있다 한다.

그가 사업에 성공했다는 소식은 모두에게로 퍼져 나갔다. 긴 세월 연락이 끊겼던 친구들이 하나둘 연락해왔고 덕분에 그의 SNS에는 매일 수십 통의 친구 신청이 들어왔다. 그들은 모두 "오래전부터 네가 잘될 줄 알았다", "그동안 쭉 지켜봐왔다"고 입을 모았다.

그는 각종 행사에 초대받았고, 평소 TV 경제뉴스나 연예뉴스에서 볼 수 있었던 유명인사들이 먼저 그에게 말을 걸어왔다.

작년 말 '책벌레'의 어머니가 심장 수술을 받아야 했다. 원래는 미국으로 모셔가 수술을 받게 할 생각이었지만 그의 어머니가 비행기 타는 걸 무서워하여 중국 병원에서 수술할 수밖에 없는 상황이었다. 하지만 중국 내에서 흉부외과로 가장 유명한 병원은 이미 수술 스케줄이 꽉 찬 상태였다. 그런데 이런 상황이 어떻게 알려진 건지 며칠 동안 그에게 도움을 주겠다는 전화가 빗발쳤다. 어느 거물은 직접 중국 내 최고 권위자인 의사와의 약속을 잡아주기도 했다.

'책벌레'는 대학 동창들에게 전설로 불린다. 특히 10여 개의 게시물이 전부인 '책벌레'의 SNS 팔로워가 전부 각 분야의 거물들임을 발견한 후로는 더더욱 그렇다. '마당발'은 '책벌레'의 인맥에 대해 유난히 불만이 많다. 그가 가장 기분 나쁜 건, 모처럼 자신의 비위를 맞춰준다 싶은 사람들이 "책벌레 씨랑 동창이라면서요? 그분 전화번호 좀 알 수 있을까요?"라고 물을 때이다.

이들의 이야기를 통해 우리는 두 가지 사실을 알 수 있다.

첫째, 인맥이란 무엇인가?

이에 대해 베이징대학교의 한 교수는 다음과 같이 말했다.

"인맥은 일종의 '가치 교환'으로, 쌍방 모두 이용 가치를 지니고 있을 때 성립되는 것이다."

인맥은 우정과 다르다. 우정은 이익이 아닌 감정적 교류가 큰 부분을 차지하기 때문이다. '마당발'의 예전 이용 가치는 그가 다니는 회사에 있었다. 소위 그의 인맥들은 그가 아닌 그가 다니는 회사를 이용하고 싶어 했다는 뜻이다. 그렇기에 그가 회사를 떠나는 순간 그의 이용 가치는 감쪽같이 사라졌고 그는 별 볼 일 없는 사람이 된 것이다. 한 마디로 인맥 또한 수준이 맞아야 한다는 얘기다.

둘째, 실력이 있어야 인맥이 따른다.

혹자는, 인맥은 성공으로 향하는 경로가 아니라 성공 후에 따르는 결과라고 했는데, 이는 정말 맞는 말이다.

내가 어느 정도 대단한 사람이 되었을 때 그만큼 대단한 인맥 자원을 끌어당길 수 있다. '책벌레'의 경우처럼 말이다. 그는 어떤 사람을 사귀기 위해 또는 어떤 관계를 맺기 위해 일부러 애쓴 적이 단 한 번도 없었다. 그러나 그가 대단한 사람이 되자 자연스럽게 각 분야의 인맥이 생겨났다. 반대로 '마당발'은 자신의 모든 시간을 사회생활에 쏟아부었지만 정작 자신의 전문 분야에서는 그 어떤 발전도 하지 못한 채 실패의 쓴잔을 마셔야 했다. 기본 방향을 잘못 잡았기 때문이다. 그가 업무 스킬을 연마하는 데 조금이라도 시간을 투자했더라면 그 많던 인맥 중 하다못해 일부분은 유지할 수 있었을 것이다.

아마도 많은 대학생이 자기계발에 시간을 투자해야 할지, 아니면 인맥을 쌓는 데 시간을 써야 할지 고민하고 있을 거다. 그들에게 나는 실력을 키우는 게 먼저라는 말을 해주고 싶다. 인맥을 찾아 헤매고 상대를 구슬려 유대관계를 맺는 것보다 타인이 먼저 관계를 맺고 싶어 하는 사람이 되는 게 낫다.

나에게 가진 것이 아무것도 없는데, 어느 유명인사와 사진을 찍고 모 업계의 거물과 악수를 했다 하여 그들이 나의 인맥이겠는가? 그들의 눈에 우리는 그저 투명인간일 뿐이다. 이는 그들이 속물이어서가 아니다. 그들도 보통 사람들과 마찬가지로 자신과 비슷한 수준의 사람 또는 자신이 우러러볼 수 있는 사람만을 바라볼 뿐이다.

일반인이 마윈이나 자오웨이(우리나라에서는 '황제의 딸'로 알려진 중국 배우)와 친한 친구가 되기란 어렵다. 그러나 마윈과 자오웨이는 친한 친구가 될 수 있다. 그들은 대등한 관계이기 때문이다. 그러고 보면 참 슬프지만 인정할 수밖에 없는 말이 있다.

'다른 사람과 친분 쌓기를 갈구하는 이일수록 사람들이 친해지고

싫어 하지 않는 인물인 경우가 많다.'

어떤 사람들은 대단한 누군가와 SNS 친구가 되었다고 기뻐하며 상대에게 '좋아요'를 날리고 댓글을 달면 상대를 자신의 인맥으로 만들 수 있을 거라고 생각하는데 천만의 말씀! 이는 그야말로 착각이다.

내가 가장 싫어하는 말,
"열심히 하면 손해야!"

'내가 가장 싫어하는 말이 뭔지 알아요? 바로 이거예요. 열심히 하면 손해야!'

위챗에서 사촌 여동생이 내게 했던 말이다. 당시 그녀는 전 세계 500대 기업 중 하나로 손꼽히는 글로벌 기업의 광저우 지사에서 일하고 있었다. 그 기업으로 말할 것 같으면 사무용 가구도 어느 브랜드가 아니라 어느 왕조의 것인지를 물어야 할 만큼 고급스러움의 결정체였다. 듣기로는 캐비닛도 진귀한 마호가니로 만들어져 그 가격만 100만 위안이 넘는다고 했다.

나는 이런 부자 회사에 다니는 직원들이라면 분명 진취적일 거라고 생각했지만 사실은 결코 그렇지 않았다.

그들은 모두 되는대로 하루하루를 보냈다. 차를 마시고, 인터넷 서핑을 하고, 이야기를 나누는 게 그들의 대략적인 일과였다. 퇴근 시간은 여섯 시였지만 과장 조금 보태어 다섯 시 반이면 다들 가방을 챙겨 집에 갈 준비를 마쳤다.

하지만 사촌 여동생은 달랐다. 어려서부터 모범생이던 그녀에게 이 기업은 명문 대학교를 졸업하고 처음으로 가진 직장인 데다 그녀는 책임감이 강하기로 유명한 게자리 태생이었다. 그녀는 대표이사의 비서로서, 자신에게 주어지는 모든 일에 최선을 다했다. 비행기표 예약이나 영수증 붙이기처럼 자잘한 일도 소홀히 하는 법이 없었다. 그러나 열심히 회의 기록을 정리하고, 대표이사가 부탁한 일들을 일찌감치 완료할수록 그녀는 주변 사람들의 미움을 샀다.

사람들은 그녀의 직업의식이 지나치게 투철하다며 그건 병이므로 고쳐야 한다고 말했다. 그나마 '착한' 선배는 매일 있는 업무일 뿐인데 그렇게 열심히 할 필요가 있느냐는 '충고'를 건넸다. 한마디로 혼자서 그렇게 열심히 하는 꼴을 못 봐주겠다는 뜻이었다. 말 나온 김에 그 선배는 요령껏 일을 처리하면서 사장의 눈을 속이는 비법을 전수해주며 이 말을 덧붙였다고 한다.

"열심히 하면 손해야."

열심히 하면 손해라고? 이는 확실히 능구렁이 직장인들이 사랑하는 어록 중 하나다.

내 동료인 지타오는 보석 감정사로 일한 이력이 있다. 당시 그녀는 다이아몬드의 색깔과 광택을 감정하는 일을 맡았는데 그녀가 열심히 보석을 선별할 때마다 동료들은 신입인 티를 낸다며 비웃었다.

"뭘 일일이 감정하고 있어. 그냥 형식적인 일인데…… 전부 D급(최고 감정 등급)이라고 하면 되는 거야. 사람이 미련한 거야, 뭐야? 열심히 하면 손해라고!"

내가 아는 아트 에디터는 레이아웃 디자인에 열과 성을 쏟을 때마다 그의 동료들에게 한 소리씩 듣는다.

"아이고, 레이아웃 디자인 하나 하는 데 몇 푼이나 번다고 두 시간씩 투자해? 대충해. 본전도 못 찾을 일 열심히 해봐야 손해야."

물론 이러한 말이 선의에서 비롯된, 선배가 후배에게 건네는 진심 어린 '충고'인 경우도 있다. 그러나 '열심히 하면 손해'라고 말하는 사람들 중 대부분은 자신이 이 사회의 생존법을 꿰뚫고 있다는 묘한 지적 우월감을 가지고 있으며, 자신의 일에 최선을 다하는 사람들을 바보라고 얕본다. 그들은 진취적이지 않을 뿐만 아니라 자신이 진취적이지 않음을 자랑스럽게 생각한다.

맙소사! 대강대강 일을 처리하는 게 자랑이라니? 노력을 하지 않고 요행만 바라면서 대단한 척 충고가 웬 말인가? 매사 겉치레만 하면서 부귀영화를 누리려 하다니?

가만 보면 우리 주변에는 노력을 경시하는 경향이 있다. 노력하는 사람보다는 천재를 떠받드는 느낌이랄까? 유난히 공부에 열심인 학생에게는 으레 '책벌레'라는 별명이 따라붙고 남달리 진취적인 직장인들이 '나대기 좋아하는 사람'이라는 오해를 받는다.

센구이런(중국의 인터넷 스타이자 청년 작가)이 했던 말처럼 언제부터인가 '열심히 하는 것'은 이상한 일이 되어버렸다. 열심히 일을 하면서도 빈둥거리며 하루를 보낸 듯 이야기해야 하고, 열심히 삶을 살면서도 자신을 낮춰 웃음거리로 만들 줄 알아야 하며, 열심히 글을 썼음에도 대충 끼적여본 글로 둔갑시켜야 소위 '쿨하다'는 인정을 받는 것이다. 심지어 누군가를 진지하게 좋아함에도 그저 한번 놀아보는 거라고 말해야 할 정도로 '열심히 하면 손해'라는 말은 모든 사람의 그럴싸한 핑계가 되어버렸다.

하지만 나는 어떤 환경에서도 주어진 일에 최선을 다하는 사람을 진심으로 존경한다.

신문사에서 일할 때 수많은 사람을 인터뷰했지만 그중에서도 특히 기억에 남는 인물이 있다. 그는 그의 인생 초반 30년 동안 줄곧 주변 1킬로미터 이내 사람들에게 웃음거리가 됐던 인물이다. 고등학교 시절 그는 소위 문제아들만 모여 있다는 학교에 다녔다. 오죽하면 교장선생님이 남학생은 뒷골목의 세계로 빠지지 않게, 여학생은 임신하지 않게 조심하라는 훈화를 할 정도였다.

이런 환경에서 열심히 수업을 듣고 착실히 숙제를 하는 바보가 어디 있겠나 싶겠지만 그가 바로 그런 바보였다. 그는 매일 아침 여섯 시에 일어나 영어 단어를 외웠고, 수업 시간에는 항상 맨 앞자리에 앉아 선생님의 말씀을 한 마디라도 놓칠세라 귀 기울였다. 다른 학생들은 소설을 읽거나 오목을 두거나 심지어 라이터로 소시지를 구워먹기에 바빴던 야간 자율학습 시간에도 그는 홀로 꿋꿋하게 문제집을 풀었다. 그는 전교에서 유일하게 오답 노트를 정리하는 학생이자 인터넷으로 각지의 모의고사 시험지를 구해 풀어보는 학생이었다.

그의 아버지는 회계사였는데, 그는 어려서부터 아버지가 장부 정리를 하는 모습이 그렇게 신기할 수가 없었다고 한다. 그런 신기함은 어느새 그의 꿈으로 자리 잡았고 그는 대학입시 희망 지원란에 유명한 샤먼대학 회계학과를 적었다. 당시 사람들은 그를 미쳤다고 생각했다. 그가 다니는 학교에서는 그보다 2년 선배인 여학생이 후기대학에 진학한 게 최고로 대학을 잘 간 사례였기 때문이다. 사람들은 그가 그렇게 대단한 대학의 대단한 과에 진학할 수 있을 리 없다고 생각했다.

그는 정말 샤먼대학 진학에 실패했다. 3류 대학의 회계학과에 입학한 그의 주변은 또다시 허송세월하는 사람들로 가득했다. 그를 아는 사람들은 그렇게 노력하고도 고작 그런 대학에 들어갔으니 그도 계속 노력해봐야 소용없다는 걸 깨닫고 더 이상 바보짓은 하지 않겠지 생각했다.

그러나 사람들의 예상을 깨고 그는 더더욱 노력했다. 그는 매일 아침 일곱 시 정각이면 학교 도서관에 출석 도장을 찍었다. 밤 열 시까지 공부하다 기숙사로 돌아와서도 카드게임을 즐기는 룸메이트들을 뒤로하고 홀로 밤늦도록 공부를 계속했다.

그가 이처럼 열심이었던 건 공인회계사시험을 보기 위해서였는데 이 일로 그는 더 큰 웃음거리가 되었다. 공인회계사시험은 사법고시보다도 어렵다고 정평이 나 있었으니까.

아니나 다를까! 그는 대학 시절 그렇게 죽기 살기로 노력해 공인회계사시험 중 겨우 두 과목을 통과하는 데 그쳤다. 하지만 그는 거기서 포기하지 않았다. 3류 대학 졸업자라는 꼬리표 때문에 좋은 일자리를 구할 수는 없었지만 작은 회사의 경리로 들어가 낮에는 회사 일을 하고 밤에는 시험 준비를 계속해 나아갔다. 당시 그는 베이징에서 친구 몇 명과 함께 6평 남짓한 방을 구해 3천 위안도 안 되는 월급으로 생활했는데, 그의 누나는 그를 보러 왔다가 눈물을 쏟기도 했다 한다. 동생이 바닥에서 쪽잠을 자야 할 정도로 비좁은 곳에서 지내는 것도 안쓰러운데 무심코 옷장을 열어보니 그 안에서도 사람이 자고 있었던 것이다. 여담이지만 옷장 속에서 잠을 자던 사람은 매달 300위안의 월세를 냈다고 했다. 어쨌든 옷장에서 지내는 거였으니 말이다.

집은 작은데 사람은 많아 언제나 시끌시끌했던 탓에 그는 매일 방 한구석에 앉아 이어폰을 끼고 세상과 단절된 듯 공부했다. 그 시절 그의 이어폰에서 반복 재생되던 노래는 저우제룬의 '동풍파'였는데, 그는 아직도 이 노래를 들을 때마다 조건반사적으로 문제 풀이를 하고 싶다는 생각이 든다 한다.

그가 속했던 모든 환경 속에서 그는 항상 별종이었다. 지나치게 열심히 해서 무리와 어울리지 못하고 겉도는 것처럼 보이는 그런 별종 말이다.

겨울철 룸메이트들이 둘러앉아 훠궈를 먹을 때 그는 홀로 문제집을 풀었고, 여름철 룸메이트들이 수박을 먹으며 TV를 볼 때에도 그는 문제집을 풀었다. 룸메이트들은 사계절 내내 문제집만 푸는 그를 미쳤다고 의심할 정도였다.

그렇게 대학을 졸업하고 2년 후 그는 공인회계사 자격증을 따는 데 성공했다. 그리고 다시 1년 후엔 중국 내 4대 회계사무소에 입사했다.

내가 그를 인터뷰할 당시 그는 이미 100만 위안이 넘는 연봉을 받는 임원급 인사였다. 그토록 부정적인 에너지가 넘쳐나는 환경에서 어떻게 진취성을 잃지 않을 수 있었느냐며 자신이 정말로 웃음거리가 되면 어쩌나 두렵지는 않았냐는 나의 질문에 그는 말했다.

"열심히 할 엄두를 내지 못하는 것이야말로 웃음거리가 될 일 아닐까요?"

그렇다. 누군가는 신화가 되고 누군가는 웃음거리가 되며 또 누군가는 그들의 옆에 서서 비아냥거리기만 한다. 진정한 패배자는 주변인에 머무르며 남을 비웃기만 하는 바로 그들이다. 그들은 노력했다가 실패하는 걸 두려워하고 다른 사람의 노력이 자신에게 위협을 가할까 노심초사하는 겁쟁이이기도 하다. 사실, 그들은 다른 사람이 아

인생의 승패를 논할 수 있는 건 진짜로 노력해본 사람뿐이다.

닌 자기 자신에게 지고 있는 것이다.

인생의 승패를 논할 수 있는 건 진짜로 노력해본 사람뿐이다. "열심히 하면 손해야"라고 말하는 사람들에게는 패할 자격도 없다!

PART 3

개떡 같은 세상에서 즐거움을 유지하는 법

나는 노력하는 내가 더 좋다

덕 볼 아버지가 없기 때문에 우리는 죽기 살기로 노력을 한다.
지금 내 나이가 몇이고 또 앞으로 몇 살이 되든지 나는 노력을
멈추지 않을 것이다. 내가 원하는 그런 모습의 내가 되고 싶기 때문이다.

우리가 필사적으로 노력하는 이유

어제 장자자를 만났는데 그가 나를 보자마자 이러는 거다.

"요즘 죽자고 일한다며?"

참나, 요즘이라니? 나는 그동안 계속 죽자고 일해왔는걸?

뭐, 좋다. 솔직히 대학을 다닐 때와 대학원생 시절까지 내가 '케 세라 세라(될 대로 된다)' 식이었음을 인정한다. 당시 동창들의 기억 속 내 이미지는 종일 수업을 땡땡이치고 기숙사에서 잠을 자거나 컴퓨터 앞에 앉아 게임을 하는 사람이었으니까(한동안 나는 스타크래프트에 미쳐 있었다).

내가 대학원을 졸업하던 그해, 이혼했다가 재결합한 부모님이 또 다시 이혼을 하면서 둘의 결혼생활은 정말로 끝이 났다. 그해 여름,

아빠는 축구 복권으로 많은 돈을 날렸고 사업 역시 순탄치 않았다. 엄마는 살던 집에서 나와 이사를 했다. 50대의 엄마가 70대의 외할머니와 함께 이사한 곳은 작은 전셋집이었다. 내가 안부 전화를 할 때면 엄마는 항상 잘 지낸다며 걱정하지 말라고 했다.

그러던 어느 날 큰이모에게 걸려온 전화를 받고서야 나는 엄마가 그동안 내게 은막의 여왕 뺨치는 연기를 선보였음을 알게 되었다. 아빠가 바람을 피웠던 10여 년 동안 눈물샘이 마를 정도로 울어 웬만한 일에는 끄떡 않는 엄마라고만 생각했는데, 그런 엄마가 그동안 자주 눈물을 보였다는 것이다.

그랬다. 중국인에게 내 집이 없다는 건 이렇게나 처절한 기분이 드는 일이다. 내 집이 없다는 사실보다도 더 무서운 게 늙어서까지 내 집이 없다는 것이라는데, 엄마는 자신보다도 더 늙은 노모와 함께 내 집 없는 신세가 되었으니 그 심정이 오죽했을까!

이모는 엄마가 벌써 몇 달째 불면증에 시달리고 있다 말했다. 심지어 행여 아는 사람을 만나 이런저런 질문을 받게 될까 봐, 그래서 동정 어린 시선과 마주하게 될까 봐 두려워 외출도 꺼린단다.

나는 이모와의 전화 통화를 마친 후 당시 우리 신문사의 편집장에게 앞으로 착실히 원고를 쓸 테니 무슨 일이든 맡겨달라고 했다. 편집장은 어리둥절해하며 말했다.

"뭐 이렇게 진취적이야? 약 잘못 먹었니?"

그 후 나는 매주 많게는 12꼭지의 기사를 써냈고 매주 2, 3만 자의 기록을 남겼다. 한번은 49시간 연속으로 꼬박 컴퓨터 앞에 앉아 커피 여덟 잔을 마셔가며 단 1분도 눈을 붙이지 않은 채 원고를 쓴 적도 있었다. 2천 위안짜리 기사형 광고를 쓰기 위해서였다.

잡지사 몇 군데와도 일을 하며 나는 매달 수만 자의 글을 썼다. 그 당시 함께 일한 잡지사의 에디터들은 모두 나를 완전 사랑했다. 내가 무진장 성실했으니까. 글 쓰는 기계가 되어 컴퓨터 앞에만 붙어 있는 나를 보고 친구들은 돈에 환장한 사람 같다고 말했다. 그랬다. 그때 나는 확실히 돈에 환장했다. 엄마에게 집을 사드려야 했으니까!

그나마 다행인 건 엄마가 사는 곳이 비인기 소도시라 당시 집값이 1제곱미터당 2천 위안 정도였다는 사실이다. 나는 반년 이상 모은 돈에 친구에게 빌린 돈을 합쳐 엄마 집의 계약금을 치렀다. 그리고 3년 전 처음으로 받은 시나리오 원고료로 엄마에게 더 큰 집을 사드렸다.

지난달 엄마 생신에는 용돈으로 1만 위안을 부쳐드렸다. 무슨 용돈이냐며 괜찮다는 엄마에게 나는 말했다.

"고마우면 돈을 팍팍 쓰는 걸로 표현해줘."

그러자 엄마는 우쭐한 기분이 들었는지 수화기 저편에서 이내 환한 웃음소리를 보내왔다.

엄마를 기쁘게 해드리는 것, 지인들을 만났을 때 자랑할 거리를 만들어드리는 것, 엄마가 가지고 싶은 건 뭐든 사드리는 것! 이것들이 바로 내 노력의 이유이자 의미이다.

누군가의 말처럼 나는 나의 성공 속도가 내 부모가 늙어가는 속도를 앞지를 수 있도록 노력 중이다.

살면서 많은 순간 돈이 곧 자유가 되고, 돈이 곧 자존심이 된다. 그런 의미에서 나의 한 친구는 참 용감했다. 시댁에서 그녀의 벌이를 탐탁지 않게 여긴다는 사실을 알면서도 시집을 갔으니까. 참고로 그녀의 시댁에서는 대학 교수로 8천 위안의 월급을 받는 그녀가 매월 2만 위안 이상을 버는 귀한 아들의 짝으로 어울리지 않는다고 생각했다. 어쨌든 그녀는 사랑엔 가치를 매길 수 없다 믿었고, 결혼한 두 사람은 이제 18개월 된 아들을 둔 3년 차 부부가 되었다.

하지만 그녀는 현재 타임 슬립을 할 수만 있다면 당시의 자신에게 따귀를 때려서라도 정신을 차리게 하고 싶다 말한다.

그들의 결혼은 처음부터 대등한 관계가 아니었다. 시댁에서는 그녀가 한참 기우는 결혼이라고 생각했다. 처음엔 그렇게 생각하지 않던 남편도 시간이 갈수록 부모님에게 세뇌되면서 점점 그녀를 못마땅해하기 시작했다. 그녀가 친정에 100위안이라도 줄라치면 남편은 언짢은 기색을 그대로 드러냈다. 한번은 친정 어머니에게 400위안 정도의 스웨터를 사드렸다가 남편이 정색하는 바람에 10여 일 동안 냉전을 벌이기도 했다. 이 냉전은 친구가 반성문까지 쓰고서야 겨우 일단락되었다.

그녀의 남편은 알뜰하게 살림하라고 매일 잔소리를 늘어놓는 것도 모자라 아예 예산서를 작성해주었다. 일상적인 지출 항목을 어찌나 세세히 적어놓았는지 하루 과일값이 8위안을 넘어서는 안 된다는 것까지 적혀 있었다. 언젠가 11위안을 주고 과일을 샀다가 남편에게 불호령을 맞기도 했다. 그는 과일값으로 고작 3위안을 더 썼다는 이유로 장장 두 시간 동안 그녀를 나무랐다.

기본적으로 그는 매주 몇 번씩 그녀를 울리는 재주가 있었다. 만약 그녀에게 돈이 있다면 그녀는 남편의 얼굴에 돈을 던져주며 실컷 욕을 퍼부을 수 있었겠지만 그녀에겐 그럴 돈이 없었다.

두 사람은 현재 한 집에서 살고 있다. 그러나 아이를 함께 키우고 있을 뿐 평소에는 서로를 투명인간 취급한다. 그녀는 이혼을 하고 싶은 마음이 굴뚝같다. 하지만 홀로 집을 구하고 아들을 키우기엔 경제적 사정이 여의치 않아 그럴 수가 없다. 결국 그녀는 최근 하던 일을 그만두고 야근으로 악명 높은 회사에 입사했다. 10만 위안을 모아 전셋집도 구하고 비상금도 생기면 바로 이혼할 거란다.

누군가는 자신이 원하는 남자와 함께하기 위해 열심히 돈을 벌고, 또 누군가는 자신이 원하지 않는 남자와 함께하지 않기 위해 열심히 돈을 벌다니 참 묘한 아이러니다.

작가 양시원은 말했다.

"나는 돈이 좋다. 착실하게 사느라 수고했다고 보상을 받은 느낌이랄까? 남자 친구와 데이트를 할 때는 계산서를 가로채 시크하게 '내가 낼게'라고 말할 수 있게 해주고, 힘들고 괴로울 때는 고급 음식

점에 가서 돈 걱정 없이 마음껏 먹을 수 있게 해주고, 실연을 한 후에도 여전히 방 두 개에 거실이 딸린 집에서 살 수 있게 해주는 출처가 분명하고 깨끗한 그런 수표가 나는 참 좋다."

나는 이렇게 말하고 싶다.

"우리가 이렇게 죽기 살기로 노력하고, 열심히 돈을 버는 건 결국 '나 돈 많아'라는 말로 다른 사람의 입을 막기 위해서다."

왜 연애를 안 하니? 결혼은 안 할 거니? 아직도 아이를 안 낳았어?

신경 끄세요. 나 돈 많으니까!

남편도 아이도 없이 홀로 외로울 것 생각하면 두렵지 않아? 늙어서 의지할 곳이 없잖아!

신경 끄세요. 나 돈 많으니까!

왜 3만 위안이나 하는 가방을 사? 허영심이 지나친 거 아니니?

신경 끄세요. 나 돈 많으니까!

남편이 바람을 피워도 참아. 이혼하면 생활하기 힘들잖아?

신경 끄세요. 나 돈 많으니까!

경제적으로 자유로울 때 비로소 선택의 자유가 생기고 심지어 인격적 자유를 얻을 수 있다. 그러므로 노력하지 않는 사람들, 허송세월하는 사람들은 잔소리를 듣고 질책을 받고 무시를 당해도 싸다.

그렇다, 나는 노력하는 내가 더 좋다

'당신도 알겠지만 이야기의 결말은 중요하지 않다. 삶이 우리에게 한 유일한 약속이 바로 죽음 아니던가. 그러니 우리는 그 결말이 이야기의 빛을 앗아가지 못하도록 할 필요가 있다.'

아마도 소설가 레이먼드 챈들러의 《기나긴 이별》 중 가장 유명한 문구가 아닐까 싶은데, 나는 오늘 한 팬이 남긴 글을 보고 가장 먼저 이 문구를 떠올렸다.

그는 대학에서 국제무역을 전공했지만 대학원은 철학과로 지원하려고 하니 여간 힘든 게 아니라고 했다. 그는 고등학교 2학년 때 니체의 《차라투스트라는 이렇게 말했다》를 읽고부터 내용은 전혀 이해하지 못했어도 그냥 철학이 좋았단다. 대학입시 때에는 부모의 압력에 못 이겨 전공을 선택해야 했지만 이번만큼은 자신의 목소리에 귀를 기울이고 싶다고 했다. 문제는 그동안 포기하고 싶은 생각이 여러 번 들 정도로 준비 과정이 녹록지 않다는 것이었다.

아침 일곱 시부터 새벽 한 시까지 깨어 있는 모든 순간 오직 공부만 하고 있다는 그는 피곤함을 쫓기 위해 매일 커피와 에너지 드링크를 보약처럼 들이켜고 있지만 지금은 그마저도 소용이 없다고 했다. 한번은 화장실에 볼일을 보러 갔다가 변기에 앉아 잠이 들었고, 도서관에 책을 보러 갔다가 서가에 기대 존 적도 있다고 했다. 5분이라도 눈을 붙일 수 있으면 그래도 행복한 거라면서 말이다.

한번은 밤에 잠을 자다 딱 1점 차로 시험에 합격하는 꿈을 꿨는데 꿈속에서 실컷 울다 깨보니 자신만 빼고 다들 밤을 새가며 더우띠주(중국판 고스톱)를 하고 있더란다. 그때 그는 처음으로 마음이 흔들렸다고 했다.

'나는 왜 이렇게 노력을 해야 하지? 조금 편하게 해도 되는 거 아닌가?'

무엇보다도 그가 걱정스러웠던 건 만에 하나 시험에 떨어져 우스운 꼴을 보이면 어쩌나, 라는 것이었다.

나는 그에게 이렇게 넓은 세상에서 득실만을 따지는 바보가 되어서는 안 된다는 가장 단순한 대답을 해주고 싶었다. 하지만 나는 그가 느꼈을 마음의 동요를 무진장 공감했다.

예전엔 나도 '케 세라 세라'였으니까. 그때는 장자의 말처럼 자연속에 파묻혀 자유롭게 노니는 삶을 꿈꿨고, '제대로 된 일에 인생을 낭비하지 말자'가 내 신조였으며, SNS의 상태 메시지는 '목숨 바쳐 빈둥대기'였다. 당시 난 매일 먹고 마시고 놀고 TV를 보는 데 힘쓰며 짬이 나면 일을 하는 식이었다. 틈만 나면 리이펑(중국의 유명 가수이자 배우)에게 편지를 보냈고, 한국 배우 이민호를 위해 타이완의 한 평론가와 하루 종일 싸우기도 했다. 과거의 내 인생은 한마디로 요약이 가능했다. 마이너스 에너지를 가진 사람들에게 영혼의 닭고기 수프가 되어줄 최고의 한마디, 바로 이거다.

'노력을 한다고 반드시 성공하는 것은 아니다. 그러나 노력을 하지 않으면 분명 편안해진다.'

예전에도 글쓰기를 사랑했지만 당시에 내가 쓴 글들은 대부분 겁도 없이 써 내려간 사이비 글이었다. 예를 들면 친한 친구 몇 명과 함께 쓴 '성공은 개나 줘'라는 원고라든지, '한 달 안에 15킬로그램을 찌우는 비결', '승진과 임금 인상을 피하는 방법', '저효율 인간의 100가지 습관' 같은 이상한 글들 말이다.

지금은 '나는 공리적인 이 세상이 좋다', '우리가 죽기 살기로 노력하는 이유', '늦었다고 생각할 때가 가장 빠른 때다'라는 글을 쓴다.

한마디로 나의 글쓰기 역사는 한 편의 반전 역사다.

어떤 팬은 이렇게 말하기도 한다.

"미멍 씨, 난 그래도 예전의 당신이 좋아요. 무엇보다 정말 재미있고 멋졌으니까요."

그랬다. 그때의 내겐 약점도 욕심도 통점도 없었다. 욕심이 없는 사람은 이길 수 없는 법이다.

하지만 그동안 너무 많은 일이 있었고 그 일들을 겪으며 내게는 확실한 통점이 생겼다. 더 많은 책임감도 생겼다. 그리고 무엇보다 하고 싶은 일이 생겼다. 예전에 쓴《폐경 전에 반드시 해야 할 50가지》중 제대로 된 일은 단 한 가지뿐이었는데, 이제 제대로 된 일 한 가지를 더 추가하게 된 것이다. 그 일은 바로 5-10년간 최선을 다해 좋은 시나리오를 쓰는 것이다.

하고 싶은 일이 생기면 자연스레 통점과 약점이 생긴다. 인간은 꿈이 생기는 순간 신의 인질이 되기 때문이다. 꿈이 있다고 자랑하는 거냐고? 아니다. 꿈이 있는 바보는 여전히 바보 아닌가! 솔직히 꿈에 대한 이야기를 꺼내기까지 큰 용기가 필요했다. '꿈'이라는 단어가 남발되고 있는 요즘 입 밖으로 이 단어를 꺼내는 것조차 조금은 아니꼬운 느낌이니까.

좋다. 그럼 꿈은 제쳐두자. 다만, 그동안 놀 만큼 놀았으니 이제는 새로운 방식으로 전과는 다른 경험을 하고 싶었다는 말을 하고 싶다. 인생이란 본래 경험을 해나가는 과정이니까.

요즘 나는 매일 아침 아홉 시부터 새벽 한 시까지 편집팀 사람들과 회의를 하며 시나리오에 대해 이야기한다. 공식 계정에 글을 쓸 시간은 점심 두 시간과 저녁 한 시간 뿐이라 이때 글을 다 쓰지 못하면 어쩔 수 없이 잠자는 시간을 줄인다.

화장실에 갈 때 스마트폰으로 위챗 모멘트를 훑어보고, 택시를 타고 이동할 때 엄마에게 전화를 드린다. 경추에 통증이 생긴 지 3개월이나 되었지만 시간에 쫓겨 아직도 병원에 가지 못하고 있다. 한의원이 건물 아래층에 있는데도 말이다. 나의 치통은 신경통이 되었고 다시 편두통으로 번졌다. 도저히 견딜 수 없을 정도가 되어 진료를 받으러 갔더니 세 번은 더 병원에 와야 한다는 데 시간이 없어 가지 못하고 있다.

한 달 넘게 일을 이어오다 보니 반나절이라도 쉴 수 있게 되면 계를 탄 느낌과 함께 심지어 '내가 이렇게 반나절을 놀아도 되나?' 하는 모종의 죄책감마저 든다. 바빠서 화장실도 못 가는 건 일상다반사가 되었다. 솔직히 말해 이미 오줌 참기 능력자라고 할 만큼의 경지에 올랐다.

이런 시간 속에서 내가 배운 가장 중요한 한 가지는 바로 시간에 대한 존중이었다. 나는 내가 굉장히 노력하고 있다고 생각했다.

하지만 이틀 전 더우반을 둘러보다가 노력에 관한 게시글을 읽고 난 뒤, 나는 내가 얼마나 물러 터졌는지를 알게 되었다.

어떤 사람은 대학원 진학시험을 치르기 위해 겨울철 난방도 되지 않는 지하방에 살고 있다 했다. 창문이 없어 햇빛도 들지 않는 작은 방이 흡사 감옥 같고, 지하라 이불은 항상 습기를 머금지만, 매일 잠자리에 들 때면 적어도 다섯 시간은 쉴 수 있다는 생각에 행복하다고 했다.

또 어떤 사람은 GRE(Graduate Record Examination, 미국 대학원 입학 자격시험) 준비로 50일 동안 단 한 번도 문밖을 나간 적이 없다고 했다. 그는 컵라면을 먹는 시간도 낭비인 것 같아 매일 핫도그로 끼니를 때웠더니 이제는 오줌에서도 핫도그 냄새가 난다고 했다. 심각한 비타민 부족으로 잇몸에서는 피가 나고, 어깨는 결리고, 목디스크에 허리디스크까지 얻어 너무 아프지만 막대로 아픈 곳을 두드려가며 계속 노력하고 있단다.

예전엔 이런 글들을 봤다면 나와는 상관없는 일이라고 생각했을 것이다. 나는 무대에 서서 해바라기씨를 까먹는 한량 역할이었으니까. 하지만 지금의 나는 이미 경주로에 들어섰고 이제 막 발을 뗀 만큼 결승점을 향해 힘차게 질주하고 싶다.

며칠 전 '성공은 개나 줘'를 함께 썼던 친구 레이레이차이가 나에게 이런 질문을 했다.

"넌 지금의 네가 좋아?"

'그렇구나. 그러고 보니 난 지금 예전에 내가 싫어하던 타입의 사람이 된 셈이잖아?'

곰곰이 생각한 끝에 내린 결론은, 나는 내가 좋다는 것이다. 나는 예전의 나도, 지금의 나도 모두 좋다. 예전이나 지금이나 진짜 나였기 때문이다. 돌이켜보면 내게 가장 좋았던 순간은 안일하고 한가하게 보낸 날들이 아니라 뭔가를 제대로 해내고자 전력을 다한 시간이었던 것 같다. 가장 어려운 일을 해냈을 때 비로소 가장 큰 한 발을 내딛는다고 하지 않던가.

이는 내 주변 사람들도 인정한 바다. 참고로 그들도 바보같이 대학 시절을 보낸 사람들이다. 매일 도타 게임을 하며 시간을 보내거나 이성을 꼬시거나 그것도 아니면 매일 몇 시간씩 스마트폰을 붙들고 온갖 SNS를 돌며 새 게시물 알림이 없어질 때까지 들여다보는 게 일이었다. 그때의 그들은 목표도 방향도 자기 가치감도 없었으며 자신을 쓸모없는 존재라고 생각했다.

매일 아무것도 하지 않으면서도 극심한 피로를 느꼈던 그들이 지금은 나와 마찬가지로 열심히 노력하는 사람이 되어 피로감 속에서 오히려 든든함을 느끼게 된 것이다. 그러니 인간에겐 본래 긍정의 에너지가 필요하다는 걸 인정하고 싶지 않아도 인정할 수밖에!

왕샤오보(중국의 카프카라고 불리는 작가)는 인간의 모든 고통은 본질적으로 자신의 무능에 대한 분노에서 비롯된다고 말했다. 물론 노력한다고 해서 반드시 대단한 사람이 될 수 있는 건 아님을 나도 안다. 그러나 노력하지 않으면 하늘이 정해준 나의 한계가 어디까지인지 어떻게 알 수 있겠는가?

나는 내 인생을 건 도박을 해볼 생각이다. 내가 끊임없이 위로 올라가려는 건 세상에 보여주기 위해서가 아니라 온 세상을 보고 싶어서다.

금수저들이 당신보다 더 노력하고 있을지도 모른다

'인생에서 제일 개떡 같은 게 뭔지 아세요?'

인터넷상의 한 친구가 내게 남긴 댓글이다. 스물네 살이라고 밝힌 그는 꽤 괜찮은 회사에 갓 입사해 한껏 으쓱한 기분이었다고 했다. 그런데 갑자기 소위 금수저인 동창이 창업에 성공해 2천만 위안의 투자를 받았다는 소식이 들려왔고 문득 자신이 바보 같다는 생각이 들더라는 거다.

'세상 참 불공평하죠. 내가 악착같이 바랐던 최고점이 녀석에게는 시작점일 뿐이라니!'

그는 일할 의욕도 사라졌다며 지금이라도 고향에 돌아가 되는대로 살고 싶다 했다.

이 세상에서 스스로를 원망하는 것만큼 모양 빠지고 바보 같은 일은 없다. 자신이 악착같이 바랐던 최고점이 다른 사람에겐 시작점일 뿐이라면 일단 그 최고점에 도달하고 나서 다시 말하라! 상대가 금수저라 아무리 노력해도 그를 따라잡을 수 없을 것 같은가? 그럼 금수저가 아닌 대다수의 사람부터 제치고 다시 말하라! 금수저가 아니라는 이유로 출발선상에서부터 뒤처졌기에 우리는 더욱 노력해야 하는 거다.

그러고 보니 몇 년 전에 알게 된 여성이 생각난다. 그녀는 정규직으로 일하면서 여가 시간에 인터넷소설을 쓰는데 그녀가 인터넷소설로 1년에 200만 위안을 넘게 번다는 말을 들은 게 아마 6년 전이었을 거다. 나는 그녀가 벌어들인다는 액수를 듣고 깜짝 놀랐고, 뒤이어 그녀에 대한 질투심을 불태웠다.

'아니 왜? 특별할 것도 없는 인터넷소설로? 지루한 외설일 뿐인데 그 많은 돈을 벌었다고?'

그러던 어느 날 그녀가 어떻게 매일 5천-1만 자 분량의 인터넷소설을 업데이트하는지를 듣고 나는 입을 닫기로 했다. 몸이 아파 입원을 해도 그녀는 링거를 맞아가며 글을 썼고, 택시에서 글을 쓰는 것쯤은 이미 선수라고 했다. 한번은 일본으로 출장을 갔는데 일이 늦어져 한밤중에야 호텔로 돌아왔다고 한다. 그런데 새벽 세 시쯤 그녀와 방을 함께 쓰는 동료가 자다 깨보니 그녀가 보이지 않더라는 거다. 동료가 그녀를 발견한 건 호텔 복도였다고 한다. 복도에 쪼그리고 앉아 흐릿한 불빛에 의지해 끙끙대며 글을 쓰고 있더라는 것이다. 그렇게 그녀는 함께 방을 쓰는 동료가 잠을 자는 데 방해될까 봐 새벽 다섯 시까지 복도에서 글을 썼단다. 정말이지 믿기 힘든 성실함 아닌가!

우연한 기회에 그녀의 집이 슈퍼마켓 체인을 운영하는 부자라는 사실을 알았을 때 나는 또 한 번 놀라지 않을 수 없었다. 글을 쓰는 일처럼 힘든 일을 금수저가 한다고? 그녀에게 집에 돈도 많으면서 왜 이렇게 죽기 살기로 노력하느냐고 물었더니 그녀는 말했다. 자신이 가장 싫어하는 질문이 바로 그거라고! 집에 돈 많은 게 자신과 무슨 관계냐면서! 음, 나는 그 말에 더 이상 대꾸할 수가 없었다.

그녀는 나에게 큰 자극제가 되었다. 지금도 침대에서 뒹굴거리며 한껏 게으름을 피우고 싶어질 때마다, 원고가 쓰기 싫어 꾀가 날 때마다 나는 그녀가 호텔 복도에 쪼그리고 앉아 노트북 자판을 두드리는 모습과 내 통장 잔고를 떠올린다. 그러고는 좀비처럼 이불을 박차고 일어나 묵묵히 컴퓨터를 켠다.

내가 아는 또 다른 청년은 중학교 졸업 후 미국으로 유학을 떠났다. 아들이 타국으로 유학을 갔으니 뭔가 챙겨주고 싶었던 그의 부모는 무려 영국에다 별장을 마련해주었다. 원래는 1억 위안이 넘는 집이 마음에 들었지만 조금 비싸다고 느낀 아버지는 그의 손을 꼭 잡고 정중히 사과했다.

“아빠가 미안한데 이 집은 못 살 것 같구나. 앞으로 더 노력해서 꼭 이런 집에서 살게 해줄게!"

그리하여 그들은 울며 겨자 먹기로 2천만 위안이 넘는 별장을 샀다.

아무것도 하지 않아도 평생 호사를 누리며 살 만한 집안의 아들이었지만 그는 그러지 않았다. 그는 공부벌레들만 모이기로 유명한 명문 학교에 들어가 매일 밤 열두 시까지 공부를 하고 이튿날 아침 여섯 시에 기상하는 생활을 이어갔다. 주말에도 과외를 했다. 그가 가장 좋아하는 LOL 게임도 2년 동안이나 끊었다. 얼마 전 도저히 못 참겠어서 30분간 게임을 했는데 자신과의 약속을 어긴 자신을 벌주기 위해 1주일 동안 매일 수면 시간을 한 시간 줄여 공부했다.

매일 잠자리에 들기 전과 잠에서 깨어난 후 SNS를 하는 데 30분 이상의 시간을 보내는 중생에게는 참으로 어색한 일이 아닐 수 없다.

그렇다면 금수저들이 이렇게 열심인 이유는 뭘까?

신문사에 있을 때 재벌 2세를 인터뷰한 적이 있다. 그는 스물여섯에 IT 회사를 차려 많은 이의 부러움을 산 인물이었다. 그러나 사실상 그는 고생하는 모든 창업자가 그렇듯 임대한 작은 사무실에서 시작했다. 시간을 절약하기 위해 회사 소파에서 잠을 자며 대부분의 시간을 회사에서 보냈다. 그는 말했다.

"저의 시작점이 남보다 높음을 인정합니다. 그러나 높은 곳에 서 있는 만큼 떨어질 때의 충격이 더 크겠지요. 바다가 넓으면 물고기들이 자유롭게 노닐 수 있고, 하늘이 높으면 새들이 자유롭게 날 수 있다고 하는데 반대로 생각하면 바다가 넓을수록 물고기들이 헤쳐 나아가야 할 물이 많고, 하늘이 높을수록 새들이 추락할 공간이 많다는 의미이기도 하니까요."

그가 가장 견디기 힘든 건 일반 사람들과는 다른 실패의 무게라고 했다. 일반 사람들은 실패를 하더라도 주변 사람 몇 명의 우스갯거리가 되는 게 다겠지만 그가 실패를 하면 그를 웃음거리로 삼을 사람들이 길거리에 넘쳐날 것이기 때문이란다. 하기야 부자의 불행을 누가 그냥 지나치겠는가? 옆집의 멍멍이도 며칠은 고소해할 일인 것을…….

어떤 금수저들은 이보다 더 단순한 이유 때문에 열심히 돈을 번다. 바로 가난해서다. 우리가 생각하기에는 금수저인 이들도 그들의 리그에서는 그렇지 않을 수 있다는 뜻이다. 우리의 기준에서는 부자지만 왕쓰총(중국 완다 그룹 회장의 아들로, 중국 상위 1% 금수저로 불림)의 눈에는 여전히 가난해 보이고, 그런 왕쓰총도 마크 저커버그나 빌 게이츠 같은 세계적 부호에 비해서는 가난한 것처럼 말이다. 그렇기에 열심히 노력하는 것이다.

물론 자신이 가난하다고 생각하지 않아도 열심히 노력하는 금수저들도 있다. 예를 들어 중국의 '국민 대디'라 불리는 마윈의 아들 마위안쿤은 항저우에서 학교를 다닐 당시 공부벌레로 유명했고 버클리대학에서 공부하는 지금도 주변 사람들에게 겸손하고 성실하다는 평가를 받는다.

금수저들을 '토끼'라고 한다면 우리는 '거북이'다. 설령 거북이가 아무리 노력해도 토끼를 따라잡을 수 없을지언정 거북이 중에서 가장 빠른 거북이가 될 수는 있지 않겠는가! 다시 말해서 굳이 토끼를 뛰어넘겠다는 목표를 세울 필요가 없다는 뜻이다. 거북이라도 달리기를 멈추지만 않는다면 가고 싶은 곳은 얼마든지 갈 수 있으니까. 어쨌든 목을 움츠린 거북이가 되는 것보다는 낫지 않겠는가. 그런 의미에서 나는 이 말이 참 좋다.

'사람은 살면서 세 번 성장한다. 바로 자신이 세상의 중심이 아님을 깨달았을 때, 아무리 노력해도 어찌할 도리가 없는 일이 있음을 알았을 때, 그리고 자신이 어쩔 수 없는 일들도 있음을 잘 알면서도 온 힘을 다해 쟁취하려 할 때다.'

젊을 때 여자가 가장 먼저 해야 할 일은 돈 벌기다

체리는 대학교 4학년 때 우리 회사 인턴으로 들어왔다. 부지런하고 책임감이 강해 힘든 일에도 불평 한 번 하지 않았고, 무슨 일을 시키든 빠르고 정확하게 척척 해냈다. 실력도 있는데 성실하기까지 한 그녀를 모두 마음에 들어 했고 마침 부서에 채용 계획도 있었던 터라 나는 그녀에게 말했다.

"우리 팀에서는 체리 씨의 정규직 전환을 고려하고 있으니까 이력서 잘 준비해봐요. 인사팀에서 오케이 사인만 떨어지면 졸업 후에는 정식 동료로서 일합시다."

당시 내가 다니던 회사는 중국 내 일류 신문사로, 약간의 과장을 보태자면 중국 전역의 신문방송과 학생들이 꿈에 그리는 곳이었다.

당시 취업난이 심각했던 것까지 고려하면 보통 이런 이야기를 듣고 행복에 겨워 기절을 한다든가 제자리 돌기를 하는 게 정상이다.

하지만 체리는 제안을 거절했다. 그녀는 어려서부터 현모양처가 되는 것이 꿈이었다고 했다. 기자가 되면 업무 시간이 너무 불규칙해 힘들 거라며 꼭 정시에 출근해야 하는 건 아니지만 이는 곧 정시에 퇴근할 수도 없다는 의미가 아니냐고 반문했다. 그녀는 선생님이나 공기업처럼 오전 아홉 시에 출근해 다섯 시에 퇴근하는 안정적인 일자리를 찾고 싶다고 했다. 남자 친구가 IT업계에 종사하는데 일이 바쁜 그를 위해 매일 저녁 자신이 지은 밥을 먹이고 싶다면서 말이다.

헐! 현모양처를 꿈꾼다니 이 얼마나 보기 드문 처자인가!

원래대로라면 그녀의 꿈에 '좋아요'를 외쳐야 했다. 하지만 나는 그녀를 정말 친여동생처럼 생각했기에 이렇게 말했다.

"무엇보다 중요한 건 남자에게 밥을 먹이는 일이 아니라 네가 먼저 좋은 음식을 먹는 거라고!"

그러자 그녀가 말했다.

"맞아요. 그래서 위험을 감수해야 하거나 야근이 잦은 일 말고 철밥통처럼 안정적인 직업을 갖고 싶어요."

나는 말했다.

"철밥통이 뭔데? 요즘엔 한 직장에 다니며 밥 벌어먹고 사는 게 철밥통이 아니라 어디를 가든 밥 벌어먹고 살 수 있는 능력을 갖는 게 철밥통이야. 게다가 자기는 이제 겨우 스물세 살인데 벌써 안정을 찾는 거야? 안정적인 생활에도 밑천이 필요해. 젊었을 때 열심히 노력해 충분한 능력과 경험이 쌓였을 때 비로소 안정을 논할 자격이 생기는 거라고. 난 말이야. 신문사에서 인턴으로 일할 때 수용소에 잠입 취재를 갔다가 구타를 당할 뻔한 적도 있고, 노동자 자녀 학교를 취재하다가 갱단을 건드릴 뻔한 적도 있었어. 부정적인 기사를 썼다고 한 대학 총장에게 삿대질을 당하며 밤길 조심하라는 위협을 받기도 했고! 나중에 정식 기자가 되어서는 기사 한 편을 다 못 써서 울고, 제목을 못 뽑아서 울곤 했지…… 이런 경험들을 하고 나니까 그제야 그런대로 안정감이 생기더라."

그러고는 점잖게 그녀를 타일렀다.

"이봐, 동생. 남자에게 청춘과 인생을 거느니 일단 돈부터 버는 게 나아. 자기 정도 성실함이면 여기서 한 달에 만 위안 버는 건 일도 아닐 거야. 인맥도 쌓을 수 있고. 그럼 나중에 직업 바꿀 때도 기회가 더 많지 않겠어?"

나는 진심을 다해 침이 마르도록 그녀를 설득했고 그녀는 내 말에 귀를 기울였다. 그녀가 말했다.

"일리 있는 말씀이란 거 알아요. 그런데 그래도 저는 결혼과 가정이 일보다 더 중요할 거 같아요."

그리하여 체리는 그녀의 남자 친구와 안정적인 직장을 좇아 멋지게 떠났다. 내 친구들은 이 일화가 바로 내가 남을 가르치길 좋아하는 '오지라퍼(오지랖이 넓은 사람)'라는 증거라며 나를 놀려댔다.

그런데 얼마 전 체리에게서 이런 문자가 왔다.

'미멍 언니, 저 언니 보러 가도 돼요?'

나는 좋지, 라고 대답하고 먹고 싶은 게 있으면 사주겠노라 약속했다.

우리는 진짜 맛이 끝내주는 훠궈 가게에서 만났는데 그녀가 이야기를 하며 몇 번 우는 통에 결국 음식을 제대로 음미하지 못했다. 그녀가 풀어놓은 이야기는 이랬다.

체리는 아침 아홉 시 출근과 저녁 다섯 시 퇴근이 보장되어 확실히 남자 친구에게 따뜻한 밥을 먹일 수 있는 직장을 잡았다. 그런데 얼마 지나지 않아 체리네 부서장이 직장 내 암투에서 밀려 부서가 해체되었고 그녀는 더 한가한 부서에 배치되었다. 그녀는 매일 혼자 사무실을 지키며 가끔 문서 정리를 하는 정도의 일을 했다.

출근해서 지루할 정도의 한가함을 견디는 건 그래도 괜찮았다. 문제는 직무가 전환되면서 월급이 50퍼센트 이상 삭감되어 서민아파트 임대료도 낼 수 없게 되었다는 것이다. 그녀는 결국 사표를 내고 다른 일을 찾아봤지만 선택의 여지는 많지 않았다. 회사를 다녔던 2년 동안 거의 업무 중단 상태로 있었기 때문에 전문 지식을 묻는 면접관의 질문에 대답을 할 수 없었고, 그해의 고용 시장은 완전 침체기였기 때문이다.

체리는 이 시기에 남자 친구와의 관계 역시 위태로웠는데, 잦은 다툼의 원인은 역시 돈 문제였다. 그녀의 남자 친구는 전형적인 '개천 용'으로 함부로 돈 쓰는 여자를 가장 싫어했다. 한 번은 구직 활동 스트레스로 센 머리를 염색하려다가 짝퉁 로레알 염색약을 잘못 구매하여 남자 친구에게 호된 핀잔을 듣기도 했다. 염색약값 25위안이 자기 돈이었다면 그녀는 남자 친구의 입을 다물게 할 수 있었겠지만 당시에는 실업 중인지라 참을 수밖에 없었다. 일이 없다는 스트레스가 너무나 컸던 그녀는 현재 주 6일 근무에 매일 열 시까지 야근을 하고 사이코 상사에게 깨지는 게 일상인 한 웹사이트 제작 회사에 들어가 월급 4천 위안을 받고 있다.

그녀는 이제 남자보다 돈 버는 게 중요하다는 말을 100퍼센트 이해한다고 말했다.

사실, 난 젊은 여성들이 어떻게 하면 부자 남편을 만날 수 있을지, 어떻게 하면 남자 친구의 마음을 변치 않게 만들 수 있는지 등에 많은 시간과 에너지를 쏟는 걸 볼 때마다 소리치고 싶다. 그런 것들은 제쳐두고 일단 돈을 벌라고! 남자 친구에게 매달릴 에너지를 절반만 일에 쏟아도 상황이 크게 달라질 거라고!

돈벌이로 무엇을 얻을 수 있냐고? 나쁜 일을 하는 것만 아니라면 돈을 얻는 동시에 성취감과 가치감을 얻을 수 있고, 자신의 직업 기능을 높일 수 있으며, 발전과 성장을 이룰 수 있다.

돈이 있으면 생활수준이 높아져 더 많은 세상을 겪을 수 있고 그만큼 가능성도 많아진다. 남자가 있어도 되고 없어도 되며, 더 조건 좋은 남자를 만날 수도 있다. 안정감이란 회사가 언제 망하더라도 일정한 수입의 일자리를 찾을 수 있고, 언제 이혼을 하더라도 삶의

질을 유지하며 아이를 혼자 키울 수 있을 때 느낄 수 있는 것이다.

명심하라. 일반적으로 여성들에게 더 많은 안정감을 가져다줄 수 있는 건 남자보다 돈이다!

능력 있는 것보다
시집을 잘 가는 게 낫다고?
그럴 리가!

먼저 모두에게 자극제가 될 만한 이야기를 할까 한다.

허허가 처음 선전에 왔을 때 그녀는 도심 속 판자촌에 살았다. 그녀가 사는 곳을 제외하면 온통 호화주택이 들어서 있기에 그녀는 종종 '백만장자 소굴 속 빈민'이라고 자조했다.

그녀는 매일 호화주택 단지를 지나 어수선한 뒷골목을 가로질러 묘한 분위기의 이발소들을 지나서야 자신이 사는 4평 남짓한 집에 도착할 수 있었다. 이발소 문 앞에는 짙은 화장을 한 여성들이 앉아 있었고 가끔은 약을 한 듯한 젊은 남성들이 그 앞을 서성이기도 했다. 그 길을 지나다니며 그녀는 생각했다.

'열심히 일하면 내 집을 마련할 수 있겠지?'

그녀는 정말 악착같이 일했다. 매일 밤 자정까지 야근하는 것도 모자라 그 흔한 병가나 연차 한 번 쓰지 않았다. 울고 싶을 정도로 생리통이 심할 때에도 그녀는 진통제를 먹고 아무 일 없다는 듯 계속 일했다. 그렇게 3년 만에 그녀는 일반 사무원에서 부장 비서가 되었고 월급도 3천 위안에서 8천 위안으로 인상되었다.

이후 그녀는 조건이 더 좋은 회사로 이직했지만 거기에 안주하지 않고 더 열심히 노력했다. 건강검진 때 몸에서 작은 종양이 발견되어 수술을 하고도 반나절 만에 퇴원해 출근할 정도였다. 부장 비서에서 사장 비서가 되기까지 4년이 걸렸고 월급은 1만 6천 위안으로 뛰었다.

그녀는 드디어 자신의 집을 갖게 되었다. 은행장에게 시집을 갔기 때문이다.

'능력보다는 역시 시집을 잘 가는 게 장땡이군!'

허허의 이야기를 들으면 사람들은 대개 이런 결론을 내린다. 그녀가 어떻게 은행장과 결혼하게 되었는지는 관심도 갖지 않은 채 말이다.

허허는 자신의 사장 소개로 은행장을 만났다. 허허네 사장은 30대의 슈퍼우먼으로, 허허를 최고의 비서라 칭했다.

실제로 허허는 사장을 수행해 많은 고객을 만났는데 그때마다 고객의 학벌이라든지 업무 이력, 인터뷰 내용 등의 자료를 찾아 접점으로 삼을 만한 화제를 준비해주었다. 예컨대 고객과 사장이 동창이나 동향이라는 사실을 알려준다든지, 두 사람이 모두 알 만한 인물을 귀띔해준다든지, 심지어 별자리가 같다는 팁을 주는 식이었다.

허허는 인터넷에서 조회한 내용과 만나서 나눈 이야기를 토대로 모든 고객의 생일부터 별자리, 가정 형편, 좋아하는 것과 싫어하는 것 등을 정리해 자신만의 완벽한 고객 파일을 완성해두었다. 그러면 다음 약속이 잡혔을 때 상대가 관심 있어 할 만한 화제를 사장에게 미리 알려주고, 또 고객의 생일 때에는 메신저로 축하 메시지도 보낼 수 있었다.

어떻게 보면 정말 자잘하고 사소한 일들이고 그런 일들을 체계적으로 해내는 사람은 사실상 많지 않은데 허허는 확실히 달랐다. 사장과 지루하기로 유명한 포럼에 참석하더라도 허허는 다음번에 사장이 관련 자료를 필요로 할 때 바로 알려줄 수 있도록 세세하게 필기를 해두었다.

허허네 사장이 허허를 좋아하는 건 바로 이런 마음 씀씀이 때문이었다. 사장은 허허에게 남자 친구가 없다는 얘기를 듣고 허허의 좋은 짝 찾기에 발 벗고 나섰다. 허허네 사장의 레이더망에 포착된 사람은 그녀의 후배이자 솔로 3년 차인 31세의 은행장이었다. 그녀는 은행장에게 요즘 보기 드물게 괜찮은 여자를 소개해주겠다고 말했다.

허허네 사장은 까다롭기로 유명한 처녀자리 태생으로, 누군가에 대한 이야기를 할 때면 칭찬보다는 주로 지적을 하는 타입이었다. 허허는 그런 그녀가 유일하게 입이 마르도록 칭찬하는 대상이었다. 이에 은행장은 허허에게 호기심이 생겼다. 사랑은 대부분 상대에 대한 호기심에서 시작된다고 했던가! 은행장은 허허를 만난 지 4개월이 조금 넘었을 때 그녀에게 청혼했다.

그렇다. 허허가 시집을 잘 가서 팔자가 폈다고 말하는 사람들이 간과한 사실이 있다. 바로 그녀가 능력 있는 여성이라는 점이다.

궈징징(중국의 다이빙 여제로, 홍콩의 재벌 3세와 결혼했다)은 좋은 배우자를 만나려면 자신부터 수준을 갖춰야 한다고 말했다. 그녀의 말마따나 시집을 잘 가고 싶다면 조건부터 갖추는 게 핵심이다. 그렇지 않으면 상대가 뭘 보고 당신을 선택하겠는가? 얼굴에 잔뜩 난 뾰루지를 보고? 아니면 온 몸에 붙어 있는 살들을 보고? 그것도 아니면 당신의 게으름과 무지함을 보고?

내 위챗 모멘트 친구 중 중국 4대 회계사무소에 다니는 엘리트 남자가 있다. 그는 소문난 팔불출로 모멘트에 올리는 모든 게시물에 아내를 언급한다. '내가 만든 파스타, 아내가 인정한 요리 솜씨!', '출장을 갔다가 넥타이를 샀는데 아내에게 보는 눈이 없다고 한소리 들었다. 솔직히 아내 말이 맞다' 등등……. 그의 못 말리는 아내 사랑에 사람들은 모두 그의 아내를 부러워한다. 저렇게 멋진 남편이 듬뿍 사랑을 해주니 얼마나 시집을 잘 간 거냐면서 말이다. 그러나 실제로 그의 아내를 만나고 나면 사람들은 모두 헉, 한다. 그녀가 정말 못생겼기 때문이다.

못생긴 여자가 이처럼 남편의 사랑을 받는 이유는 뭘까? 답은 간단하다. 그녀가 알아주는 재원이기 때문이다. 그녀는 회계사 남편과 대학 동창 사이로 남자는 그녀의 재능을 사랑했다. 그녀는 대학 시절부터 소설을 썼다. 그것도 로맨스 인터넷소설이 아닌 순수문학을 말이다. 졸업 후 지금까지 그녀는 북에디터로 일하며 자신의 책도 쓰고 있다. 회계사 남편은 이런 그녀의 모습에 자기 아내가 얼마나 고상한지를 매번 깨달으며 그에 비해 자신은 턱없이 부족하다고 생각한다.

우리가 능력을 갖춰야 하는 이유는 비단 시집을 잘 가기 위해서만이 아니라 결혼한 후에도 독립성을 유지하기 위해서다. 행여 남편이 경제적으로 어려움을 겪게 되어도 함께 초라해지지 않을 정도는 되어야 한다는 말이다.

마지막으로 내가 하고 싶은 말은 확률적으로 능력 있는 사람이 되는 게 시집을 잘 갈 확률보다 높다는 것이다. 시집을 잘 가려면 일단 남자의 마음을 얻어야 하지만 일은 그것보다 훨씬 단순하며 아무 이유 없이 우리를 외면하지도 않는다.

끝으로 세상의 모든 여성에게 이 말을 바친다.

우리가 열심히 돈을 버는 건 돈을 좋아해서가 아니다. 돈 때문에 누군가와 평생을 함께하거나 돈 때문에 누군가를 떠나고 싶지 않아서다. 사랑과 돈 중에서 무엇을 선택하겠느냐고 묻는다면 나는 이렇게 말할 것이다.

"당신은 내게 사랑만 주세요, 돈은 내가 벌 테니!"

꿈, 입에 담는 것조차 구차하게 느껴지는 그 사소한 일

누군가에게 꿈이 뭐냐는 질문을 받았을 때 우리는 대개 어색해하거나 침묵한다. 언젠가부터 꿈은 우리의 소득수준처럼 감추고 싶은 프라이버시가 되어버렸다. 사람들이 꿈에 대한 이야기를 장황하게 늘어놓는 건 아마도 무대 위뿐인 것 같다. 꿈을 이야기하는 것 자체가 특정 공간에서 펼쳐지는 일종의 퍼포먼스가 되었다고나 할까?

우리는 왜 일상적인 대화에서 꿈 이야기를 꺼릴까? 그건 우리가 진심으로 꿈을 이야기하는 순간 부러움과 축복이 아닌, 무시와 비웃음이 날아들까 봐 두렵기 때문이다.

음치가 음악대학을 가겠다고 하면 시험감독이 너희 아빠가 아니고서야 네가 어떻게 붙겠냐고 묻는 것처럼, 작문시험에 매번 낙제점을 받는 학생이 작가가 되는 게 꿈이라고 말하면 꿈과 망상도 구분 못 하는 거냐는 비아냥거림을 감당해야 하는 것처럼 말이다.

그렇다면 뭔가 부족한 사람은 원대한 꿈도 가질 자격이 없는 걸까? 물론 아니다. 사실, 사람들이 비웃는 건 우리의 꿈이 아니라 실력이기 때문이다. 그리고 이보다 더 무서운 사실은 우리가 꿈에 어울리지 않게 너무나 부족한 자신을 잘 알기에 꿈을 이야기하는 자체를 부끄러워하는 걸지도 모른다는 점이다.

즉, 꿈을 포기하든 실력을 키우든 둘 중 하나인 선택지에서 우리는 마땅히 후자를 선택해야 한다는 뜻이다. 아무리 멀게만 느껴지는 꿈이라 할지라도 한 발짝 한 발짝 다가가는 게 중요하다.

내 동료의 대학 동창 일화를 보자. 참고로 그녀들은 소위 '듣보잡' 대학을 나왔다. 오죽하면 대학교 1학년 첫 학기가 시작됐을 때 이미 신입생들 사이에는 자포자기의 느낌이 만연했을까. 그러나 내 동료의 동창만큼은 달랐다. 그녀는 회사를 차려 스물다섯 살 전에 주식시장에 상장시키는 게 꿈이라고 말했다. 그녀에게 '모지리'라는 별명이 생긴 건 그때부터였다.

그녀는 1학년 1학기 수업을 거의 듣지 않았다. 학교의 수업 수준이 너무 낮다며 유학생을 찾아 영어 회화나 연습해야겠다고 말했다. 이에 다른 친구들은 자기소개도 더듬거리며 겨우 하는 그녀가 이런 말을 하다니 정말 어이가 없다는 반응이었다.

1학년 2학기에 '모지리'는 급기야 휴학을 했다. 광저우 수출박람회에 통역 아르바이트를 하러 갔다고 했다. 사람들은 '모지리'가 통역이라니 귀신이 곡할 노릇이라고 말했다. 6개월 동안 열심히 영어 공부를 했다는 말은 들었지만 그 정도만으로 정말 외국인과 원활한 의사소통이 가능하겠냐며 의심했다.

대학교 2학년 때 '모지리'가 심리학을 공부하러 갔다는 소문이 돌자 사람들은 더욱 어리둥절해했다. 사람들은 말했다.

"사주를 봐주는 노점이라도 차리려는 건가? 사주를 봐주는 노점이 주식 시장에 상장할 수 있다는 소리는 못 들어봤는데, 신선하네."

그리고 대학교 4학년 때 '모지리'는 마흔의 어떤 아저씨와 함께 창업할 거라며 백방으로 돈을 빌리러 다녔다. 사람들은 정말 창업하려는 게 맞느냐며 다단계에 빠진 건 아니냐고 비웃었다. 같은 과의 모든 친구가 그녀에게 돈을 빌려달라는 부탁을 받았지만 정말로 돈을 빌려준 건 바보처럼 순진한 두 학생뿐이었다. 이후 그녀는 소식이 끊겼고 친구들은 돈을 빌려준 두 바보가 사기를 당한 거라고 생각했다.

대학 졸업 후 가진 동창 모임에서도 어김없이 '모지리'에 대한 이야기가 등장했다.

"개도 스물다섯일 텐데 회사를 상장시키겠다는 건 어떻게 됐대?"

"꿈 타령을 하더니 이루기는 했나?"

"코빼기도 안 보이던데?"

'모지리'의 회사가 정말로 주식 시장에 상장했다는 소식이 들려온 건 그로부터 정확히 2년 뒤였다. 비록 신삼판(新三板, 중소·벤처기업 전

용 장외 시장)이기는 했지만 그 역시 대단한 일이었다. 그랬다. 2년이 더 걸리기는 했지만 그녀는 꿈을 이뤘고, 당시 그녀에게 돈을 빌려준 두 바보는 그녀 회사의 주주가 되었다.

그 두 바보가 들려준 '모지리'의 창업 뒷이야기는 이랬다. 광저우 수출박람회에서 통역을 할 당시 그녀는 많은 기업가를 접하며 비즈니스의 기본 원칙을 이해했다. 당시 그녀가 깨달은 비즈니스의 본질은 바로 인간성이었다. 이에 그녀는 다른 대학의 심리학 수업을 청강했고 심지어 외국의 비즈니스 심리학 교본까지 구매해 독학했다. 이후 아저씨를 알게 됐고 몇 번의 창업 경험이 있는 그를 통해 그녀는 더 많은 것을 배울 수 있었다. 그들은 성격 파악에 관한 '모지리'의 지식을 이용해 젊은 여성을 겨냥한 앱을 기획했다. 여기저기서 빌려온 돈으로 어렵사리 완성해 드디어 출시한 앱은 반년 정도 후

오리지널 유저 수 100만 달성에 성공했다.

그녀의 현재 바람은 회사의 시가 총액을 100억 위안까지 끌어올리는 것이라고 한다. 그러나 사람들은 더 이상 그녀를 비웃지 않는다.

이렇듯 남들이 우리의 꿈을 비웃을 때 그들의 입을 닫게 만들 수 있는 방법은 단 하나다. 바로 끊임없이 내공을 쌓아 실력으로 그들의 빰을 후려치는 것이다.

꿈을 입 밖으로 내길 두려워할 필요는 없다. 오히려 큰소리로 말하는 게 맞다. 누군가 그런 당신을 비웃는다면 그들의 모습을 똑똑히 기억하길 바란다. 그러면 그 기억이 당신을 전진하게 만드는 원동력이 될 것이다. 생각해보라. 우리가 끊임없이 발전하는 데, 진정한 동기부여를 하는 건 대개 굴욕을 당하거나 악에 받친 기억이 아닌가! 코코 샤넬의 말처럼 남들의 멸시와 배척에 신경을 쓰느니 차라리 자신의 존엄과 아름다움을 지키는 게 낫다.

내 나이가 몇이고 또 앞으로 몇 살이 되든지
나는 노력을 멈추지 않을 것이다.
내가 원하는 그런 모습의 내가 되고 싶기 때문이다.

PART 4

개떡 같은 세상에서 즐거움을 유지하는 법

미안하다,
널 미워할 시간이 없다

사람은 자신이 좋아하는 일을 할 때 실리를 뛰어넘어 그 일에 몰두하고,
더 나아가 기꺼이 자신의 모든 것을 바친다. 좋아하는 일을 한다고 반드시
성공하리라는 법은 없지만 단 한 가지! 즐겁게 일할 수 있다는 것만은 내가 보증한다.

미안하다,
널 미워할 시간이 없다

'인간쓰레기에게 상처를 받았어요. 복수를 해줘야 할까요?'

최근 들어 팬들이 인터넷상에서 가장 많이 하는 질문 중 하나다.

현재 임신 8개월이라는 한 여성은 남편이 인터넷 즉석 만남을 통한 원나이트 스탠드에 빠져 있다는 사실을 발견했다. 그녀는 온갖 잠자리 스킬을 연마해 남편의 마음을 사로잡은 뒤 뻥 차버리는 것으로 복수할 생각이다.

부모님의 반대를 무릅쓰고 '용남이(개천에서 용 된 남자)'와 결혼했다는 또 다른 여성, 그녀의 남편은 결혼한 지 겨우 1년여 만에 아랫집 커피숍 여사장과 바람이 났다. 그녀는 여사장이 자신보다 나이도 많고 못생겼는데 아무리 생각해도 이해되지 않는다며 어떻게 해야

이 분풀이를 할 수 있겠냐고 물었다. 생각 같아서는 남편에게 발기 부전을 유발하는 약이라도 먹이고 싶다면서!

또 어떤 여성은 상사가 술만 마시면 신체적 접촉을 시도해 사직서까지 냈지만 그 상사가 이를 수리하기는커녕 각종 이유를 대가며 되레 자신을 협박하고 있단다. 심지어 상사의 부인은 SNS에 그녀가 자신의 남편에게 꼬리를 친 파렴치한임을 에둘러 밝히는 장문의 글까지 올렸다. 그녀는 두 인간쓰레기 때문에 속이 뒤집어진다며 비상으로 그들을 독살하고 싶은 마음이 굴뚝같다고 고백했다.

그렇다면 가장 좋은 복수 방법은 뭘까? 복수 방법을 이야기하기 전에 먼저 이 이야기를 들려주고 싶다.

셀러리는 내가 아는 여자 중 가장 여성스럽다. 해사한 외모에 목소리도 정말 나긋나긋하다. 그녀의 남편은 그녀의 물처럼 온유한 성격에 반했다며 그녀를 쫓아다닌 끝에 결혼에 골인했다. 그런데 그가 바람났다. 그녀와 함께 사는 게 너무나 무미건조하다는 게 그의 변명이었다. 그들의 아이는 고작 10개월이었다. 셀러리는 말했다.

"정말 잔인하네. 딸도 아직 이렇게 어린데 아이가 좀 더 클 때까지 기다릴 수는 없었니? 이혼은 아이가 유치원에나 가거든 그때 하자."

그녀의 말에 남편이 대답했다.

"그래, 그러자."

그리하여 그는 자신의 애인을 데리고 위대한 참사랑을 찾아 다른 도시로 떠났다. 처음부터 그의 인생에 셀러리 모녀가 존재하지 않았던 것처럼!

젖 달라고 우는 아이와 단둘이 남겨진 셸러리는 아이를 데리고 친정으로 들어가 어머니에게 육아 도움을 받을 수밖에 없었다. 체면을 무척이나 중시하던 셸러리의 어머니는 그녀를 남자 하나 간수하지 못한 무능한 딸이라며 매일 다른 방법으로 셸러리에게 굴욕감을 안겨주었다.

셸러리는 계속 일을 했다. 그녀에게 자기 자신이 될 수 있고 또 눈물을 흘릴 수 있는 곳은 지하철과 엘리베이터 안뿐이었다. 그러나 눈물이 난다고 마냥 울 수만도 없었기에 그녀는 이내 눈물을 훔치고 다시 웃는 얼굴로 돌아갔다. 이제 막 '엄마'와 '안아줘'를 배운 딸이 집에서 기다리고 있었기 때문이다.

어느 날 친구에게서 전화가 걸려왔다. 친구는 셸러리의 남편이 애인과 싼야에서 여행을 즐기고 있더라고 일러바쳤다. 순간 그녀의 투지는 불타올랐다. 그녀는 자신의 특기인 영어를 살려 동시통역사가 되겠노라 다짐했다.

그 후 5년 남짓의 시간 동안 그녀는 매일 딸을 목욕시키고 동화책을 읽어주는 한 시간과 딸을 데리고 근처 공원에 가서 시간을 보내는 주말 반나절의 시간을 제외하고 다른 여가 활동을 거의 하지 않았다. 옷도 한 벌 사지 않았다.

과연 그녀는 뭘 했느냐? 당연히 영어 공부를 했다. 그녀는 2년여 동안 투잡을 하며 10만 위안을 모아 통·번역학원을 다녔다. 남는 시간에는 BBC 방송을 1.2배속, 1.7배속, 심지어는 2배속까지 조정해 반복적으로 듣기 연습을 했다. 이 연습을 어찌나 많이 했던지 나중에는 영화의 영어 원음이 슬로우가 걸린 것처럼 들릴 정도였다.

그녀는 결국 그녀가 사는 도시에서 수입이 가장 많은 동시통역사가 되었다. 참고로 그녀는 한 시간에 5천 위안 이상을 받는다. 여전히 온유한 그 셀러리지만 눈빛에 결연함과 자신감이 가득하다.

그녀의 현재 남편 역시 통역 현장에서 본 그녀의 침착한 태도와 전문적인 스킬, 세련된 매너에 가슴이 뛰었다고 한다. 그녀의 남편은 유럽의 모 전기 회사 임원이다. 물론 쓰레기 전남편은 이제 그 얼굴도 잘 기억나지 않을 정도로 깨끗이 잊었다. 들리는 소문에 따르면 당시의 애인과는 진즉 헤어졌으며 사업도 망했다고 한다. 최근 길에서 우연히 그를 봤는데 한 그릇에 12위안 하는 루러우멘(고기장조림국수)에 고기가 덜 들어갔다며 주인장과 대판 싸우더란다.

그녀는 전 남편에게 복수할 생각을 안 해본 거냐고? 물론 그녀 역시 복수할까 생각했지만 그럴 수 없었다고 했다. 쓰레기 같은 남자에게 복수를 하자고 시간을 쏟으면 딸은 누가 돌보겠는가? 그녀는 누군가를 증오하느라 자신이 가장 사랑하는 사람에게 상처를 줄 수는 없었다. 게다가 그녀에겐 자신의 경제력을 키워 딸이 더 좋은 교육을 받을 수 있게 해주는 것이 급선무였다. 그랬다. 그녀는 자신이 사랑하는 사람을 지키기 위해 전력투구했다.

사랑하며 보내기도 부족한 짧은 인생에 누군가를 증오할 시간이 어디 있겠는가? 쓰레기 같은 남자나 여자를 만났을 때 가장 멋진 태도는 미안하지만 '난 널 미워할 만큼 한가하지 않다'는 걸 보여주는 것이다.

인생에서 나쁜 놈을 만나지 않으리라는 법이 있을까? 이럴 때 인간쓰레기를 대하는 가장 좋은 방법이 뭐다? 바로 여봐란듯이 더 잘 사는 거다. 정말이다. 단 1분이라도 누군가를 미워하는 데 시간을 허비하지 마라. 그들은 그럴 만한 가치도 없다.

그들에게 악의를 품는 순간 우리는 우리 자신을 좀먹게 된다. 경제학에서는 어떠한 손실이 났을 때 더 큰 손실을 막기 위해 즉각적으로 대처하는 것을 매우 중요한 원칙으로 삼는데, 애정 문제에서도 마찬가지다. 자신이 사람을 잘못 봤다는 걸, 나쁜 놈을 만났다는 걸 깨달았다면 서둘러 그들을 꺼지게 해야 한다는 뜻이다. 그런 다음 그들을 원동력으로 삼아 투지를 일깨우는 거다.

쓰레기 같은 남자는 뭐다? 미친개다. 미친개에 물렸다고 그 개를 물겠는가? 그들은 똥 덩어리다. 똥을 밟았다면 얼른 씻어야지, 그 똥이 자신의 잘못을 깨닫고 괴로워하길 바라겠는가?

우리가 인간쓰레기에게 복수를 하는 건 사실 그들을 띄워주는 행위다. 이미 상대를 사랑하지 않는다면 굳이 시간과 에너지를 낭비해가며 자신을 괴롭힐 필요가 없다. 아직 상대를 사랑한다 해도 굳이 증오로 그 마음을 드러낼 필요는 없다.

사랑의 반대말은 증오가 아니다. 사랑의 반대는 잊힘이다. '아무렇지 않음이 가장 잔인한 복수'라는 린시(홍콩의 유명 작사가)의 멋진 가사처럼 말이다. 물론 많은 사람이 행동으로 옮기지 못할 뿐 이론적으로만 이해하고 있음을 나도 잘 안다. 그 자식의 득의양양한 모습만 생각하면 기분이 널을 뛰고 분하다는 것도 안다.

그러나 뭘 어쩌겠는가? 그가 미련 없이 당신에게 상처를 줬다는 건 이미 당신을 사랑하지 않거나 당신을 사랑하는 마음이 부족하다는 의미인 것을 말이다. 당신을 딱히 사랑하지 않는 사람에게 복수하기란 매우 어려운 일이다. 상대는 당신을 전혀 신경 쓰지 않기 때문이다. 복수하겠다고 온갖 방법을 동원해봐야 자신만 더 우스워질 뿐이며, 상처를 마음에 담아봐야 아무런 소용이 없다.

멋진 여성이 되길 꿈꾼다면 내려놓을 줄도 알아야 한다. 그러니 나쁜 놈과는 헤어지고 그를 당신의 인생에서 차단하라. 그런 다음에는 자신을 사랑하는 마음으로 자신에게 투자해 더 멋지고 아름다운 사람으로 거듭나라. 외모, 학력, 커리어, 인간관계 등 어디에 투자를 하든 상관없다. 더 나은 자신이 될 수만 있다면 말이다.

당신의 클래스에 따라 만나는 사람의 클래스가 달라진다는 말도 있지 않나? 수준이 다른 사람이 되면 쓰레기 같던 당신의 전 남자는 영원히 당신을 우러러보게 될 것이며, 그의 세상과 당신 사이에 더 이상의 교집합은 존재하지 않을 것이다. 또한 당신이 충분히 훌륭하고 멋진 사람이 되었을 때 당신은 그에게 복수하겠다던 생각도 깨끗이 잊어버린 자신을 발견할 것이다.

방귀처럼 그에 대한 기억을 배출하고 오랜 시간이 지난 후에 당신이 해야 할 말은 이 한마디뿐이다.

"고마워. 그때 헤어진 덕분에 마음에 쏙 드는 지금의 낭군을 만났어!"

참든가,
떠나든가

지난주 선전에서 베이징에 있는 친구에게 '나 곧 베이징으로 돌아가'라고 메시지를 보냈더니 친구가 이렇게 답했다.

'베이징에 간 지 겨우 1개월 조금 지났는데 벌써 돌아온다고?'

와! 나는 그제야 내가 엄청 빨리 베이징이라는 새로운 도시에 적응했음을 깨달았다. 예전에는 정말 눈곱만큼도 베이징을 좋아하지 않았었는데…….

왜냐? 미세먼지와 교통체증 때문이다. 이 두 가지면 싫어할 이유로 충분하지 않나?

하지만 베이징으로 이사를 결심한 그날부터 나는 이곳을 좋아하기로 마음먹었다. 그래서 나는 지금도 베이징의 장점 발견하기에 여념이 없다. 베이징은 은행나무가 정말 아름답고, 눈이 내린 고궁의 모습이 마치 청춘 드라마의 한 장면 같다. 어디 그뿐인가! 베이징에는 맛있는 젠빙궈즈와 중국식 배탕, 족발전골, 그리고 원조 충칭훠궈가 있다. 아이고, 맛있는 음식을 나열하고 있자니 배달이라도 시켜먹고 싶다. 말이 나와서 얘긴데 베이징은 배달 음식의 종류도 다양해 선택의 폭이 넓다. 먹보로서 정말 신나는 일이 아닐 수 없다. 그래서 베이징에 온 지 한 달 만에 몸무게가 2.5킬로그램 늘었다(그렇군. 이것도 베이징의 장점이라고 할 수 있으려나? 뭔가 잘못된 것 같은데!). 무엇보다 중요한 건 베이징의 영화계와 문화계에 너무나도 멋지고 유쾌한 사람들이 넘쳐난다는 사실이다. 시야도 넓고 식견도 풍부한 그들과 어울리며 매일 새로운 무언가를 배울 수 있어서 정말 즐겁다! 이제부터 나는야 베이징 애호가다!

그런데 툭하면 자신이 살고 있는 도시에 대해 불평을 늘어놓는 사람도 많다. 마치 하루라도 더 머물면 미쳐버릴 것처럼 말이다. 여기서 주목해야 할 점은 그들이 단순한 디스가 아닌 불평을 하고 있다는 것이다. 디스와 불평은 엄연히 다르다. 디스는 애정과 관심을 밑바탕으로 하지만 불평에는 혐오와 반감이 깔려 있다. 그들은 마치 그 도시가 그들의 천적이자 생존을 방해하는 보스 몬스터인 듯 저주와 비난을 쏟아낸다. 하지만 그들은 10년 이상 그곳에 거주하면서 좀처럼 그곳을 떠나지 않는다. 마음에는 안 들지만 떠나지는 않겠다니, 참으로 아이러니하다.

솔직히 말하면 나도 예전엔 그랬다. 대학 시절 내가 완전 싫어하는 도시로 갔던 나는 매일 그 도시의 단점들을 늘어놓으며 불평했다. 밥을 먹으러 가서는 "맙소사! 여기 음식 진짜 맛없다. 너무 맛없어서 죽고 싶을 지경이야"라고 했고, 쇼핑을 하러 가서는 "이건 뭐 시골 읍내도 아니고 뭐가 이렇게 촌스러워" 하고 투덜댔다.

그러던 어느 날 그 지역 토박이인 룸메이트가 도저히 못 참겠다는 듯 말했다.

"그렇게 싫으면 꺼져. 누가 너더러 여기 있으래?"

정말 말 한번 잘하지 않았나! 벌써 한참 전의 일이지만 나는 다시 그때로 되돌아가 룸메이트에게 박수를 쳐주고 싶다! 정말이다. 그렇게 그 도시가 싫었다면 그곳을 떠나면 되는 거였다. 출국을 하든지 교환학생 신청을 하든지 불평을 하는 것보다 나은 방법은 많았다. 아무것도 하지 않고 가만히 앉아 불평만 늘어놓는 건 자신의 어리석음과 무능함을 드러내는 것일 뿐이다!

룸메이트의 말을 들은 뒤 나는 내가 얼마나 바보였는지를 깊이 반성하며 다시는 불평하지 않았다. 새로운 눈으로 그 도시를 바라보니 사실 꽤 사랑스러운 면도 있는 곳임을 깨달았다.

그러니 자신이 살고 있는 곳이 마음에 들지 않는다면 스스로 자문하는 방법을 추천한다. 만약 '그래서 이곳을 떠날래?' 하는 질문의 답이 '아니'라면 그곳의 장점을 찾아보고 받아들이는 게 현명하다.

사랑도 그렇지 않은가? 내 동료 중에는 대박 훈남이 한 명 있었다.

문제는 그가 누구에게든 끼를 흘리는 스타일이라는 것이다. 짱구가 추파를 던지면 귀엽기라도 하지, 그는 그냥 추태였다. 어쨌든 그의 이러한 점 때문에 그의 여자 친구는 거의 매일 그와 다툼을 벌였다.

한번은 커피숍에 앉아 있는데 그가 누군가와 메시지를 주고받으며 썸을 타고 있었다. 그 짓거리를 발견한 그의 여자 친구가 그에게 곧바로 물세례를 안겼다. 초라해진 그의 모습에 우리는 웃음이 났지만 그렇다고 대놓고 웃을 수도 없었다. 당시 웃음을 참느라 얼마나 고생했는지 모른다.

그뿐만이 아니다. 그의 여자 친구가 길 한복판에서 그의 따귀를 올려붙인 적도 있었다. 그가 또 누군가의 전화번호를 땄다는 사실을 그녀가 알아차렸기 때문이다. 당시 그 자리에 함께 있었던 우리는 이를 못 본 척해야 하는 건지 꽤 난처했다.

그의 여자 친구는 가끔 그가 근무 중인 사무실로 쳐들어가 소리를 치기도 했다.

"나쁜 새끼! 방금 위챗에 신규 추가한 그녀 누구야?"

우리는 여자가 남자 때문에 거의 미쳐가는 것 같다며 남자도 참 쓰레기인가 보다 했다. 그러나 한 여자 동료의 생각은 달랐다. 그녀는 말했다.

"당신 남자 친구잖아요. 당신이 선택한 사람이라면 그의 단점도 받아들여야죠. 그걸 받아들이고 싶지도 또 참고 싶지도 않다면 그냥 뻥 차버려요. 매일 싸우면서 헤어지지도 않고 그게 무슨 연애입니까?"

연애를 할 때에는 자신이 상대의 무엇을 가장 사랑하는지 잘 생각해볼 필요가 있다. 상대의 자상함, 잘생긴 외모, 재력 등등 뭐든 좋다. 이와 함께 그의 단점까지 받아들일 수 있는지 생각해보는 거다. 그럴 수 있겠다 싶으면 그의 단점을 고치려 들지 말고 있는 그대로의 모습으로 잘 지내는 방법을 연구해야 한다.

자신이 무엇을 원하는지를 분명히 했다면 그 외의 부수적 단점은 모두 받아들여야 한다. 상대의 장점 때문에 그 사람과 함께했다가 상대의 단점을 마주하며 평생을 사는 것이 바로 결혼이니까.

자신의 반쪽이 싫어졌다면 "그의 이런 단점들 때문에 그와 이혼할래?"라고 자문해보라. 그리고 '아니'라는 답이 나오면 그냥 받아들여라.

남편이 매일 퇴근 후 집에서 게임만 한다며 내게 불평을 늘어놓는 친구가 있었다. 날마다 이 일 때문에 남편과 다툰다는 그녀에게 나는 물었다.

"남편이 게임을 하는 것 때문에 그 사람이랑 이혼할 거야?"

그러자 친구가 놀란 눈빛으로 나를 보며 답했다.

"당연히 아니지. 남편이 바람을 피운 것도 아니고……."

나는 말했다.

"그치? 그런데 그 문제 때문에 이혼할 거 아니면 뭐 하러 매일 싸우느라 에너지를 소비해? 서로 기분 상하기밖에 더해? 그러지 말고 남편이 가진 다른 장점들을 생각해서 단점들을 포용하려고 노력해봐. 그럼 서로 기분 나쁠 일도 없고 결혼생활의 질도 달라질걸?"

그 후로 어느 정도 시간이 지나고 친구는 나를 찾아와 나의 조언이 정말 도움 됐다고 말했다. 그녀는 이제 남편이 게임을 해도 더 이상 잔소리를 하거나 신경을 곤두세우지 않는다며 남편의 좋은 점을 많이 생각하다 보니 사이도 더 좋아졌다고 했다.

이러한 방법은 일에서도 통한다. 지금 하고 있는 일이 싫어졌다면 스스로 질문을 던져보는 거다.

"그래서 관둘래?"

솔직히 난 왜 그렇게 많은 사람이 매일 자신의 일에 불평을 늘어놓는지 잘 이해되지 않는다. 마치 감옥살이를 하고, 벌을 받고, 학대를 당하듯 이야기하면서 왜 직장이나 직업을 바꿀 생각은 하지 않는단 말인가! 직장 동료 모두가 심술단지라면, 상사가 바보 멍청이라면, 지금 하고 있는 일에 아무런 가치를 느끼지 못한다면, 다른 일을 찾는 게 맞지 않을까? 그럼에도 이직하지 않는다는 건 당신이 그런 일밖에 못 할 사람이라는 방증이다. 그런 게 아니라면 분명 당신을 떠나지 못하게 하는 장점이 있다는 뜻이니, 자신이 왜 아직도 이직을 하지 않는 건지 곰곰이 생각해볼 필요가 있다. 그렇게 그 일의 장점을 발견했다면 더 많은 장점을 찾아보고 업무에 집중해 자신의 가치를 높여라. 한편 곰곰이 생각해도 장점을 발견할 수 없다면 미련 없이 이직을 하는 게 답이다. 노비 문서에 사인을 한 것도 아닌데 불평만 한다고 무슨 소용이겠는가.

'내가 그를, 그녀를, 이곳을 떠날 만큼 싫어하나?'

이는 당신이 많은 문제를 해결하는 데 도움을 줄 만능 질문이다. 거주 지역이든, 사랑이든, 일이든 인생의 많은 일을 대할 때 이 원칙을 적용할 수 있다.

참든가, 떠나든가 둘 중 하나다. 다시 말하지만 이 세상의 모든 일과 모든 사람이 당신을 기쁘게 할지, 힘들게 할지는 모두 당신의 가치관에 달려 있다.

기억하라. 사고방식을 전환하면 인생이 훨씬 유쾌해진다!

내가 좋아하는 일을 할 것인가, 사람들이 좋아하는 일을 할 것인가?

또다시 대학교 졸업반 학생들이 일자리를 찾아나서는 시기가 돌아왔다. 그래서인지 요즘 거의 매일 팬들에게 이런 질문을 받는다.

'미멍 씨, 제가 좋아하는 일을 해야 할까요, 아니면 사람들이 흔히 말하는 좋은 일을 해야 할까요?'

중국인 학부모한테 세상에서 유일하게 제대로 된 직업은 아마 공무원일 것이다. 우리 아빠도 나에게 공무원을 권했을 정도였으니까.

나는 대학입시 희망 지원란에 어느 대학이든 상관없이 무조건 국문과를 적었다. 종이 한 장 가득 국문과만 적어 내다니 나도 꽤 별종이었지 싶다. 당시 가장 인기 있는 학과는 경제학과였는데, 나처럼 계산도 제대로 못하는 바보가 경제학과를 선택한다는 건 그야말로 굴욕을 자초하는 일이었다. 그리고 무엇보다 나는 경제학에 관심이 없었다. 나는 어려서부터 무슨 일을 하든지 그 일이 쓸모 있는지보다 내가 좋아하는 일인지를 가장 먼저 생각했다.

우리 아빠는 내가 국문과에 지원하고 싶어 한다는 사실을 알고 마치 불량 청소년을 선도하는 듯한 눈빛으로 나를 바라보며 말했다.

"말해보렴. 국문과에 가면 무슨 소용이 있니?"

나는 불량 노인을 선도하는 듯한 눈빛으로 아빠를 바라보며 대답했다.

"그럼 아빠도 말씀해보세요. 매일 마작 도박을 하는 게 무슨 소용이 있죠?"

결국 나는 나의 바람대로 국문과에 들어갔다.

어느 날, 나는 똥을 누며 신문을 읽다가 〈남방주말〉에 실린 신년사 때문에 마음이 뜨거워졌다. 글귀에 너무나 큰 감동을 받아 눈물을 머금고 화장실을 나선 나를 보고 친구가 물었다.

"왜 그래? 치질이야?"

"나, 신문사에 들어갈 거야. 남방일보 계열로!"

그 후 나는 여러 신문사에서 인턴으로 일하며 많은 경험을 쌓았다. 광저우의 〈신쾌보〉에서 인턴으로 일할 당시 촬영 기자와 수용소로 취재를 나갔다가 구타를 당할 뻔했고, 대학의 흑막을 들추고자 총장을 인터뷰하다 삿대질을 당하며 협박을 받기도 했다. 그 총장은 내가 젊어서 세상 무서운 줄 모른다고 했지만 난 원래 계획대로 비판 기사를 휘갈겼다. 당시 내 멘토였던 선배는 내가 이쪽 일에 소질이 있다고 판단해 나를 〈남방도시보〉에 추천해주었다.

〈남방도시보〉에서 일하는 동안 가장 인상 깊었던 일은 현재 고인이 된 당시 보도부의 왕권 부주임과 함께 정부회의에 참석한 일이었다. 그 회의가 어찌나 따분하던지 현장에 나와 있던 많은 기자가 졸았다. 그 와중에 회의 내용을 열심히 경청하며 메모까지 하는 사람은 왕권뿐이었다. 그녀는 그 회의에서 광저우의 수도요금이 오를 수 있다는 정보를 포착해 관련 부처로 쫓아가 네 시간이 넘는 인터뷰를 진행했다. 그녀의 질문 공세에 귀찮아하던 상대는 급기야 〈남방도시보〉가 쓸데없는 참견을 한다며 화를 냈다. 어쨌든 그녀는 기사를 완성했고, 이튿날 헤드라인으로 '수도요금 인상 예정'이라는 기사가 나갔다. 다른 신문사들이 정부 당국의 입장에서 이야기를 할 때 〈남방도시보〉만은 시민의 입장에 섰다.

그때 나는 프로정신이란 경건한 태도로 자신에게 주어진 '사소한' 모든 일을 대하는 것이며, 언론인이란 언제나 대중의 입장에 서야 하는 존재임을 배웠다. 왕권이 가르쳐준 이 두 가지는 꽤 오랫동안 나에게 많은 영향을 주었다.

〈남방도시보〉에서 12년을 일하면서 나는 참 많은 것을 배웠다. 그중에서도 특히 좋았던 건 사람들에게 완전히 다른 가능성을 보여주는 일의 가치를 깨닫고 이를 나의 목표로 삼을 수 있었던 점이다. 그렇다. 사람들에게 다른 가능성을 제공해 그들이 새로운 시각으로 자신을, 타인을, 그리고 사회와 세상을 바라볼 수 있도록 하는 것! 이것이 바로 내가 글을 써서 달성하고 싶은 목표다. 나는 이 일을 사랑하고 그 속에서 가치를 느낀다.

물론 최근 2년 동안 시나리오 작가로 전업하면서 마음이 흔들리는 순간도 있었다. 영상을 통해 새로운 가치관을 이야기할 수 있다는 점 때문에 시나리오를 쓰는 일에 매료되었지만 오만 가지 생각이 나를 괴롭혔기 때문이다.

'내가 정말 이 일을 하기에 적합한 사람일까?'

'좋아하는 일이라고 반드시 잘할 수 있는 건 아닌데?'

'몇 년씩 시간을 투자하고도 좋은 작품을 쓰지 못하면 어떻게 하지?'

그러나 다행히도 내게는 이런 생각들로 머리가 복잡해질 때마다 새로운 힘을 불어넣어주는 이들이 있었다.

그중 한 명은 바로 2차원 소녀 첸반시엔이다. 그녀는 부모님의 등쌀에 못 이겨 영국으로 유학을 가 1년간 국제무역을 공부했다. 다행히 영어 실력은 나쁘지 않아 영국에 있는 동안 'this, this, and this' 이 세 마디를 자유자재로 구사했다고 한다.

그녀는 친구가 없었다. 그녀의 인생에서 가장 중요한 건 일본 드라마와 한국 드라마 그리고 애니메이션이었기 때문이다. 그녀는 다른 사람들과 〈그날 본 꽃의 이름을 우리는 아직 모른다〉, 〈내가 인기 없는 건 아무리 생각해도 너희들이 나빠!〉, 〈내 뇌 속의 선택지가 학원 러브 코미디를 전력으로 방해하고 있다〉 등등에 관한 이야기를 하고 싶었지만, 사람들은 그녀를 이상한 사람이라고 생각했다.

이런 그녀를 알게 된 건 더우반을 통해서였다. 그녀가 더우반에 올린 평론을 보고 재능이 있다고 생각한 나는 그녀에게 우리 회사 인턴으로 들어오지 않겠냐는 쪽지를 보냈고, 그녀는 즉시 학교를 그만두고 귀국했다.

그녀는 드디어 드라마와 애니메이션 얘기를 원 없이 할 수 있겠다며 자신이 무슨 말을 하는지 알아듣는 사람이 있어서 기쁘다고 말했다.

참고로 우리는 팀을 이뤄 시나리오를 쓴다. 각자 한 명씩 캐릭터를 맡아 자신의 캐릭터 플롯을 구상하는 식이다. 이렇게 해야 모든 캐릭터가 자신의 행동 논리를 가질 수 있고 더 나아가 모든 캐릭터가 빛날 수 있기 때문이다.

그녀는 거의 매일같이 진행되는 시나리오 회의에서 마치 약이라도 한 사람처럼 에너지를 분출했다. 자신의 캐릭터를 지키기 위해서라면 다른 팀원과의 언쟁도 불사했다. 그녀는 단 1분도 자리를 떠나려 하지 않았다. 잠깐이라도 자리를 비우면 다른 사람이 자신의 캐릭터에 관한 장면을 건드려 캐릭터 이미지가 손상될지도 모른다고 생각했기 때문이다. 화장실 가는 시간이 아까워 오줌을 참는 건 예삿일이었다.

그녀는 열이 날 때도 아무렇지 않은 척했다. 얼굴이 너무 붉어 어디 아프냐고 물으면 그녀는 조금 더워서 그러는 것뿐이라며 괜찮다고 했다. 그러나 나는 그녀가 몸을 떨고 있는 것을 보았으므로 그만 집에 들어가 쉬라고 했다.

"안 돼요. 실은 살짝 감기에 걸렸는데 저는 다른 사람에게 감기를 옮겨줘야 낫는 스타일이거든요. 다른 사람에게 감기를 옮기려면 회사에 있어야 해요."

헐, 이게 무슨 궤변이란 말인가!

한번은 시나리오 회의를 하는데 한창 이야기 중이던 첸반시엔이 갑자기 경련을 일으킨 적이 있었다. 쉴 새 없이 떨리는 얼굴근육에 이가 딱딱 부딪히고 오그라든 손은 어떻게 해도 펴지지 않았다. 우리는 깜짝 놀라 황급히 그녀를 병원 응급실로 데려갔다.

그녀의 상태는 의사도 놀랄 정도였다. 의사는 첸반시엔에게 심각한 칼륨 부족이며 바로 병원에 오지 않았다면 급성 심정지로 급사할 뻔했다고 말했다. 그러면서 상태가 이 정도면 보통 사람들은 잘 걷지도 못하는데 이 몸으로 출근을 한 거냐며, 대체 그 회사 사장은 어떤 인간이냐고 역정을 냈다.

순간 사람들은 고개를 돌려 나를 바라보았고, 나는 안절부절못하며 말했다.

"오늘은 사장님이 안 계셨는데 화, 확실히 짐승만도 못한 분이죠."

어쨌든 너무 놀란 나는 링거를 맞고 되살아난 첸반시엔에게 다음부터는 절대 아픈 걸 숨기지 말라고 꾸짖었다. 그러자 경련이 사라진 걸 확인하고 금세 신바람이 난 그녀가 해맑게 말하는 것이 아닌가!

"어쨌든 모두 한자리에 있으니 못 다한 회의나 계속하시죠!"

나는 화가 나서 소리쳤다.

"현대판 자오위루(중국 공무원의 롤모델로 손꼽히는 인물. 42세에 간암으로 세상을 떠났다)라도 되고 싶은 거니? 자기 생각 안 하는 건 좋은데 내 생각은 좀 해주라. 자기한테 정말 무슨 일 생기면 나 잡혀 들어가!"

이에 그녀는 한 손가락을 내밀며 말했다.

"그럼 아주 잠깐만 하는 건 어때요?"

정말 비정상적이지 않은가!

그렇다. 사실, 예전의 나는 성실한 사람을 무시했다. 성실한 사람은 모두 바보라고도 생각했다. 하지만 이 업계에 발을 들인 후 이렇게 우스울 정도로 바보 같아 보이지만, 실은 긍정의 에너지를 가진 사람들을 만나면서 정말 많은 자극을 받았다. 사람은 자신이 좋아하는 일을 할 때 저절로 성실해진다는 말이 맞나 보다.

우리 회사에는 샤오잉이라는 아주 귀여운 친구도 있다. 그녀는 원래 번듯한 직장에 다니고 있었다. 하지만 그녀는 매일 아침 지하철에 몸을 실을 때마다 지하철 안의 분위기가 어찌나 침울한지 그것만으로도 이미 녹초가 되는 기분이라고 했다. 그럴 때마다 그녀의 머릿속에는 '왜 매일 이렇게 지옥철을 타고 다니며 지옥 같은 일을 해야 하나?' 하는 의문이 들었다. 꿈에 대해 생각해보기도 했지만 그녀에게 '꿈'이란 재능 있는 사람들이나 좇을 수 있는, 자신과는 동떨어진 그 무엇이었다. 그러나 그녀는 타성에 젖어 대충대충 일을 처리하고, 노력보다는 요행으로 목적을 달성하려는 회사 분위기를 견디지 못하고 결국 사표를 냈다. 상사는 그런 그녀에게 인수인계를 위해 한 달만 더 수고해달라고 말했다.

그리고 드디어 퇴사 전 마지막 일주일이 시작되었을 때 그녀의 자상한 남자 친구는 그녀에게 야쿠르트 한 줄을 사주며 말했다.

"총 다섯 개니까 하루에 하나씩 마셔. 이거 다 마시면 회사에서도 해방인 거다."

그녀는 기쁜 마음으로 금요일 퇴근의 순간을 기다렸다. 드디어 손꼽아 기다리던 금요일 오후가 되었고 그녀는 심호흡을 한 뒤 다섯 번째 야쿠르트를 마셨다. 그런데 그녀의 상사가 하루만 더 출근해주면 안 되겠느냐고 부탁하더란다. 결국 그녀는 그 자리에서 울음을 터뜨리고 말았다. 왜 야쿠르트도 다 마셨는데 하루를 더 출근해야 하냐며……. 이랬던 그녀가 우리 회사에 들어온 후로는 더 이상 울지 않는다.

그녀는 오히려 매일 야근을 하고 싶어 안달이 난 변태가 되었다. 한번은 야근을 할 필요가 없으니 집에 일찍 들어가라고 했더니 이튿날 나를 찾아와 이렇게 물었다.

"사장님, 요즘 제가 뭘 잘못하고 있나요? 그래서 야근을 하기엔 자격이 부족하다고 생각하는 거예요?"

그리고 왜인지는 모르겠으나 현재 그녀는 나를 감시하는 감독관이 되었다. 내가 게으름을 피우려고 할 때마다 그녀는 내가 자신의 기대를 저버리기라도 한 듯 이렇게 나무란다.

"사장님, 좀 열심히 하실 수 없어요?"

이럴 때는 정말이지 하나도 귀엽지 않다!

그룹 회의가 길어질 때도 그랬다. 새벽 한 시가 거의 다 되어가는 터라 "내일도 아홉 시에 출근해야 하니 오늘은 이쯤 하자"라고 했더니 그녀는 나를 보며 말했다.

"한 시간만 더 하죠. 급하면 사장님 먼저 들어가세요."

그렇게 단호한 눈빛을 보이는데 날더러 어떻게 집에 들어가라는 건지 원! 이쯤에서 조심스럽게 묻고 싶다. 대체 누가 사장인 거야, 응?

이것이 바로 내가 매일 겪고 있는 일상이다. 우리 회사는 업무 강도가 워낙 높아서 한 남자 직원이 피로 누적으로 두 번이나 쓰러진 적이 있다. 그러나 정작 쓰러진 당사자는 쓰러질 때 어떤 느낌인지 경험으로 체득했으니 다음에는 등장인물이 쓰러지는 장면을 더 리얼하게 쓸 수 있겠다며 좋아했다.

모두의 건강이 염려되어 주말 근무를 금지하고, 어떻게든 일주일에 하루는 쉬도록 규정하고 있지만 아무래도 별 소용은 없는 것 같다. 사무실을 관리해주는 아주머니가 여전히 주말에 몰래 나와 일을 하는 사람이 있다고 말해주었으니까.

어디 이뿐이랴? 많은 직원이 시간을 아끼겠다고 회사에서 잠을 자는 바람에 나까지 집에 들어가기가 미안해져 어쩔 수 없이 사무실 붙박이가 되었다. 얼마나 사무실에서 살다시피 했으면 친구들이 내게 이런 말을 할까.

"미멍, 너 변했다. 예전엔 목숨 바쳐 빈둥대겠다고 하더니 어째 점점 더 성실해지고 진지해지냐?"

"아니 나라고 이러고 싶겠니? 이게 다 직원들 때문이라고!"

내가 팀원들 이야기를 꺼낸 건 그들이 얼마나 훌륭하고 좋은 사람인지를 알리기 위해서가 아니라 자신이 좋아하는 일을 했을 때 얼마나 큰 긍정의 에너지를 불러일으킬 수 있는지를 말하기 위해서다.

사람은 자신이 좋아하는 일을 할 때 실리를 뛰어넘어 그 일에 몰두하고, 더 나아가 기꺼이 자신의 모든 것을 바친다.

앞서 소개한 우리 직원들처럼 말이다. 그들이 그토록 열심히 노력하는 이유는 회사나 팀을 지키기 위해서가 아니라 자신이 좋아하는 일을 지키기 위해서다. 이런 까닭에 '내가 좋아하는 일을 할 것인가, 사람들이 좋아하는 일을 할 것인가?'에 관한 나의 답은 언제나 전자다.

자신이 좋아하는 일을 하라. 좋아하는 일을 한다고 반드시 성공하

리라는 법은 없다. 하지만 한 가지만은 내가 보증한다. 바로 즐겁게 일할 수 있다는 것! 몸과 마음을 다했을 때 비로소 얻을 수 있는 이 즐거움은 매일 한 뼘씩 성장한다는 만족감을 안겨줄 것이다.

누군가가 이런 말을 했다. 어떤 배우자를 선택하느냐가 매일 당신이 잠자리에 들기 전의 환경을 결정하고, 어떤 직업을 선택하느냐가 당신이 눈뜨고 있는 일분일초의 기분을 결정한다고!

인생의 3분의 1 이상을 일하며 보내게 되는데 그렇다면 굳이 이 3분의 1 인생을 고통 속에서 살 필요가 있을까? 소위 안정적인 일을 하면 미래의 자신이 어떤 모습일지 분명하게 내다볼 수 있겠지만 자신이 좋아하는 일을 하면 미래를 정확히 내다볼 수 없을 것이다. 앞으로 자신이 어떤 모습으로 변하게 될지 무한한 가능성이 있기 때문이다.

알 수 없는 기대감 속에서 하루하루를 살아가는 것보다 더 멋진 일이 있을까?

자신이 무슨 일을 좋아하는지 모른다면?

"저는 제가 어떤 일을 좋아하는지 모르는데 어떻게 해야 하죠?"

이런 막연함은 아마 우리 대부분이 느꼈거나 현재 느끼고 있는 감정일 것이다. 학교에서 자기 자신을 찾는 방법이나 진정한 내가 되는 법을 가르쳐주지 않았으니까. 그래서 우리는 으레 시험 준비에 모든 시간을 쏟아붓고, 부모님의 의견에 따라 그냥저냥 대학입학 지원서를 넣고, 별 생각 없이 대학을 졸업해 되는대로 취직한다. 그러다 어느 날 자신이 어떤 일을 좋아하는지 모른다는 사실을 불현듯 깨닫는다. 어려서부터 자신이 원하는 것을 분명히 알고 진로를 정하는 사람들이 타인의 부러움을 사는 이유는 바로 이 때문이다.

그렇다면 대체 어떻게 해야 자신이 좋아하는 일이 무엇인지 알 수 있을까? 가장 간단한 방법은 자신이 주로 무슨 일을 하는 데 시간을 쓰는지 알아보는 것이다. 행여 자신의 전공이나 직업을 싫어하더라도 분명 즐겨 하는 일이 있을 테니까. 그러니 공부나 업무를 제외하고 당신이 가장 많은 시간을 할애하고 있는 바로 그 일을 찾아라. 게임, 쇼핑, 덕질, TV 보기 등 무엇이든 좋다.

'여가 시간에 즐기는 취미가 좋아하는 일과 무슨 관계가 있지?'

이런 의문을 품은 이들에게 나는 말해주고 싶다. 당신이 어떤 일을 좋아하는지 모르는 이유는 일에 대한 이해가 너무 편협하기 때문인지도 모른다고, 당신이 심심풀이나 소일거리라고 생각하는 일들이 당신의 노력을 통해 얼마든지 멋진 직업으로 발전할 수 있다고 말이다.

그 예가 바로 우리 남편이다. 우리 남편은 많은 남성이 흔히 그렇듯 어려서부터 게임을 좋아했다. 게임 사랑이 어찌나 대단한지, 애초에 그가 신문사에 취직한 이유도 그 신문사에서 발행하는 신문에 게임 섹션이 있었기 때문이다. 비단 우리 남편뿐만이 아니라 남편과 함께 게임을 즐기던 친구들도 대부분 게임 회사나 게임 전문 매체에서 일하고 있다.

어려서부터 공부는 안 하고 매일 오락실만 들락거려 어머니에게 귀를 잡혀 끌려나오기 일쑤였던 한 남자는 무허가 대학에 들어가 가까스로 졸업했지만 게임 해설가로 인기를 얻어 지금은 한 달에 꽤 많은 돈을 벌어들이고 있다.

이렇듯 별 볼 일 없어 보이는 취미도 우리의 노력 여하에 따라 얼마든지 미래 직업으로 발전할 수 있다.

물론 이렇게 말하는 사람도 있을 것이다.

"취미를 직업으로 삼는 게 과연 좋은 일일까요? 취미를 직업으로 삼으면 취미마저 잃게 된다고 하던데?"

사실, 이는 내가 가장 싫어하는 말 중 하나이다. 이 말 때문에 얼마나 많은 사람이 단단히 오해를 하게 되었던가! 취미를 직업으로 삼아 취미를 잃었다면 이는 그 일이 당신의 진정한 취미가 아니었다는 방증이다. 그러므로 자신이 진정으로 좋아하는 일을 찾기 위해서는 한때의 흥미가 아닌 자신의 진짜 취미가 무엇인지, 그 취미를 넘치도록 사랑하는지, 그 취미에 얼마만큼 몰두하는지를 따져야 한다.

기자 시절에 내로라하는 사람들을 인터뷰하면서 느낀 점이기도 한데, 자신의 관심사를 직업으로 둔 사람은 무조건 성공한다. 자신이 관심을 둔 일인 만큼 잘해내려는 열의를 갖게 되고, 그 열의가 지치지 않는 원동력이 되어 그 사람을 한 분야의 최고 권위자, 최고 실력자로 만들기 때문이다.

더러는 이렇게 말하는 사람도 있을 것이다.

"아무리 생각해봐도 '이거다!' 할 만한 취미가 없는 것 같아요. 영화를 보는 것도 좋고, 책을 읽는 것도 좋고, TV를 즐겨 보기도 하거든요. 딱히 좋아하는 것도, 싫어하는 것도 없는데 이런 저는 어떻게 해야 하죠?"

내 주변에도 이런 사람들이 있는데 이들은 주로 성격이 모나지 않고 둥글둥글한 호인(好人)에 속한다. 나처럼 어려서부터 호불호가 분명하고, 편집적인 면이 있는 사람과는 전혀 다른 유형이랄까? 이런 이들에게는 실패와 실수를 두려워하지 말고 더 많은 경험을 해보라 권하고 싶다. 여러 시행착오를 겪으면서 자신에게 맞지 않는 것을 하나씩 제하는 방법으로 진짜 관심사를 찾는 것이다. 랴오이메이(중국의 시나리오 작가)의 말처럼 말이다.

"옳은 일에만 포커스를 맞춘 적은 없었어요. 그래서 젊고 패기 넘치던 시절 수많은 시행착오를 겪었죠. 하지만 저는 그 경험들이 내 인생을 더 다채롭게 만들어주었다고 확신합니다."

시행착오를 두려워하거나 귀찮아하지 않고 계속 새로운 시도를 한다면 누구나 언젠가는 자신이 좋아하는 일을 찾을 수 있을 것이라고 믿는다. 그리고 단언컨대 그때의 행복감이란 너른 바다를 표류하다 마침내 육지를 발견했을 때만큼이나 엄청나다고 믿는다.

가만히 보면 사람들은 자신의 전공이나 일을 정말 싫어하는 게 아니라 그저 게으른 경우가 많다. 칼럼니스트 양치한은 '성공은 전공과 무관하다'라는 글에서 이러한 현상에 대해 기술하고 있는데 그의 말을 빌리자면 이렇다.

'대다수의 사람은 자신의 전공 자체를 싫어하는 게 아니라 학습 과정에서 지력, 체력, 인내력 등의 부족으로 맞닥뜨리게 되는 좌절을 싫어할 뿐이다. 좌절감보다 더 혐오감을 유발하는 감정은 없다. 그렇기에 우리는 으레 좌절감과 혐오감을 동일시하여 죄 없는 전공을 싫어하는 것이다. 좋아하지 않으니 공부가 하기 싫고, 공부를 하지 않으니 제대로 할 수 있을 턱이 없고. 우리는 그렇게 거지 같은 악순환에 빠진다.'

사실, 지금 하고 있는 일을 제대로 해내면 그 일이 내가 잘하는 일이 되고, 그러면 그 일에 대한 애정도가 높아지게 마련이다. 보통 그렇지 않나? 자신이 잘하는 일을 좋아하는 게 사람의 보편적 심리다. 어렸을 때 성적이 잘 나오는 과목을 부쩍 좋아하게 되는 것처럼 말이다. 생각해보라. 수학시험에서 8점을 맞았는데 제정신이 아니고서야 이를 계기로 수학을 사랑하게 되겠는가? 그러니 많은 시간을 들여 이것저것을 재고 따지고 하는 것보다 현재 자신에게 주어진 일에 최선을 다해 자기 한계가 어디인지 알아보는 것이 훨씬 낫다.

소설가 이사카 코타로의 말처럼 인간이 가진 가장 큰 무기는 바로 몸을 사리지 않는 결심이다.

자신의 취미를 찾아 꿈을 정하든, 주어진 일에 최선을 다하든, 아니면 아예 창업을 하든 이 한 가지만은 꼭 기억하라. 오늘이 바로 당신에게 남은 인생의 첫째 날이다.

질투는
우리 모두의 힘

누군가가 나에게 물었다.

"미멍 씨, 누군가가 질투 나서 죽겠는데 이럴 땐 어떻게 해야 할까요?"

뭘 어쩌겠는가? 이 나라에서 합법적으로 총기를 구매할 수 있는 것도 아니고……. 삶의 지혜에 관한 글귀들을 보면 '질투를 극복해라', '마음의 평정을 되찾아라', '현재의 삶에 감사하는 마음을 가져라', '다른 사람이 아닌 나 자신을 비교 대상으로 삼아라' 등이 해법으로 제시되어 있지만 솔직히 이는 다 개소리다!

나는 이런 말을 할 자격이 충분하다. 그동안 살면서 무수히 많은 사람을 질투했기 때문이다. 경험자로서 한마디 하자면 질투심을 없애려고 노력하지 마라. 그래봐야 헛짓이다.

그래서 나는 누군가가 질투 나면 그냥 담담히 그를 질투한다. 왜냐? 첫째, 우리는 성인군자가 아니기 때문이다. 그러니 일반인의 본성 중 하나인 질투심을 자연스레 받아들일 필요가 있다. 둘째, 질투는 부정적 감정이지만 그런 감정을 받아들이고 제어하는 법을 배우는 과정에서 비로소 성장할 수 있기 때문이다. 셋째, 질투에는 상대를 향한 인정과 칭찬이 포함되어 있기 때문이다. 이 말은 곧 내가 아무나 질투를 하는 건 아니라는 뜻이다.

사실, 질투심은 곧 승부욕이기도 하다. 생각해보라. 추운 겨울날 아침 일찍 일어나기 힘들 때나 밤새워 공부를 하는데 눈꺼풀이 자꾸만 내려앉을 때 이 악물고 우리를 버티게 하는 힘은 보통 우리의 질투심과 욕심 아닌가?

남이 내게 부족한 무언가를 가졌을 때 우리는 그것을 질투한다. 물론 남을 향한 부러움도 자신의 결핍에서 비롯되지만 부러움과 질투는 엄연히 다르다. 부러움은 다른 사람의 잘남을 인정하는 데에서 비롯되고, 질투는 다른 사람의 잘남을 인정하고 싶지 않은 데에서 비롯되기 때문이다.

누군가를 질투할 때 우리는 흔히 뒤에서 상대의 험담을 한다. 그 사람의 단점을 분석하고 부풀리는 것도 모자라 지어내기까지 한다. 여기에 MSG가 더해지면 인신공격 수준이 되는 건 시간문제다. 이때 빠지지 않는 것이 바로 유치한 분풀이다.

"제까짓 게 뭔데! 그렇게 대단하지도 않고만!"

그렇다. 상대는 대단할 것 없는 사람일 수 있다. 하지만 당신보다 대단한 건 분명하다. 그렇지 않다면 당신이 왜 상대를 질투하겠는가! 미쳤다고 자신보다 못한 사람을 질투하겠는가 말이다. 당신이 누군가를 질투한다는 것은 상대에게 분명 강점이 있다는 뜻이다. 모든 면에서 강한 건 아닐지라도 최소한 당신이 현재 가장 신경 쓰고 있는 분야에서는 그가 한 수 위일 것이다.

그렇다면 당신은 무엇을 해야 할까? 당신은 상대가 왜 자신보다 강한지 그의 뛰어난 점을 분석하여 그것을 배우고 더 나아가 상대를 뛰어넘어야 한다. 외모가 잘난 것뿐 아무것도 아닌 상대인가? 그렇다면 외모를 관리하라. 성실한 것 빼면 아무것도 아닌 상대인가? 그렇다면 더 부지런한 사람이 되라. 운이 좋은 것뿐 아무것도 아닌 상대인가? 그렇다면 열심히 노력해서 기회를 잡아라. 운이란 노력하는 사람에게 찾아오는 것이니까.

사실, 내 질투의 역사는 성장의 역사이기도 하다. 타인을 질투할 때마다 나는 크게 성장했다. 누군가를 질투하고 있다는 건 내가 투지를 불태우고 있다는 뜻이었으니까.

석사 과정을 이수할 때 같은 기숙사에 나처럼 뚱뚱한 친구가 하나 있었다. 그 친구와 나는 뚱보의 고민과 뚱보라서 망신당했던 일들을 공유하며 서로에게 굴욕을 안기기도 하고 셀프 디스를 하기도 했다. 그런 시간들이 얼마나 즐거웠는지 모른다. 그런데 어느 날 그녀가 나를 배신했다. 여름방학을 이용해 나 몰래 다이어트에 성공한 것이다. 그녀는 여름방학 내내 바나나와 오이, 토마토만 먹었다고 했다. 그 결과 뚱뚱보였던 그녀는 홀쭉이가 되었고, 그 후 인생이 폈다. 그리고 나는 그런 그녀의 모습을 보는 게 싫었다.

이쯤에서 눈치챘는지 모르겠지만 우리는 보통 자신과 비슷한 부류의 사람을 질투한다. 버트런드 러셀(영국의 논리학자·철학자·수학자·사회사상가)도 말하지 않았는가! 거지는 백만장자를 질투하지 않지만 자신보다 더 잘사는 거지를 질투한다고. 친한 친구의 성공이 우리를 더 힘들게 만드는 건 우리의 출발점이 같았기 때문이다. 상대의 성공이 우리의 실패를 더욱 도드라져 보이게 한달까? 어쨌든 그녀가 다이어트에 성공하고 미인으로 변신한 후 기숙사의 미모 평균을 낮추는 건 나 하나가 되었다. 그때의 그 뼈에 사무치는 아픔을 누가 알겠는가?

나는 제대로 그녀를 질투할 생각으로 그녀가 얄미운 사람이라는 증거를 수집하기 시작했다. 그런데 그녀를 알아갈수록 그녀의 의지력이 참 대단하다는 생각이 들었다. 그녀는 다이어트 효과를 유지하기 위해 한 끼도 배불리 먹는 법이 없었다. GRE시험을 준비하면서도 그녀의 몸매관리는 계속되었다. 주식도 간식도 먹지 않았고 음료수 역시 입에 대지 않았다. 예전엔 분명 나와 똑같은 구제 불능의 정크푸드 애호가였는데 말이다.

관찰을 하다가 영향을 받았는지 그 후 나도 다이어트를 시작했다. 나는 '아침은 황제처럼 점심은 왕자처럼 저녁은 거지처럼 먹는' 식

이요법으로 한 달 만에 10킬로그램을 감량했다. 그 후 학교를 다니는 1년간 나는 매일 그녀에게 자극을 받으며 적게 먹는 습관을 유지해 45킬로그램까지 감량했다(졸업을 하자마자 진탕 먹고 마시기 시작해 다시 살이 쪘지만 이건 그냥 모른 척 넘어가주길 바란다). 그때가 내 인생에서 가장 성공적으로 다이어트를 한 시기였다.

그랬다. 나의 원동력은 질투에서 비롯됐다. 그래서 내가 질투를 우리 모두의 힘이라고 말하는 것이다.

약 3개월 전 공식 계정을 개설하고 얼마 되지 않았을 때 나는 한 공식 계정 작가를 몹시 질투했다. 당시 나는 생각했다.

'도대체 왜 모든 글의 조회수가 10만 이상을 넘는 거야? 왜 올리는 글마다 온통 칭찬 일색이지? 그녀의 글이 나보다 나은 것도 없는데…….'

왜 내 글을 읽는 사람은 없는 건지 나는 분하고 서운했다. 그러나 그녀가 병원에서 링거를 맞으면서도 글을 쓰고, 일본으로 출장을 가면서도 비행기 안에서 글을 썼다는 이야기를 들은 후 나는 조용히 입을 다물기로 했다.

공식 계정을 개설하고 며칠 동안 나는 '미루기 대마왕'이 되길 자처했기 때문이다. 계정관리를 대수롭지 않게 여기며 띄엄띄엄 게시물을 업데이트했고, 내 글의 구독을 신청한 사람들에게는 '다음 업데이트는 다음 주가 될 수도 다음 생이 될 수도 있어요'라는 한심한 댓글을 남겼었다. 이런 태도로 좋은 결과를 바랐으니, 그야말로 도둑놈 심보 아닌가.

어쨌든 내 질투의 대상이 그렇게나 열심히 노력하고 있다는 사실을 알고 난 후 나는 투지를 불태웠다. 물론 더 이상 글쓰기를 미룰 염치도 없었다.

연휴 기간에도 나는 하루도 쉬지 않고 매일 글을 썼다. 당시 시기가 시기인지라 대부분의 공식 계정에 새 글이 업데이트되지 않았기 때문이다. 이는 곧 글이 좋으면 그만큼 쉽게 주목받을 기회라는 뜻이었고, 다행히 나의 노력은 헛되지 않았다. 이를 계기로 10만 뷰가 넘는 글들이 생겨났고, 처음으로 100만 뷰를 돌파한 글이 나오면서 구독자가 조금씩 늘었다. 무엇보다도 나는 그녀를 질투하면서 공식 계정 작가가 갖춰야 할 자세란 착실히 글을 쓰는 것임을 배울 수 있었다. 지금 나는 더 이상 그녀를 질투하지 않는다. 이미 내가 그녀를 뛰어넘었기 때문이다. 현재 나는 기쁜 마음으로 다른 질투의 대상을 물색 중이다. 나를 더 발전시키기 위하여!

반대로 누군가가 나를 질투하면 어떻게 하느냐고?

첫째, 진심으로 상대를 대하라. 절대 우월감이나 자아도취에 빠져 상대를 얕잡아 봐서는 안 된다. 당신이 진심으로 상대를 대하면 그도 당신의 진심을 느낄 것이다.

둘째, 실력을 더 키워 남들이 절대 따라잡을 수 없는 경지에 올라라. 그렇게 압도하면 사람들의 질투심은 완전한 부러움으로 돌변할 것이다.

직장 여성에게 능력은
곧 카리스마다

베이징의 왕정 소호와 상하이의 링콩 소호를 설계한 사람은? 바로 건축계의 마녀라 불리는 자하 하디드다.

이라크 태생인 그녀는 그 이름도 유명한 런던 건축협회건축학교를 졸업했다. 오랜 세월 생리불순에 시달려 성질이 불같았던 그녀의 실제 작품을 두고, 사람들은 주변 환경과 조화를 고려하지 않는다는 등 지나치게 자기중심작이라는 등 부정적인 평가를 쏟아냈다. 그럴 때마다 그녀는 대수롭지 않게 응수했다.

“주변이 똥밭이라도 그걸 참고해 조화를 이뤄야 할까요?”

그녀는 일할 때 거침이 없었다. 물론 주변사람들은 어디로 튈지 모르는 그녀 때문에 진땀깨나 흘렸지만! 그렇다면 그녀는 뭘 믿고 그토록 저돌적으로 굴었던 걸까? 바로 자신의 능력이었다.

영화 〈악마는 프라다를 입는다〉의 실제 모델인 패션 매거진 〈보그〉의 편집장 안나 윈투어는 패션계의 최고 권력자로 통한다. 그녀의 트레이드마크는 '모든 사람이 내 앞에 무릎 꿇어야 한다'고 말하는 듯한 포커페이스다.

소문에 따르면, 그 회사의 인턴은 안나 윈투어와 이야기를 할 때 눈을 쳐다봐서는 안 되며, 그녀의 부하 직원 모두가 그녀와 같은 엘리베이터를 탈 수 없다고 한다. 직원들에게 쩔쩔매는 내 입장에서는 그녀의 이런 강력한 카리스마가 얼마나 부러운지 모른다. 그녀가 얼마나 대단한 인물이냐면 그녀의 말 한마디에 전 세계 4대 패션위크의 스케줄이 바뀔 정도다. 실제로 2008년에 그녀는 밀라노 패션위크의 일정을 수정해달라고 요청했다. 단지 집에 돌아가고 싶다는 이유에서 말이다.

안나 윈투어가 이렇게까지 할 수 있는 이유는 그만한 능력이 있기 때문이다. 그녀는 1988년 〈보그〉가 경쟁사 잡지에 밀려 내리막길을 걷기 시작했을 때 편집장으로 부임하여 〈보그〉를 전 세계에서 가장 영향력 있는 패션 잡지로 일약 부각시켰다. 그녀는 그 어떤 트렌드에도 휩쓸리지 않고 그녀 자신이 트렌드 그 자체가 되었다. 그런 까닭에 아무리 유명한 스타들도 그녀의 잡지에 실리는 걸 오히려 영광으로 생각한다.

안나 윈투어의 깐깐한 완벽주의자 면모는 일을 할 때 더욱 유감없이 드러난다. 힐러리 클린턴이 〈보그〉의 표지를 장식했을 때 그녀는 힐러리의 상징과도 같았던 짙은 색 정장을 벗게 했다. 자신의 잡지에 나오려면 자신의 미적 감각을 따라야 한다면서 말이다. 어디 그뿐인가! 토크쇼의 여왕 오프라 윈프리가 표지 모델로 나서고 싶다 하자 그녀는 오케이라는 답과 함께 단, 먼저 다이어트를 하라고 말했다. 10킬로그램을 감량하면 그때 다시 이야기하자는 그녀의 말에 오프라 윈프리는 착실히 다이어트를 했다.

안나 윈투어에게 타협이나 양보란 없다. 그녀는 단발의 뱅 헤어를 고집하며 20년간 늘 같은 신발을 신었고, 동물보호협회(PETA)의 미움을 사면서도 여전히 모피를 사랑한다.

물론 당신도 그녀 같은 강력한 카리스마를 가질 수 있다. 능력을 키워 자신의 분야에서 어느 정도 높은 위치에 오른다면 심미적인 규칙을 바꾸는 일도 트렌드를 새롭게 정의하는 일도 더 이상 불가능한 일이 아니다.

그런 의미에서 우리 생활과 좀 더 근접한 예를 들어볼까 한다.

다국적기업에 다니는 나의 한 친구는 스물일곱 살 때 본사에서 중국 남부 지역 영업부장으로 발령받았다. 당시 중국 남부 지역 차장에게는 달가울 리 없는 인사였다. 모든 사람이 부장 자리는 차장이 따 놓은 당상이라고 생각했는데, 어디서 갑자기 나타난 여자가 그 자리를 꿰차고 앉았으니 말이다. 그는 모든 부하 및 동료와 똘똘 뭉쳐 내 친구를 따돌렸다.

당시 친구에게 이 이야기를 들었을 때 나는 이런 게 바로 그 전설의 사내정치인가 보다 하며 얼마나 흥분했는지 모른다. 그동안 어떤 진흙탕 싸움이 있었는지 자세히 알려달라고 하자 그녀가 풀어놓은 이야기는 이랬다.

친구는 사흘 동안 상황을 지켜보다가 차장과 퇴근 후 약속을 잡아 이야기를 나눴다. 차장과 마주한 그녀는 단도직입적으로 상대에게 단 두 가지의 선택지를 던졌다.

"첫째, 차장님이 부장 자리에 앉고 내가 차장이 되는 방법이 있어요. 단, 이곳에 오기 전 제가 본사와 한 약속이 있으니 그걸 대신 지켜주셔야 해요. 삼 개월 안에 영업 실적을 이십 퍼센트 끌어올리는 것! 이 실적을 달성하지 못하면 책임지고 물러나셔야 해요. 둘째, 차장으로서 부장인 제가 하는 일에 잘 협조해주는 방법이 있어요. 저는

어떤 직급이든 모두 반년 만에 승진했어요. 못 믿으시겠다면 제 지난 이력을 조사해보셔도 좋아요. 요는 그동안의 제 페이스대로 승진을 한다면 그때는 이 부장 자리가 차장님 차지가 될 거라는 거예요."

그러고는 덧붙였다.

"제가 이곳으로 발령이 날 수 있었던 건 제 나름의 무기가 있었기 때문이에요. 그러니 괜한 시간 낭비는 하지 마시고 저의 무기가 뭔지 직접 보고 느끼시는 게 나을 겁니다."

그날 집으로 돌아가 밤새 고민한 차장은 이튿날 친구를 찾아와 두 번째 방법을 선택하겠노라 말했다. 친구는 나에게 이 이야기를 들려주며 자신은 사내정치 같은 걸 하고 싶은 생각도, 할 시간도 없다고 했다. 가장 효율적인 방법으로 문제를 대하고 해결하는 데 익숙해진 것 같다면서 말이다.

기대했던 것처럼 서로를 속고 속이며 암투를 벌이는 이야기는 아니었기에 김샜지만 그래도 깨달은 바가 있었다. 바로 사람이 어느 정도 위치에 오르면 돈보다는 시간이 귀중하다는 사실을 깨닫게 된다는 것이다. 이는 세상의 많은 '파워 우먼'들이 직설적이고 과감하며 효율적으로 일하는 경향을 보이는 것에서도 알 수 있다. 그녀들은 절대 갈팡질팡하지 않고 끙끙대며 고민하지 않는다. 그녀들의 선택 앞에 장애란 없다.

눈물은 1만 시간의 노력을 한 후에 흘려라

당신은 자신의 무능에 눈물을 흘려본 적 있는가? 나는 있다.

2015년 6월, 우리 팀이 제작한 웹드라마가 온라인상에 서비스되었다. 수백만 뷰를 넘은 회가 있을 정도로 조회 수는 나쁘지 않았지만 나의 SNS에는 온갖 악평이 쏟아졌다. 나의 팬들 중 일부는 실망감을 감추지 못하며 이렇게 말하기도 했다.

'미멍이 드라마를 제작하면 〈연애의 조건〉처럼 품격 있는 트렌디 드라마를 만들 줄 알았는데 어떻게 이리도 수준 낮은 영상을 내놓을 수 있는 거죠!'

우리 팀이 대충 제작한 드라마였다면 어땠을지 몰라도, 이 웹드라마는 우리가 정말 노력해 만든 결과물이었다. 매일 폭스콘(애플 제품의 조립 전담사) 빡치는 업무 강도를 이겨내며 죽기 살기로 '망작'을 만들어내는 데 성공한 것이다.

이보다 더 슬픈 일이 있을까! 그날 나는 처참함에 눈물을 흘렸다. 나는 나 자신에게 절망했다. 그리고 의심했다. 내게는 이 바닥에서 살아남을 재능이 없는 건 아닐까?

'보는 눈에 비해 스킬이 따라가지 못하나 보다…….'

그러다《1만 시간의 법칙》이라는 책을 보고서야 깨달았다. 어쩌면 내게 재능이 없어서가 아니라 나의 노력이 한참 부족했기 때문일지도 모른다는 것을! 이 책에서는 다음과 이야기하고 있었다.

> 어느 분야의 전문가가 되려면 최소 1만 시간의 노력이 필요하다. 매일 8시간씩 매주 5일을 일한다고 가정한다면 전문성을 쌓기까지 적어도 5년의 시간이 필요하다.

따지고 보면 우리가 보기에 엄청난 천재들도 남모를 노력과 훈련을 통해 완성형 천재로 거듭난 경우가 많다.

천재 하면 떠오르는 음악의 신동 모차르트도 사실은 음악가였던 아버지의 지도하에 여섯 살 생일 이전에 이미 3,500시간의 피아노 연습을 했다고 한다. 스물한 살에 지금까지 많은 사람에게 회자되는 〈피아노 협주곡 9번〉을 작곡하기까지 그가 얼마나 많은 시간 동안 연습했을지는 말하지 않아도 알 만하다.

한편 마이클 펠프스는 최고의 운동선수가 되기 위해 매일 7, 8시간씩 매주 7일을 수영장에서 보내며 1년 365일 훈련에 매진했다. 습하고 답답한 수영장에서 지루하고 단조로운 훈련을 무한 반복하는 게 얼마나 재미없었을까 싶지만 그는 이 모든 것을 참고 견뎌냈다.

'1만 시간의 법칙'을 알고 난 후 나는 더 이상 울 면목이 없었다. 그만한 노력도 하지 않았으면서 무슨 자격으로 눈물을 흘리겠는가?

영상 미디어업계에서 나는 아직 신인이다. 업계에 발을 들인 지 1, 2년밖에 되지 않았고, 시나리오 작업과 웹드라마 제작에 뛰어들어 관련 공부를 한 시간도 2천-3천 시간밖에 되지 않는다.

이렇게 생각하니 나는 나의 태도를 다잡지 않을 수 없었다. 그랬다. 1만 시간의 노력을 하기 전엔 어떤 보답도 바라선 안 되는 것이었다. 게다가 잘못했으면 욕먹는 게 당연하다!

염치없는 얘기지만 내가 위챗 공식 계정이라는 영역에서 단기간에 영향력을 발휘할 수 있었던 이유는 글쟁이로서 보낸 수만 시간 때문이다. 언론계에 12년을 몸담으며 기자와 에디터로서 연예, 정치, 가구, 음식, 교육, 도시 등 온갖 섹션의 글들을 섭렵했던 시간들……. 10년간 칼럼을 쓰면서 역사, 가족, 사랑, 영화 평론 등 다양한 주제의 글을 썼던 경험들……. 그리고 매주 두 권의 책을 정독해 잡다한 지식들을 쌓으려 했던 노력들까지……. 그 덕분에 1인 미디어 분야에서는 나의 전문성을 드러낼 수 있었다. 하지만 영상 미디어업계에서는 아직 더 많은 노력과 발전이 필요했던 것이다.

《1만 시간의 법칙》에서 가장 인상적이었던 대목은 바로 제아무리 슈퍼스타일지라도 한 달간 연습을 하지 못하게 하면 그의 재능을 앗을 수 있다는 말이었다.

실제로 여든을 훌쩍 넘어서까지 피아노 연습을 게을리하지 않았던 세계적인 피아니스트 블라디미르 호로비츠도 이런 말을 했다.

"연습을 하루 거르면 실력이 뒷걸음친 걸 내가 느끼게 되고, 이틀을 거르면 부인이 눈치를 채며, 사흘을 거르면 온 세상이 다 알게 된다."

맞는 말이다. 글을 쓰는 일만 해도 집중 훈련이 필요하다. 나도 하루만 글을 쓰지 않으면 글이 무뎌진 느낌을 받는다. 위챗 공식 계정을 갓 개설했을 때만 해도 글 하나 완성하기가 얼마나 어려웠는지 모른다. 매일 집필하기 전 감을 되찾는 준비 시간이 필요했기 때문이다. 그러나 매일 글을 쓰다 보니 지금은 컴퓨터 앞에 앉는 순간 바로 작업을 할 수 있다. 글쓰기가 이미 습관이 된 거다. 대부분의 사람은 글쓰기가 영감의 산물이라고 생각하지만 사실 글쓰기는 노력의 결과다.

국학의 대가 지셴린(전 베이징대학교 부총장. 중국인의 정신적 지도자로 추앙받는다)은 노력에서 영감이 나온다고 말했다. 사람들에게 영감을 주는 예술과 학문의 여신 뮤즈는 꾸준히 노력하는 이에게 찾아온다는 뜻이다.

미국의 유명 작가 스티븐 킹이 바로 끊임없는 노력으로 영감을 얻어 이야기의 거장이 된 주인공이다. 그가 1년 중 글을 쓰지 않는 날은 생일, 크리스마스, 미국 독립기념일 이렇게 단 사흘뿐이다. 그는 쓸 만한 이야깃거리가 없어도 연습 삼아 매일 5천 자의 글을 쓴다. 이는 그가 막 글을 쓰기 시작했을 때 한 스승이 가르쳐준 연습법인데, 오랜 세월 꾸준히 하다 보니 이제는 하루라도 글을 쓰지 않으면 좀이 쑤실 정도가 되었다.

"저는 아침 여덟 시 십오 분에 책상에 앉아 열한 시 사십오 분까지 글을 씁니다. 이 시간 동안에는 오직 키보드만 두들기고 있지요. 그렇게 천이백 단어에서 천오백 단어 정도 쓰니까 책 여섯 페이지 정도의 분량은 되겠네요."

지금 어느 분야에서 자신이 원하는 만큼의 성과를 내지 못하고 있는가? 그렇다면 쓸데없는 말 말고 얌전히 연습이나 하라! 한때 이런 말이 인기를 끌기도 했다.

'무진 애를 써야 전혀 애쓰지 않은 것처럼 보일 수 있다.'

꼭 전문 분야가 아니라 외모를 가꾸는 일만 해도 그렇다. 예쁘고 몸매 좋은 사람들이 전부 타고난 줄 아는가? 그렇지 않다. 그들은 대개 외모를 가꾸는 일에 1만 시간의 노력을 쏟았다. 그들은 어떻게 살을 뺄지, 어떻게 미백을 할지, 또 어떻게 애플 힙을 만들고 자신의 발뒤꿈치를 관리할지에 관심을 두고 이를 실천한다. 그러나 나 같은 못난이는 외모를 가꾸고 치장하는 일에 거의 시간을 쓰지 않을뿐더러 가끔 마음이 동해도 일단 타인에게 기대고 본다. 제대로 화장도 하고 피부관리도 하자는 마음을 먹었다면 아는 전문가를 찾아가 못

살게 구는 것이다.

그러나 우리 회사의 1994년생 미녀 직원은 매일 시간이 날 때마다 트렌디한 패션과 뷰티 정보를 수집한다. 그녀는 "각질 제거 제품 좀 추천 해줄래?" 하는 질문에 언제든지 열 가지 이상의 전용 제품을 추천해주고 각 제품의 사용 팁까지 전수해줄 준비가 되어 있다.

내가 왜 TV 출연을 꺼리겠는가? 광고 업체에서 모델 제의가 들어와도, 인기 예능 프로그램이나 TV 토크쇼 프로그램의 섭외가 들어와도 이를 다 마다하는 이유는 간단하다. 내가 못생겼기 때문이다!

내가 말하지 않았던가? 새 책 출판 기념으로 내가 사인회를 하고 싶다고 노래를 부르자 출판사 쪽에서 이런 나를 말리며 사인회도 좋지만 그럼 100만 권 팔릴 책이 100권밖에 안 팔릴 거라 말했다고!

그랬다. 나는 예뻐지기 위해 노력한 적이 없기에 보기 좋은 외모가 가져다줄 이익을 바랄 수도 없었다. 우리가 사는 이 세상은 이렇게나 칼같이 공평한 곳이다.

그러니 더 이상 '타고난 재능이 부족하다'는 핑계는 대지 마라. 1만 시간의 노력을 하지 않은 사람은 인생을 논할 자격이 없다. 천재처럼 보이는 사람들도 사실은 모두 부지런히 연습을 한다.

기회와 행운은 끊임없이 노력하며 오랫동안 준비한 사람에게 찾아온다!

PART 5

어떻게 해야 남자가 자신을 사랑하는지 알 수 있느냐고?
답은 간단하다. 그가 당신을 사랑한다면 당신이 그를 가장 필요로 할 때
그는 분명 당신 곁에 있어줄 것이다.

타고난 미모?
노력의 산물!

최근 위챗을 통해 많은 사람이 이런 질문을 한다.

'미멍 씨, 저는 얼굴이 너무 못생겼는데 어떻게 하죠?'

나에게 이런 질문을 하다니, 내 기분이 어떨지 그들은 생각이나 해 봤을까? 차라리 어떻게 하면 못난이로서 꿋꿋하게 살아갈 수 있는지 경험을 이야기해달라고 하는 게 낫겠다! 어쨌든 질문을 받을 때마다 기분이 나빠져 대답하길 거부하지만 내가 왜 못난이의 심정을 모르겠는가!

어떤 사람들에게는 못생긴 외모가 그저 기분 문제일지 모르지만 어떤 사람들에게는 미래에 영향을 미치는 요소가 되기도 한다. 참 슬프게도 이는 사실이다.

내가 신문사에 다닐 때 한 명문 대학 출신의 여성이 면접을 보러 온 적이 있었다. 그녀는 내가 본 사람 중에서 가장 재능 있는 사람이었다. 생각도 뚜렷하고 필치도 훌륭한 데다 많은 책을 읽어서인지 어떤 일에 대해서든 자기 견해를 이야기할 줄 알았다. 문제는 그녀의 외모였다. 그녀는 정말이지 내가 본 사람 중에서 가장 못생긴 여성이었다.

당시 나는 그녀를 위해 열심히 그녀의 장점을 어필했지만 결정권을 쥔 면접관은 끝내 그녀를 채용하지 않았다. 그녀가 기자가 되길 원했기 때문이다. 기자는 온갖 곳을 출입하며 다양한 사람을 취재해야 하는 만큼 단시간 내에 상대의 신임을 얻어야 한다. 면접관은 그녀의 못생긴 외모가 상대의 집중력을 흐트러뜨릴 정도라 취재에 큰 장애가 될 거라고 판단한 것이다. 결국 그녀는 외모 때문에 자신의 꿈에 다가갈 기회를 잃었다.

나의 한 친구는 빠량진(못생기기로 유명한 홍콩의 영화배우)을 닮았다. 엄밀히 얘기하자면 빠량진의 못난이 버전이랄까? 빠량진도 못생기기로 유명하지만 그는 그보다 한 수 위다. 그는 사업계획서를 작성해 단번에 성공시킨 사업 천재였다. 당시 1개월 안에 그를 찾아온 벤처캐피털이 세 군데나 될 정도였지만 정작 그를 만난 후 벤처캐피털에선 소식이 감감이었다.

'투자자는 프로젝트가 아닌 사람에게 투자를 한다.'

벤처 투자업계에서 유명한 이 말이 사실이었던 것이다. 그는 당시의 쓰라린 경험을 교훈 삼아 잘생긴 친구를 동업자로 초빙하고 그 친구에게 자신의 모든 사업 이념을 전수했다. 사실상 그 동업자는 '얼굴 마담'인 셈이었다. 미남 동업자는 그의 사업계획서로 단번에 투자를 이끌어냈다. 비즈니스의 세계에서도 외모가 중요한 요소임이 증명되는 순간이었다.

실제로 심리학자의 연구에 따르면 외모가 뛰어난 사람이 타인에게 더 많은 신뢰감을 줄 수 있다고 한다. 즉, 당신이 못생겼다면 많은 선택의 기회를 잃을 수 있으며, 이러한 선택의 기회가 당신의 일생에 영향을 줄 수도 있다는 뜻이다.

책을 많이 읽는다든지 여러 노력으로 내적 아름다움을 키우면 되지 않느냐고? 맞는 말이다. 그러나 일단 다른 사람이 당신의 내면을 알고 싶게 만들어야 하지 않겠는가! 이 세상에 못난이의 내면을 알고 싶어 하는 사람은 그리 많지 않다. 천단칭(중국 현대미술가)의 말대로 어떤 의미에서 한 사람의 생김새는 곧 그 사람 자체이기 때문이다. 그러므로 자신의 외모가 평균 수준 이하가 되지 않도록 해야 한다.

이에 혹자는 이렇게 말할 것이다. 그런 건 너무 불공평하다고, 잘생기고 예쁜 사람들은 무슨 복을 타고났기에 가만히 있어도 빛이 나고, 뭘 입어도 멋진 거냐고 말이다. 확실히 이렇게 생각하면 못난이들 입장에서는 불공평한 세상이 밉고 화가 날 수밖에 없다.

나도 예전에는 그렇게 생각했다. 사춘기 시절 나는 이 세상에 대한 악의로 똘똘 뭉친 소녀였다. 고등학교를 다닐 때 나와 내 못난이 친구들이 가장 싫어한 사람은 바로 우리 반의 '얼짱'이었다. 그녀에 대한 얘기가 나올 때마다 얼마나 열을 올렸는지 모른다. 우리는 오랜 관찰 끝에 그녀에게 여러 외모적 단점이 있다는 사실을 발견하고 기뻐하기도 했다. 예를 들자면 그녀는 허리가 긴 편이었고, 어깨도 조금 넓었다.

지금 생각해보면 그렇게 오랜 시간 그녀를 질투하면서 우리는 그녀가 그 미모를 얻기 위해 얼마나 많은 노력을 했을지는 단 한 번도 생각해본 적이 없지 싶다.

한 번은 화학 실험 수업 때 그녀가 내 옆에 앉았던 적이 있다. 나는 그녀에게 과일 사탕을 건넸고 그녀는 고맙지만 됐다고 말했다. 그녀는 중학교 때 누가캔디의 맛에 홀딱 빠져 일주일 내내 사탕을 먹다가 허벅지에 살이 왕창 쪄서 놀란 경험이 있다며 그 이후로는 단 음식을 끊었다고 했다. 콜라나 케이크 같은 음식은 손에도 대지 않을 뿐더러 수박이나 포도처럼 당도가 높은 과일도 먹지 않는다면서 말이다.

그녀는 내가 본 사람 중에서 가장 자제력이 뛰어나고 부지런한 사람이 아니었나 싶다. 쉽게 살이 찌는 체질이었던 그녀는 하루 세끼만 챙겨 먹어도 살이 쪄서 저녁을 아예 먹지 않았다. 몸매를 유지하기 위해 그녀는 저녁 식사 대신 발레 연습을 선택했다. 전교생이 왁자지껄 밥을 먹을 때 그녀는 무용실에서 마치 세상과 동떨어져 있는 사람처럼 차분히 발레에 집중했다.

당시 우리는 그런 그녀를 너무 고고한 척한다는 둥, 자기가 소용녀(미모가 뛰어나기로 유명한 소설 《신조협려》의 주인공)인 줄 안다는 둥 험담을 했다. 그러나 우리는 밥 한 끼 적게 먹는 일도 해내지 못했다.

다른 여학생들이 모두 둘러앉아 가십을 이야기할 때도 그녀는 패션 잡지를 봤다. 그녀는 확실히 완벽한 몸매는 아니었지만 장점을 살리고 단점을 숨기는 데 고수였다. 허리선이 높은 미니스커트를 입어 자신의 가늘고 긴 다리를 돋보이게 하고, 머리카락은 볼륨을 넣어 늘어뜨리는 식이었다. 그러면 예뻐 보일뿐만 아니라 아무도 그녀의 넓은 어깨를 눈치채지 못했기 때문이다. 당시 우리는 그녀를 음흉하다고 흉만 볼 줄 알았지, 우리도 얼마든지 단점을 숨겨 예뻐질 수 있다는 생각은 하지 못했다. 두꺼운 다리와 둥글넓적한 얼굴을 고스란히 드러낸 채 다른 사람이 좋아해주기만을 바랐던 것이다. 그때는 왜 조금의 노력도 하지 않고 그렇게 욕심만 냈을까?

예전 동료 중 대단한 미모에 몸매까지 글래머러스한 미인이 있었다. 그녀는 자신의 SNS를 피트니스와 달리기, 요가에 관련된 게시물로 완전 도배할 만큼 엄청난 운동광이다. 그녀의 스마트폰에는 온통 미용, 피트니스, 패션에 관한 앱뿐이다.

한번은 그녀가 보톡스 주사를 맞으러 간다기에 깜짝 놀라 이렇게 말한 적이 있다.

"지금도 예쁜 외모 덕을 그렇게 많이 보고 있으면서 더 예뻐지려고요?"

그러자 그녀는 대답했다.

"예쁜 외모 덕을 많이 보고 있으니까 더 예뻐지고 싶은 거죠."

우리는 흔히 미인들이 운이 좋아서, 혹은 신의 편애를 받아서 미모를 타고났다고 생각하지만 사실은 그렇지 않다. 미모는 타고나는 것이기도 하지만 끊임없는 노력의 산물이기도 하다.

어떤 미인이 단 한 번도 다이어트를 하거나 피부관리를 해본 적이 없다고 말한다면 그건 그녀가 아직 너무 젊거나 아니면 허세를 부리고 있는 것이다. 스무 살 이전에 못생긴 건 부모님을 탓할 수 있지만, 스무 살 이후에 못생긴 건 모두 당신 탓이다! 대부분의 경우, 당신이 못난이인 이유는 징그럽게 게으르기 때문이다. 미인들도 이렇게 노력을 하는데 못난이들이 무슨 자격으로 게으름을 피운단 말인가!

이 세상에는 예쁜 사람이 있고 점점 더 예뻐지는 사람이 있거늘, 왜 당신이라고 안 되겠는가?

미모보다는 재치

내가 아는 한 쌍둥이 자매의 가장 큰 특징은 바로 못생겼다는 것이다. 독설가로 유명한 한 사진 작가는 이 자매 중 언니를 알게 되었을 때 몸집도 크고 뚱뚱한 그녀에게 쌍둥이 여동생이 있다는 사실을 듣고 네 글자로 평했다. 설상가상!

그래서 어떻게 됐느냐고? 이 사진 작가는 쌍둥이 언니와 사랑에 빠졌고, 두 사람은 이미 결혼 8년 차 부부가 되었으며, 그의 끔직한 아내 사랑은 현재도 진행 중이다. 종종 그의 SNS에 올라오는 부인 사진에는 그의 애정이 듬뿍 담겨 있다. 그는 아내가 자신의 심미관을 완전히 뒤집어놓았다며 날이 갈수록 자신의 아내야말로 미의 표본이라는 생각이 든다고 한다. 유화처럼 대범한 아름다움이 있다나?

이처럼 언니가 행복한 결혼생활을 하고 있는 데 반해 여동생은 두 번의 이혼을 경험했다. 가정폭력 때문이 아니라 외도 때문이다.

그런데 희한하게도 그녀의 부모님조차 모두 딸의 잘못이라 여기며 두 전 사위를 아까워한다. 쌍둥이 동생이 무슨 천하의 몹쓸 짓이라도 했느냐? 아니다. 그녀는 그저 현실생활 속의 '악플러'로 변함없이 부정적 에너지를 내뿜고 있을 뿐이다. 그녀는 진실하고 선량하고 아름다운 것들 중에서 거짓되고 악하고 추한 것을 찾아내는 것이 특기로, 아무리 평범하고 사소한 일에서도 나쁜 점을 찾아냈다. 두 개의 일화를 소개하자면 이렇다.

첫 번째는 운전에 얽힌 이야기다.

쌍둥이 언니의 사진 작가 남편은 지독한 길치로 운전할 때마다 혼돈에 빠진다. 100번은 더 가본 곳도 기억하지 못해 빙빙 돌아가기 일쑤다. 그럴 때마다 쌍둥이 언니는 아무렇지 않다는 듯 말한다.

"나는 드라이브 좋아하니까 천천히 가."

그러고는 다른 사람과 온갖 이야기를 나누며 즐겁게 시간을 보낸다. 다른 사람이 없을 때도 그녀는 길가 나무를 감상하거나 남편에게 재미있는 이야기를 들려주는 등 자신만의 방식으로 이동 시간을 즐긴다.

이들 부부가 차를 몰고 광저우의 창룽동물원에 놀러 갔을 때의 일이다. 그들은 친구가 예약한 식당에서 저녁을 먹기로 하고 텐허구로 이동했다. 동물원에서 식당이 있는 텐허구까지는 차로 한 시간도 걸리지 않는 거리였는데, 그녀의 남편은 세 시간을 넘게 달려 엉뚱한 농촌 지역으로 가고 말았다. 그럼에도 쌍둥이 언니는 매우 즐거워하며 말했다.

"계 탔네! 겸사겸사 교외 나들이도 다 하고. 송아지 본 지 진짜 오래됐는데!"

한편 쌍둥이 동생의 전 남편 역시 길치였다. 그가 아직 그녀의 남편이었을 때 똑같이 길을 돌아가더라도 그가 마주하는 상황은 쌍둥이 언니의 남편과는 많이 달랐다. 쌍둥이 동생은 출발할 때부터 남편을 타박하기 시작해 목적지에 도착할 때까지 입을 쉬지 않았다.

"바보! 방금 고속도로를 벗어났어야지! 장님이야? 일방통행 표시 안 보여? 방금 저 등신이 우리 차를 추월했잖아. 얼른 따라잡아. 당신 남자 맞아? 멍청이!"

이러면서 그녀는 남편이 내비게이션을 설치하는 것도 반대했다. 내비게이션이 너무 시끄럽다는 이유에서였다. 한동안 그녀의 남편은 우울증에 걸릴 지경이라며 이혼하고 싶다 했고 그녀는 이 말에 울며불며 난리를 쳤다.

두 번째는 여행에 얽힌 이야기다.

쌍둥이 동생이 첫 번째 남편과 갓 결혼해 두 사람의 사이가 좋았을 때의 일이다. 쌍둥이 동생 부부와 언니 부부는 함께 중국 동부 지역으로 여행을 떠났다. 상하이 기차역에서 항저우로 갈 준비를 할 때였다. 두 남자는 네 시에 출발하는 표를 구입하여 돌아왔다. 그런데 하필이면 네 시 열차만 출발이 지연되었다. 당시에는 30분마다 열차가 있었는데 네 시 이후에 배정된 세 개의 열차가 모두 발차된 후에야 겨우 출발할 수 있었다.

동생은 그 즉시 폭발했다. 출발을 기다리는 한 시간 30분 동안 그녀는 잠시도 쉬지 않고 남편을 구박했다.

"바보처럼 하필 골라도 이런 열차를 골랐어. 하여간 예전부터 제대로 하는 일이 하나도 없다니까."

그녀는 거의 남편의 일생을 부정하다시피 했다.

쌍둥이 언니는 동생을 타일러봐도 소용이 없자 남편과 '십자말 게임'을 했다. 정신없이 문제를 풀던 두 사람은 기차 시간이 되자 어쩜 이렇게 시간이 빨리 갔느냐며 깜짝 놀랐다. 같은 한 시간 30분이었지만 동생은 1초가 1년 같은 시간을, 언니는 쏜살같은 시간을 보낸 것이다.

사람들은 쌍둥이 언니의 남편에게 직업이 사진 작가면 일을 하면서 많은 미녀를 만날 텐데 어떻게 그리도 변함없이 부인만 사랑할 수 있느냐고 묻는다. 그러면 그는 이렇게 답한다.

"그녀와 함께라면 언제 어디서든 항상 즐거울 수 있기 때문이죠."

한번은 늘씬한 미녀 모델들과 파리로 패션 화보를 촬영하러 갔는데 그는 그렇게 부인이 그리울 수 없었단다. 모델들이 "파리는 와이파이 신호가 너무 약해", "기차역이 너무 더러워", "사기꾼이며 소매치기가 너무 많아" 등등의 불평을 늘어놓을 때마다 '아내와 함께 왔더라면 분명 아무 생각 없이 즐거운 여행을 즐겼을 텐데' 하는 생각이 떠나지 않았단다.

장아이링(중국의 소설가이자 산문가)은 말했다.

'당명황은 양귀비의 미모가 아닌 재치를 사랑한 것이다.'

이는 결코 여성들이 호들갑스럽고 수다스러워야 한다는 뜻이 아니다. 다만, 자신의 취미가 불평하기와 지적하기라면 하루빨리 고치는 게 좋다. 부정적인 에너지가 가득한 사람은 마치 블랙홀과 같아서 주변 사람들의 좋은 기분을 모두 빨아들이기 때문이다.

쌍둥이 자매는 똑같이 못난이였지만 한 명은 생활 속의 소소한 아름다움을 발견해내는 데 능했고, 다른 한 명은 삶의 추함을 찾아내는 데 능했다. 그리고 이들은 현재 전혀 다른 삶을 살고 있다. 이처럼 때로는 학력이나 재능처럼 대단한 무엇이 아니라 사소한 사고방식이 우리의 운명을 결정짓기도 한다.

외모가 남성이 배우자를 선택하는 조건일 수 있다면, 성격은 남성이 배우자와 평생을 함께할지를 결정짓는 조건일 수 있다. 아무리 뛰어난 미모를 가졌더라도 매일 뚱한 얼굴을 하고 있다면 이를 평생 참아줄 사람은 거의 없다. 이는 못난이에게도 희망이 있다는 얘기다. 그러니 현실생활 속의 '악플러'가 되지 말고 긍정적으로 생각하는 습관을 길러라.

순결과 섹스는 별개의 문제다

량원다오가 아주 멋진 말을 했다.

"순결과 섹스는 별개의 문제다."

일본 드라마 〈도쿄 러브스토리〉에서 리카는 칸지와 하룻밤을 보낸 후 드디어 사랑하는 남자의 품에 안겼다는 사실에 기뻐하며 만족의 웃음을 짓는다. 그러나 사토미는 청순하고 예쁜 얼굴로 칸지를 부둥켜안고는 가지 말라 애원한다. 드라마에서는 결국 칸지가 사토미를 선택하지만 나의 마음속 영원한 고정 픽(Pick)은 리카다.

사랑이든 미움이든 떳떳한 감정에 우리는 모두 순수하다는 말을 붙인다.

"남자와 여자가 손을 잡으면 꼭 결혼해야 해요."

"입을 맞추면 임신이 된대요."

다섯 살 어린아이가 이런 말을 하면 순진하고 귀엽다고 하는 것과 같은 맥락이다. 그러나 열다섯 살짜리가 이런 말을 한다면 그건 순진한 척, 귀여운 척하는 것이다. 그리고 스물다섯 살이 되어서도 이런 말을 한다면 그건 병이다. 심리학에서는 이를 '순정에 대한 착각'이라고 말하는데, 불건전한 성 심리의 표현, 속칭 변태 심리에 그 본질이 있다. 주변에 이런 사람이 있다면 정상적인 연애에 적응하기 어려운 상황이니 반드시 치료를 권하길 바란다.

성에 대해 무지한 건 순수한 게 아니다.

사실, 처녀를 좋아하고 말고는 키 큰 사람이나 쌍꺼풀이 있는 사람에 대한 호불호처럼 지극히 개인적인 취향이다. 순결을 지킨 숫총각이라면 처녀를 배우자로 맞아 함께 진정한 첫날밤을 보내고 싶은 게 당연한 일일지도 모른다.

그러나 본인은 즐길 대로 즐겨놓고 고집스럽게 상대만은 처녀이길 바라는 남자는 반드시 경계할 필요가 있다. 자신에겐 한없이 관대하지만 남에게는 매우 엄격한 스타일인 이런 남자는 자기 자신을 가장 사랑할뿐더러 흔히 열등감, 찌질함, 옹졸함, 고집스러움, 의심 많은 성격 등의 단점을 지녔을 가능성이 높기 때문이다.

자신감이 넘치는 남자는 당신이 과거에 열 명의 남자와 잠자리를 가졌다 해도 자신이 당신에게 가장 어울리고 가장 중요한 한 사람이 될 수 있다는 절대적 믿음을 보여준다. 첫 번째가 되지 못할까 봐 두려워하며 순서에 집착하는 남자는 찌질이일 뿐이다.

압살롬(중국의 엔지니어 겸 작가)은 이렇게 말했다.

"저는 혼전 성관계가 매우 합리적인 일이라고 생각합니다. 혹자는 결혼도 하기 전에 잠자리부터 갖는 건 너무 경솔한 것 아니냐고 말하기도 하는데, 저는 잠자리를 가져보지도 않고 결혼하는 게 오히려 더 경솔한 선택이 아닌가 싶습니다. 결국 잠자리를 일생일대의 일로 보느냐, 결혼을 일생일대의 일로 보느냐의 차이인데 어느 쪽이 더 성관계에 연연하는지는 뻔히 보이지 않나요?"

누군가를 진심으로 사랑하면 상대를 상품처럼 완벽하게 포장하려 들지 않고, 한 사람으로서 상대의 지난 연애와 성 경험을 포함한 모든 과거를 존중하게 된다.

혼전 성관계를 가졌는데 그 남자와 결혼하지 못했다면 다른 남자를 찾아라. 단, 사랑에 눈이 멀어도 처녀만을 사랑하는 '집착남'은 절대 금물이다. 결혼 전에 잠자리를 갖지 않아도 감수해야 할 위험부담은 있다. 톈야(중국의 대표적 커뮤니티 사이트)에 종종 올라오는 결혼 후에야 남편이 안 된다는 사실을 알게 됐지만 차마 미안해서 이혼하지 못하겠다는 사연이 당신의 이야기가 되지 않으리라는 법은 없으니까 말이다.

남자에게 얼마나 베풀어야 하냐고?
본인이 감당할 수 있는 만큼만!

내 친구들은 말한다.

"너처럼 되는대로 사는 바보가 연애 멘토 노릇을 하고 있다니, 세상이 어떻게 돌아가는지 모르겠어."

칫, 이래봬도 나는 방금 전에 두 아가씨의 궁극적인 고민을 해결해 주고 덕분에 큰 깨달음을 얻었다며 감사 인사까지 받은 사람이다!

대학 졸업을 앞둔 A양은 자신에게 일언반구도 없이 톈진으로 일하러 가려는 남자 친구 때문에 고심하고 있었다. 사랑을 위해 그를 따라 톈진으로 가야 할지, 아니면 본래 자신의 계획대로 대학원 준비를 하면서 남자 친구와는 헤어져야 할지를 말이다.

B양은 창업한 남자 친구의 부탁으로 그의 회사에서 일을 도와주

고 있는데, 이 일을 계속해야 할지 고민하고 있었다. 회사에 사귀는 건 비밀로 부쳐야 한다는 남자 친구 때문에 비밀 연애를 하고 있는 데다 사장이랍시고 자신을 마음껏 부리면서 임금은 쥐꼬리만큼 준다는 것이다. 그녀는 자신의 능력이면 직위도 수입도 더 높은 일을 찾을 수 있는데 계속 남자 친구의 일을 도우며 억울함을 당해야 하는지 모르겠다고 말했다.

사실, 이 두 여성의 고민을 들었을 때 나는 마음속으로 말했다.

'상대에게 단도직입적으로 말하세요. 꺼지라고!'

두 여성의 이야기에서 남자의 사랑이 부족하다는 사실이 여실히 드러났기 때문이다. 불 속으로 날아드는 나방이 되는 게 과연 옳은 선택인지는 외모와 성별에 따라 그 답이 달라진다. 만약 당신이 뛰어난 미모를 지녔다면 당신이 남자에게 비굴하게 매달리는 입장이라고 해도 구경꾼들은 이렇게 말할 것이다.

"요즘 시대에 아직도 진정한 사랑을 위해 온몸을 바치는 아가씨가 있네. 정말 보기 드문 아가씨야."

반대로 못생긴 외모를 지녔다면 다들 이렇게 말할 것이다.

"저 바보 좀 봐."

만약 당신이 남자라면 얘기는 또 달라진다. 나방처럼 불 속으로 날아드는 모습에 구경꾼들은 박수를 치며 응원을 보낼 테니까.

연인관계에서 자신이 상대를 위해 얼마나 베풀 수 있을지를 알아보는 방법은 의외로 아주 간단하다. 자신이 감당할 수 있는지를 보면 된다.

A양에게 남자 친구를 따라 톈진에 가는 일은 새로운 환경과 마주해야 하는 일종의 도전이다. 그만큼 남자 친구에게 의지할 수밖에 없는 상황에 놓인다는 뜻인데, 이런 경우일수록 최악의 상황에 대한 준비가 되어 있어야 한다. 다시 말해, 언젠가 남자 친구가 나를 필요로 하지 않게 되어도 물러설 자리가 있는지를 따져봐야 한다는 뜻이다.

'톈진에서 적당한 일자리를 구해 남자 친구가 아니더라도 일적으로 나의 존재 가치를 찾을 자신이 있는가?'

'새로운 친구를 사귀어 나만의 인간관계망을 구축하고 남자 친구 없이도 즐거운 생활을 할 수 있겠는가?'

이런 질문들이 너무 현실적이고 속되다고 생각한다면, 당신의 위대한 참사랑에 비해 언급할 가치도 없다고 생각한다면 도박을 해봐도 좋다. 다만, 이 한 가지는 명심하라. 다른 사람에게 일어나면 사고인 일들은 당신 자신에게 일어나도 사고라는 사실을 말이다. 그렇다면 적어도 이성적인 바보가 되어야 하지 않겠는가?

B양은 현재 계속해서 남자 친구의 회사에 남아 적은 돈을 받으며 그의 상사와 부하 직원 놀이에 장단을 맞춰주고 있다. 문제는 그가 조금도 그녀의 희생과 노력에 감사하지 않는다는 사실이다. 그는 착각하고 있다, 그녀가 자기 뜻에 따라주는 이유는 전부 자신이 너무 멋지기 때문이라고. 그는 그녀보다 자기 자신을 더 사랑하며 그녀의

가치를 과소평가하고 있다. 물론 이러한 사실을 인지한 후에도 여전히 기세 좋게 그녀가 "그게 뭐? 내가 원해서 하는 일인데!"라고 말할 권리는 있다.

원한다면 당신의 현재 상태에 대해 진단해보라.

혼인관계 또는 연인관계에서 당신은 언제 어디서든 져줄 준비가 되어 있는가? 언제 헤어져도 현재의 생활수준을 유지할 수 있겠는가? 자신을 돌보고 부모님과 아이들을 봉양하고 강아지까지 키울 정도가 되는지 생각해보라.

사실, '져줄 준비'는 남녀관계에서 가장 필요한 마음가짐이다. 져줄 준비가 되어 있기 때문에 내가 베푸는 모든 것은 당신을 위해서가 아니라 내가 즐거워서 하는 것이다.

이 점을 자각하면 자기희생을 빌미로 타인을 옭아맬 일이 없으며 타인에게 부담줄 일도 없어진다. 즐거움을 위해 남녀가 함께하면 양쪽 모두가 편안해질 수 있다. 이런 관계가 더 아름답고 조화로운 관계 아니겠는가?

진실한 사랑에 처절함이 따르게 마련이라면 진실한 사랑은 예쁘고, 잘생기고, 돈 많고, 시간 많고, 머리 좋고, 감성 풍부한 사람들의 전유물이 되도록 내버려둬라.

사랑이란 상대가 필요로 할 때 그 사람 곁에 있어주는 것

당신은 어떤 순간에 남자가 꼭 필요하다고 느끼는가?

대학 개강 때 무거운 여행 가방을 들고 낑낑대며 학교로 돌아오는데, 아무도 도와주는 사람이 없을 때!

이는 젤리가 남긴 답이다. 참고로, 당시 그녀에게는 남자 친구가 있었다. 다만, 남자 친구가 다른 도시에서 대학원에 재학 중이었을 뿐!

당시에도 어김없이 개강을 맞아 학교로 돌아오는 길이었는데 기차역에 도착하니 이미 밤 열 시가 훌쩍 넘었더란다. 비바람까지 부는 날씨에 그녀는 큼지막한 여행 가방을 들고 지하철역으로 향했다. 그런데 한 청년이 다가오더니 매우 친절하게 도움을 주겠다고 하더란다. 그는 미소 띤 얼굴로 그녀의 여행 가방을 받아 들더니 성큼성큼 빠르게 걸어가기 시작했다. 그의 걸음은 점점 빨라졌고 급기야 그녀의 눈앞에서 작은 점이 되어 사라졌다……. 바람에 산발이 된 그녀를 홀로 남겨둔 채 여행 가방은 그렇게 사라졌다. 그녀는 원래 고맙다는 인사를 할 생각이었지만 그럴 기회 따위는 주어지지 않았다.

홀로 지하철역에 도착한 그녀는 위로받을 생각으로 남자 친구에게 전화를 걸었다. 그러나 그녀가 자초지종을 설명하자 수화기 너머에서는 남자 친구의 잔소리 폭격이 날아왔다.

"바보 같기는! 그러게 모르는 사람을 그렇게 쉽게 믿으면 어떻게 하냐? 그리고 나 내일 아침 일곱 시에 일어나서 IELTS(국제 공인 영어 시험 중 하나) 준비해야 해. 그런데 이 시간에 전화하는 건 너무 이기적인 거 아니니?"

그 후 남자 친구는 IELTS에서 좋은 성적을 받아 외국으로 떠나며 그녀를 찼다.

그녀는 두 번째 남자 친구를 만나고 나서야 사랑에는 다른 방식이 있음을 깨달았다. 그녀가 선전에서 일을 하고 있을 때였다. 광저우에 거주하는 남자 친구는 이공계 출신에 말이 거칠고 외모에도 전혀 신경을 쓰지 않는 타입이었다.

젤리는 무심코 그에게 여행 가방을 도둑맞고 울면서 학교로 돌아왔던 일을 이야기했다.

"앞으로 출장을 가게 되면 아무리 늦어도 나한테 전화해. 한밤중이라도 내가 공항으로 데리러 갈게. 혼자 무거운 가방 들고 길에서 비틀대지 말고. 어차피 힘도 없잖아……."

남자 친구는 정말 빈말을 한 게 아니었다. 그녀가 매번 출장을 갔다 돌아올 때마다 남자 친구는 광저우에서 차를 몰아 선전공항까지 나와 그녀를 집에다 바래다준 후 다시 광저우로 돌아갔다. 그녀는 남자 친구를 너무 고생시키는 것 같아 택시를 타면 되니 번거롭게 매번 데리러 올 필요 없다고 말했다.

"참나, 그건 또 무슨 소리래? 남자 친구 뒀다 뭐 하게? 남자 친구 말고 다른 남자 귀찮게 굴려고?"

이 말에 그녀는 조용히 입을 다물었다.

얼마 뒤 남자 친구가 상하이 지사로 발령을 받았다. 당시 그는 일을 그만두고 선전에 올 생각이었지만 그러기에는 회사에서 제시한 연봉 60만 위안의 조건이 너무나 매력적이었다. 그는 그녀에게 현재 저축해놓은 돈이 50만 위안 정도밖에 안 되니 상하이에서 2년간 집 살 돈을 마저 모아 선전으로 돌아올 거라며 그때 결혼하자고 말했다. 그녀는 물론 그의 말에 동의했다.

젤리는 선전 룽강구에 살았다. 매일 버스를 타고 푸톈구로 출근했는데, 버스가 만원이어서인지, 그녀가 너무 여리하고 귀엽게 생겨서인지 연속으로 몇 번씩 치한을 만났다. 그녀는 차마 이 일을 남자 친구에게 말하지 못했다.

그녀는 겨우겨우 운전면허를 따 자가용을 구입했다. 처음으로 차를 몰고 출근한 날 그녀는 11시까지 야근을 하게 되었다. 날이 어두운 만큼 조심조심 운전을 해 겨우 집의 지하 주차장에 도착했는데, 주차장의 지형이 너무 복잡해 그만 벽을 들이받고 말았다. 자동차 앞은 박살이 났고 충돌로 머리를 부딪힌 그녀는 몇 분간 기절했다가 겨우 정신을 차렸다. 너무 놀란 그녀는 주변을 둘러봤지만 한밤중의 주차장에는 아무도 없었다. 누구에게 도움을 청해야 할지 몰라 당황한 그녀는 급한 마음에 떨리는 목소리로 남자 친구에게 전화를 걸었다.

평소 말이 거친 남자 친구는 웬일인지 아주 부드러운 목소리로 진정하라며 그녀를 다독였다. 그런 다음 그는 선전에 있는 친구에게 전화를 걸어 그녀에게로 보냈다. 그녀의 집 근처에 살던 친구는 서둘러 그녀를 병원에 데려갔고 다행히 큰 문제는 없었다. 그날 밤, 남자 친구는 잠 한숨 자지 않고 그녀가 잠들 때까지 전화로 그녀의 모든 상황을 함께했다.

이튿날 아침, 그녀의 남자 친구는 첫 비행기를 타고 상하이에서 선전으로 왔다. 면도를 하지 않아 수염은 거뭇거뭇하고 머리는 산발인 채로 가방 하나 없이 그렇게! 남자 친구는 말했다.

"안 되겠다. 사표 쓰고 선전에 와서 일자리를 다시 찾든지 해야지. 연봉 육십 만 위안이 다 뭐라고. 너한테 무슨 일이라도 생기면 집이고 결혼이고 다 소용없는걸."

많은 여성이 어떻게 해야 남자가 자신을 사랑하는지 알 수 있느냐고 묻는다. 답은 간단하다. 그가 당신을 사랑한다면 당신이 그를 가장 필요로 할 때 그는 분명 당신 곁에 있어줄 것이다.

많은 여성이 어떻게 해야
남자가 자신을 사랑하는지 알 수 있느냐고 묻는다.
답은 간단하다.
그가 당신을 사랑한다면
당신이 그를 가장 필요로 할 때
그는 분명 당신 곁에 있어줄 것이다.

돈 얘기에 감정이 상한다면 그건 진짜 사랑이 아니다

얼마 전 내가 부자 친구에게 작은 도움을 준 적이 있었다. 그녀는 내게 큰 선물을 하겠다 말했고 나는 그녀가 에르메스라도 선물하면 어쩌나 안절부절못했다. 그리고 얼마 후 나는 꽃바구니를 받았다. 부자 친구가 직접 만든 꽃바구니였다!

'흠, 돈을 보내는 것도 전혀 저속한 방법이 아님을 어떻게 해야 그녀에게 알려줄 수 있을까?'

종종 내게 이런 말을 하는 팬들이 있다.

"미멍 씨, 저는 미멍 씨가 정말로 너무 좋은데 어떻게 해야 이 마음을 다 표현할 수 있을지 모르겠어요."

다시 한 번 말하지만 돈이라는 물건이 발명된 이후로 이 문제에 대한 답은 줄곧 하나였다!

감정이란 추상적일 때가 많지만 돈은 아주 훌륭한 도량형이다. 돈이 진정한 사랑을 대신할 수는 없지만 돈으로 진정한 사랑을 표현할 수는 있다. 한 여성이 나에게 이런 말을 한 적이 있다.

"남자 친구와 연애한 지 이 년째인데 항상 더치페이를 해요. 영화를 보거나 여행 비용을 나눠 내는 건 괜찮은데, 택시비나 모텔비 심지어 콘돔을 사는 비용까지 전부 더치페이라니까요. 이 일로 남자 친구와 몇 번을 싸웠는데 그래도 남자 친구는 남녀평등을 운운하며 오히려 저더러 돈에 너무 집착한다고 뭐라 하더라고요. 그런데 헤어지자고도 못 하겠어요. 어쨌든 물질만능주의자라는 오해는 받고 싶지 않으니까요. 아, 맞다! 남자 친구가 시몬 드 보부아르의 《제2의 성》을 선물해주면서 저더러 여권운동에 대해 잘 알아보고 생각의 격을 높이라고도 했어요."

참 어르고 달래기 쉬운 여성이 아닐 수 없다. 모텔비에 콘돔을 사는 돈까지 더치페이를 하자는 남자라면 이미 답이 뻔하거늘…….

물론 모텔비와 콘돔을 사는 비용을 반드시 남자 쪽에서 내야 한다는 말은 아니다. 하지만 매번 그렇게 더치페이를 해야만 할까? 매사 당신에게 더치페이를 요구하는 남자의 말을 알아듣기 쉬운 말로 번역해보자면 '나는 나를 더 사랑해'이다.

다른 한 여성은 남편과 결혼한 지 4년이 되었는데 남편이 무슨 주식을 샀는지, 어떤 국채를 선택했는지, 어느 회사에 투자를 했는지 전부 프라이버시라며 알려주지 않는다고 했다. 그녀가 호기심에 물어보기라도 하면 남편은 그 즉시 낯빛을 바꾸며 쓸데없는 참견을 한다고 면박을 준단다. 아무리 부부 사이라도 상대에게 자신만의 공간을 마련해줘야 한다는 진부한 말을 구실로 삼으면서!

남자가 자신의 자산이 얼마나 되는지 알려주지 않는 이유는 당신을 믿지 못하기 때문이며, 당신을 내 사람으로 여기지 않기 때문이다. 물론 자신의 재산이 얼마인지 모르는 경우일 수도 있다. 1분마다 자산이 늘어 도저히 셀 수 없는 경우라면 알려주고 싶어도 알려줄 방법이 없지 않겠는가!

자신의 경제 상황을 꼭꼭 숨기는 남자의 행동을 번역하자면 이 역시 '나는 나를 더 사랑해'다.

돈 얘기는 쉽게 사람의 감정을 상하게 만든다. 그러나 돈 얘기에 감정이 상한다면 그건 진정한 사랑이 아니다.

우리 주위를 보면 때로는 정말 어이없는 상황이 벌어지기도 한다. 10년 넘게 연애를 하며 온갖 처절한 시련을 이겨내고, 시간과 지역과 별자리와 성격의 차이 등 여러 장애물을 뛰어넘어 곧 결혼을 앞둔 남녀가 집을 누구의 명의로 할 것인가를 두고 순식간에 얼굴을 붉히며 상대를 천하의 나쁜 X 취급을 하니 말이다. 그 오랜 사랑이 집 하나를 당해내지 못하는 것이다.

확실히 요즘 시대는 집이 참사랑을 가늠하는 유일한 기준이 되어 버렸다. 그러나 어디까지나 이렇게 잔인한 현실을 직시하라는 뜻이

지, 진실한 사랑을 정찰제로 시중에 내다 팔라는 소리는 아니다.

'돈 얘기에 감정이 상한다면 그건 진정한 사랑이 아니다.'

이 말의 최대 가치는 남자가 나를 사랑하는지 사랑하지 않는지를 감별할 수 있도록 도와주는 역할이다. 남자가 당신을 사랑하는지를 알 수 있는 지표는 단 두 가지다. 첫째, 당신을 위해 기꺼이 시간을 할애하는가? 둘째, 당신을 위해 기꺼이 돈을 쓰는가? 그 외의 것들은 모두 개소리다!

그럼 어떤 여성은 이렇게 물을 것이다.

"어떻게 해야 남자가 나를 위해 기꺼이 돈을 쓰게 만들 수 있죠?"

인터넷에는 이런 공략법이 널려 있다. 표현에 신중을 기한다, 괜찮은 남자들이 나를 차지하기 위해 경쟁 중인 것 같은 분위기를 조성한다 등등……. 기본적으로 착하고 순진한 척하면서 속으로는 꿍꿍이셈이 있는 여우 같은 여자가 되는 법들이다.

나의 조언은, 어떻게 남자가 자신을 위해 돈을 쓰게 만들지 고민하느니 본인이 어떻게 돈을 벌지를 생각하는 게 낫다는 것이다. 당신에게 머리가 부족한가, 아니면 손이 없는가? 냉정하게 말해서 미안하지만 현대 사회에서 가난은 천재지변 때문인 경우를 제외하고 기본적으로 게으름에서 비롯된다.

류위(칭화대학 부교수 겸 작가)의 책에 어리석음도 일종의 인품이라는 말이 나온다. 그리고 당신이 어리석은 가장 큰 이유는 게으름으로 지능을 낭비했기 때문이라고 한다. 마찬가지로 가난 역시 일종의 인품이라고 할 수 있다.

연봉이 10만 위안인데 이 10만 위안을 모두 당신에게 주길 원하는 남자와 연봉이 1천만 위안인데 당신에게 100만 위안을 주고 나머지는 자신이 갖길 원하는 남자가 있다면 당신은 누구를 선택하겠는가? 나는 10만 위안을 모두 주겠다는 남자를 선택해 내가 100만 위안을 벌겠다.

최고의 사랑은 사실 두 사람이 함께 노력하고 함께 분투하는 것이다. 왜 남자가 자신에게 베풀기만을 바라는가? 스스로 돈을 벌어 내가 사랑하고 싶은 사람을 사랑하고, 내가 원하는 사람에게 돈을 쓰는 게 얼마나 멋진 일인가!

아무 남자나 나를 위해 돈을 쓸 수 있는 게 아니라는 사실을 보여주는 것이야말로 멋진 여성의 최고 경지다.

전 애인과 연락을 끊고 살면 아름다운 세상이 된다

'찐빵녀'는 능력 있는 여장부다. 초등학교 때 부모님이 이혼을 해서 어머니의 손에 자란 그녀는 학업에 열중해 공부의 신이 되었다. 전액 장학생으로 외국 대학에 입학했고 유학하는 동안의 생활비는 아르바이트를 해 스스로 충당했다. 그 과정에서 더러운 꼴을 당한 적도 많았다. 그러나 그녀는 현재 남자 친구(편의상 '찐빵남'으로 부르자)의 전 여자 친구가 그 무엇보다도 끔찍했다고 말했다.

찐빵녀는 초반엔 그녀가 누군지도 몰랐다. 평소 SNS에 자신의 여행 사진을 올리는 걸 좋아하는 찐빵녀는 단정하고 해사한 외모에 스타일도 좋은 데다 남자 친구의 사진 찍는 실력도 뛰어나 적잖은 팬을 보유하고 있다. 그녀의 팬들은 주로 '너무 예뻐요', '립스틱 색깔

이 예쁘네요. 사용하신 브랜드와 색상이 뭔지 알려주실 수 있을까요?' 등등의 댓글을 남긴다. 그런데 언제부터인가 가시 돋친 말들이 종종 눈에 띄기 시작했다. '눈에 핏발 선 것 좀 봐. 어젯밤에 너무 무리한 듯!', '서 있는 자세하고는. 천박한 것! 역시 한부모 가정에서 자란 티가 난다니까!' 등등……. 누가 봐도 고의적으로 트집을 잡는 댓글들에 찐빵녀는 신경도 쓰지 않고 그냥 상대를 차단시켰다.

그런데 며칠 뒤 또 새로운 ID로 악의적인 공격을 계속하는 것이었다. 이에 찐빵녀는 계속 상대를 차단했다. 그러나 그녀의 다른 SNS와 메신저에도 이와 유사한 스타일의 댓글이 달리기 시작했는데 말투가 완전 같은 사람이었다.

찐빵녀는 화가 났다. 공부의 신은 역시 공부의 신이었다. 그녀는 세 시간 만에 자신을 공격한 ID를 뽑아내 기술적인 검색과 분석을 거쳐 상대의 신분과 프로필까지 모두 찾아냈다. 상대는 분명 남자 친구의 전 여자 친구였다. 그 인물은 자신을 '장작개비녀'라고 부르길 좋아했다.

찐빵녀는 일단 장작개비녀가 자신의 명예를 훼손한 증거를 모아 출력할 것은 출력하고 저장할 것은 저장해 상대에게 전해주며 악플을 삼가지 않으면 명예훼손으로 고소하겠노라 경고했다.

그러자 장작개비녀는 노선을 변경했다. 찐빵녀에게 메일을 보내 자신이 줄곧 찐빵남을 사랑해왔다고 밝히며 그를 놓아줄 수 없다고 했다. 그녀의 마음속에서는 찐빵녀야말로 제삼자라면서 말이다. 그러더니 점점 더 도발했다.

'오늘 당신들이 함께 찍은 사진을 봤는데 그가 아직 그 후드티를 입고 있더라. 그 후드티는 우리가 양숴에 갔을 때 구입한 커플티야.'

뒤이어 장작개비녀는 가련한 척하며 찐빵녀에게 찐빵남을 잘 부탁한다고 했다. 그녀는 말했다.

'그는 개털 알레르기가 있으니 절대 강아지는 키우지 마. 요리를 할 때 당근은 꼭 빼고. 플라스틱을 씹는 것 같다고 당근을 싫어하니까.'

다른 여자가 자신의 남자 친구를 어떻게 다뤄야 하는지 가르쳐주는 것보다 더 기분 더러운 일이 있을까? 게다가 장작개비녀는 본인이 양다리를 걸쳐 찐빵남과 헤어진 상황이었다. 그런데 이제 찐빵남이 회사를 차리고 재력이 생기니 지고지순한 순정녀로 변신한 것이다.

이후 2, 3주 동안에는 찐빵남이 시달림의 대상이 되었다. 그의 휴대전화로 뜬금없는 메시지들이 날아오기 시작한 것이다. '찐빵녀에게 잘해주세요', '그녀는 생리 기간이면 특히 더 짜증을 잘 내니 그녀에게 양보해주세요', '다음 달이면 찐빵녀의 생일이네요. 그녀는 꽃 선물을 싫어해요. 꽃다발보다 암탉이 낫다고 했어요. 암탉은 푹 고아 먹을 수나 있다고요' 등등…….

찐빵남은 화가 나 죽을 지경이었다. 이는 정말로 찐빵녀에 관한 말이었기 때문이다. 대체 누가 이런 메시지를 보낸단 말인가? 찐빵남은 마음을 누그러뜨리지 못하고 찐빵녀에게 물었다.

"이런 메시지 보낼 만한 사람이 누구야? 전 남자 친구야?"

"만약에 그렇다고 하면?"

"당장 그 자식한테 가서 녀석을 반쯤 죽여놓을 거야!"

"좋은 말로 할 때 이리 와."

"그 자식 편들겠다는 거야? 당장 그 자식이랑 끝내. 만에 하나 그 자식이랑 계속 엮여 있는 날에는 우리 사이도 끝이야! 헤어지면 남남인 거야, 알지?"

"그건 내가 하고 싶은 말이야."

찐빵녀는 그제야 장작개비녀가 자신을 괴롭혔던 증거들을 전부 찐빵남에게 보여주었다. 찐빵남은 차분하게 증거들을 하나하나 확인하더니 휴대전화를 들어 장작개비녀에게 전화를 걸었다. 번호를 누를 때부터 스피커폰을 사용해 대화 내용을 찐빵녀가 들을 수 있게 한 상태였다. 찐빵남이 말했다.

"여보세요."

장작개비녀는 단번에 찐빵남의 목소리임을 알아채고는 기쁨과 놀라움을 감추지 못하며 말했다.

"당신이구나…… 드디어……."

찐빵남은 짜증스럽게 그녀의 말을 끊으며 말했다.

"잘 들어. 옛날 얘기나 하자고 전화한 거 아니니까. 더 이상 내 마누라 괴롭히지 마!"

장작개비녀가 억울하다는 듯 말했다.

"결혼한 것도 아니면서……."

"우리 시월 첫날에 결혼해. 다시 한 번 말하지만 쓸데없는 짓 하지 마. 우리 마누라가 내 가족이고, 그쪽은 남이야. 또 한 번 우리 마누라 기분 나쁘게 하면 내가 그쪽 가만 안둘 테니까 그렇게 알아!"

장작개비녀가 흐느끼며 말했다.

"나는 그 사람이 당신한테 잘 못 해줄까 봐 걱정돼서……."

"그쪽은 나에게 지나간 사람이야. 내가 어떻게 살든 그쪽이랑은 상관없는 일이라고. 그리고 나 지금은 당근 좋아해. 우리 마누라가 당근 넣고 만들어주는 양지머리 찜이 얼마나 맛있는데!"

장작개비녀는 대성통곡했고 찐빵남은 매몰차게 전화를 끊었다. 이 일이 있은 후 장작개비녀는 더 이상 찐빵녀를 괴롭히지 않았다.

찐빵녀는 장작개비녀가 자신이 직접 상대할 상대도 못 된다고 말했다. 찐빵남이 그녀를 거들떠보지 않는다면 그녀가 아무리 이런 수작을 부려봐야 헛수고일 뿐이라면서 말이다.

'헤어지고 나면 모두가 남이다.'

성가시고 짜증나는 일들을 줄여주니 이 얼마나 아름다운 말인가!

내 주변에 사랑이 돈독한 연인들을 보면 전 남자 친구 또는 전 여자 친구와 애매한 관계를 유지하는 경우는 단 한 명도 없다. 헤어져도 친구는 될 수 있지 않느냐는 말은 개소리다! 두 사람 모두가 솔로여서 제삼자의 마음을 상하게 하지 않는다면 모를까.

"어쨌든 서로 사랑했던 사이인데 완전히 기억을 지운다는 건 불가능하지 않겠느냐?"라고 말하는 사람들이 있는데, 이는 쓰레기들의 전형적인 변명일 뿐이다. 그렇게 상대와의 관계를 끊어내기가 아쉽다면 다시 그를, 그녀를 만나라. 그렇지 않다면 일편단심으로 현재의 연인에게 열과 성을 다하라. 전 애인이 얼마나 나쁜 사람이 되는가는 현재 애인한테 얼마나 애매하게 구는지에 달려 있다.

나쁜 전 애인은 없다. 그저 쓰레기 같은 현재 애인이 있을 뿐이다. 현재 애인을 마음에 두고 있다면 전 애인과의 인연을 깨끗하게 끊어내라. 전 애인과 연락을 완전 끊고 살면 아름다운 세상이 된다.

PART 6

개떡 같은 세상에서 즐거움을 유지하는 법

내가 이 세상을 사랑하게 된 이유는 바로 당신 때문에

꼭 사랑을 통해서만 우리가 치유될 수 있는 것은 아니다.
그러나 아름다운 사랑에는 확실히 강력한 치유의 힘이 있다.

나는 그저
네가 건강했으면 해

어제 나는 한바탕 꾸중을 들었다. 엄마의 폭풍 잔소리에 나는 화제를 돌리지 않으면 이 잔소리가 한 시간은 족히 이어질 거라고 예감했다.

"엄마, 걱정하지 마. 나 완전 건강해. 베이징에 와서 몸무게도 삼 점 오 킬로그램이나 늘어서 완전 굴러다니게 생겼다니까! 내가 과학적으로 추론을 해봤는데 내 체중은 내가 살고 있는 도시의 위도와 연관이 있는 것 같다라고. 나 이참에 아예 적도로 이사 갈까? 좀 날씬해지게?"

"쓸데없는 소리하지 마. 지난번에 내가 네 건강검진 결과표 봤는데, 너 지방간에 콜레스테롤 수치도 높고 혈당도 높지 않니?"

"그야 내가 많이 먹고 살이 쪄서 그렇지. 아이고, 나를 좀 믿으시라니까. 내가 의학에 대해서 좀 아는데, 중국 기준이 엄격해서 그렇지, 미국에서 나 정도 수치는 지극히 정상이라……."

엄마는 나의 말에 더 화가 났는지 내 말을 냉큼 끊었다. 그러고는 너는 건강검진 결과에 너무 무심하다는 둥, 늦게 자고 늦게 일어나는 습관이 얼마나 몸에 안 좋은지 아느냐는 둥……. 단숨에 10분이 넘도록 말을 이어갔다. 이럴 때는 좋은 소식을 공손히 전해 분위기를 전환하는 게 상책이다.

"엄마! 저 내년에 장편소설 작업 들어가요. 진짜로 쓰게 됐어요. 대단하죠!"

"어? 그럼 더 바빠지는 거 아니니? 그럼 쉴 시간도 없을 텐데! 몸 망가뜨리면서 쓰긴 뭘 써! 엄마 말 좀 새겨듣고 불량식품 좀 끊고 음료수도 너무 많이 마시지 말고, 몸에 안 좋아……."

내가 무슨 화제를 던져도 엄마는 결국 내 건강 얘기로 돌아오는 신기한 재주를 가졌다.

"내가 세상에서 가장 두려운 건 네가 아픈 거야!"

내 친구는 자신의 어머니를 매우 귀찮아한다. 아니, 엄밀히 말하면 SNS에 떠도는 온갖 헛소문을 매일같이 '복붙(복사하여 붙여넣기)'해 자신에게 보내는 어머니를 귀찮아한다. 그의 어머니가 보내는 메시지의 내용은 대충 이렇다.

바이주와 맥주를 섞어 마시는 건 자살행위나 다름없다더라, 공짜로 주는 키홀더를 받으면 목숨이 위험해질 수 있다더라, 비 오는 날에 휴대전화를 사용하면 벼락을 맞을 확률이 높아진다더라 등등……. 그도 처음에는 그냥 참아 넘겼다. 못 본 척하면 그만이니까…….

그런데 조금 지나자 그의 어머니는 직접 전화를 걸어와 어제 자신이 보낸 뉴스를 봤느냐며 확인을 해댔다. 그는 되물었다.

"무슨 뉴스요?"

"왜 전자레인지에 음식을 가열해 먹으면 암을 유발할 수 있다는 뉴스 있잖니……."

순간 그는 할 말을 잃었다.

"그건 뉴스가 아니라 헛소문이라고요, 헛소문!"

"대부분 가짜라는 건 나도 알아."

"예? 잘 아시면서 저한테 보내시는 거예요?"

"구십구 점 구구 퍼센트가 가짜라고 해도 영 점 영일 퍼센트는 진짜일 수 있는 거잖니. 만에 하나 그 영 점 영일 퍼센트를 모르고 있으면 너한테 무슨 안 좋은 일이 생길 수도 있는 거고. 영 점 영일 퍼센트가 아니라 영 점 영영일 퍼센트라도 그럴 가능성이 있으면 나한테는 그게 백 퍼센트야. 나한테 자식이 너 하나밖에 더 있니?"

깜빡 잊고 말을 안 했는데 이 친구는 물리학과 부교수로 그야말로 과학자다. 그러나 그의 어머니는 과학도 100퍼센트 믿을 건 못 된다고 생각한다. 그가 매번 어머니에게 "학술 논문을 발표했어요, 직무

평가를 마쳤어요"라고 말해도 그의 어머니는 항상 이렇게 말한다.

"그래, 우리 아들 정말 대단하다. 그런데 건강관리에도 주의하렴. 말 나온 김에 마트에 가거든 녹두와 참깨 사놓고……."

그렇다. 어쩌면 과학이 세상의 모든 미신을 이길 수 있다고 해도 한 가지 미신만큼은 이기기 어려울지도 모르겠다. 바로 자식에 대한 부모 사랑이라는 지상 최대의 미신 말이다.

앞서 말했듯 나는 2014년에 작은 영상 미디어 회사를 창업했다. 모 방송국에 편성되기로 한 드라마는 끝내 불발되었고, 바로 투자를 해주겠다던 벤처캐피털도 갑자기 연락이 끊겼다. 이렇게 힘든 시기를 보내고 있을 때 나는 미국에 있는 오랜 친구에게 전화를 걸어 이 이야기를 꺼냈다. 그러자 그녀는 계좌번호를 알려달라고 했다. 그때

는 정말 세상에 그보다 더 따뜻한 말이 있을까 싶었다. 그 후 그녀는 정말로 내게 큰돈을 부쳐주었다. 그러나 그해 나는 경험 부족으로 치명적인 실수들을 연발했고, 그 결과 2015년 8월 회사 통장이 텅텅 비게 되었다. 내가 투자한 돈은 물론이고 동업자가 투자한 돈과 친구가 투자한 돈까지 총 400만 위안을 날렸다. 여태까지 예전이 가장 힘든 시기였다고 생각했는데 이보다 더 힘든 시기가 닥칠 줄이야! 더 이상 희망이 없다고 판단한 동업자는 사업에서 손을 떼고 회사를 떠났다.

궁지에 몰린 나는 이를 악물고 베이징으로 회사 이전을 결정했다. 어쨌든 베이징에는 선전보다 관련 기회가 더 많을 테고 내가 더 열심히 노력만 한다면 분명 기회를 잡을 수 있으리라는 판단에서였다.

당시 선전공항에서 베이징행 비행기를 타려는데 비행기가 연착됐고, 나는 친구에게 전화를 걸어 말했다.

"회사를 베이징으로 옮겨 새로 시작하려고 하는데 괜찮을까?"

그때도 여전히 미국에 있던 친구는 이렇게 대답했다.

"솔직히 말하면 나는 회사가 어떻게 돌아가고 있는지에 대해서는 전혀 관심이 없어. 너에게 투자를 한 이상 백 퍼센트 너를 믿어야 한다고 생각하고 있고. 그런데……."

순간 나는 마음이 무거워졌다. 그녀에게 정말 미안한 마음이 컸기 때문이다. 심지어 집을 팔아 그녀에게 먼저 돈을 갚을까 생각했을 정도였다.

"그런데 너 목 쉰 거 아니야? 너무 고생해서 그런 걸 거야…… 일단 좀 쉬는 게 어때? 한 반년 정도만. 쉬면서 천천히 일도 재정비하고…… 내 돈 갚는 건 진짜 중요한 일이 아니니까 절대 마음 쓰지 마…… 우리가 어떤 사이냐? 나한테는 돈보다 네가 건강한 게 만 배는 더 중요해……."

전화를 끊고 나는 공항 라운지에서 펑펑 눈물을 흘리고 말았다.

그때 나는 결심했다. 아무리 힘들어도 어떻게든 친구가 빌려준 돈은 꼭 갚겠다고, 그래서 그녀에게 떳떳한 친구가 되겠노라고 말이다. 당시 통곡하는 나를 보고 누군가 이런 말을 했던 것으로 기억한다.

"세상에, 비행기 좀 연착됐다고 저렇게까지 서글퍼할 게 뭐람?"

최근 많은 사람이 내가 떴다고 말한다. 그러나 내 주변 사람들은 여전히 내게 같은 말을 한다.

"미멍, 좀 쉬엄쉬엄 해라. 요즘 너무 무리하는 것 같던데 그러지 마. 잘 쉬는 게 얼마나 중요하다고. 그리고 주말에 좀 논다고 죽기야 하겠어?"

남들은 내가 성공을 했는지, 잘나가고 있는지만 본다. 하지만 진심으로 나를 생각하는 사람들은 나의 건강 문제만 물고 늘어진다. 그들의 잔소리가 유난히 더 가슴에 와닿는 요즘이다.

내가 이 세상을 사랑하게 된 이유는 바로 당신 때문이다

나는 내가 사랑하는 남자라면 반드시 외골수여야 한다고 생각한다. 질척대는 전 여자 친구도 없어야 하고, 여성 동료와 썸을 타서도 안 되고, 어린 여자와 친한 오빠이니 동생이니 운운해서도 안 된다! 다른 사람들에게는 세상 나쁜 남자여야 하지만 나에게만은 간이라도 꺼내줄 수 있어야 하며, 요즘 시대 최고 남편감 기준에 맞게 어디 내놔도 부끄럽지 않을 외모에 가정적인 인품을 지녀야 한다.

나와 남편은 네 살 때부터 알고 지낸 사이다. 우리는 초등학교와 중학교 내내 같은 반이었고, 대학교 졸업 후에는 같은 회사에 들어가 같은 사무실에서 일했다. 내가 회사를 그만두기 전까지 우리는 24시간 붙어 있었다. 사람들은 종종 이렇게 묻는다.

"그러면 지겹지 않아요? 결혼생활 칠 년이면 권태기가 온다던데?"

"전혀!"

누군가를 오래 봤다고 그 사람이 지겨워진다면 그건 아마도 진정한 사랑의 단계에 도달하지 못했기 때문일 것이다. 우리가 결혼한 지도 벌써 10년이 넘었는데, 이참에 우리 부부의 소소한 사랑 이야기를 적어볼까 한다.

어느 해인가, 명절을 쇠러 고향에 내려갔다가 사촌 동생의 주도로 다 같이 노래방에 갔다. 나는 화장실에 간다고 자리를 비웠다. 10여 분이 넘도록 내가 돌아오지 않자 남편은 걱정되었는지 사촌 동생에게 나를 찾아봐야겠다고 말했다. 남편의 행동이 좀 오버라고 생각한 사촌 동생은 이렇게 말했다.

"화장실 가서 나쁜 놈이라도 만났을까 봐요? 누나는 기골이 장대해서 나쁜 놈들이 오히려 알아서 조심할 텐데요?"

남편은 이 말에 아랑곳하지 않고 나를 찾아 나섰다. 초럭셔리 노래방인지라 화장실만 해도 한두 칸이 아니었는데 남편은 한 칸, 한 칸 노크를 하며 내가 안에 있는지를 확인했다. 당시 화장실 안에서 그의 목소리를 들었을 때의 그 심정이란……. 정말 얼마나 괴로웠는지 모른다!

'젠장, 똥 누는 중에 대꾸까지 해줘야 하는 건가!'

나는 한숨을 쉬며 말했다.

"어, 나 여기 있어!"

"뭐야! 완전 걱정했잖아. 괜찮은 거지? 그런데 왜 그렇게 화장실에서 오래 있어?"

"나 괜찮아! 그냥 큰일 보는 중이라고!"

내가 화장실에서 나왔을 때 밖에 서 있던 사람들은 의미심장한 눈빛으로 나를 흘끔 쳐다보았다.

가족들이 있던 방으로 돌아오자 사촌 동생이 감개무량한 낯빛으로 말했다.

"매부가 누나 정말 끔찍이 아끼나 봐. 나 좀 감동했어."

"감동 같은 소리하네. 네 매부 때문에 내가 변비인 거 세상 사람들이 다 알았는데!"

회사에서 단편영화를 찍는데 미녀 모델들이 특별 출연을 해준 적이 있었다. 다들 미녀 모델들을 보러 가기 바빴지만 남편만은 요지부동이었다. 그는 잔뜩 쌓인 옷을 지키며 아이패드만 들여다보았고 도시락을 먹을 때에도 그 자리를 떠나지 않았다. 오전 여덟 시부터 오후 다섯 시까지 그는 화장실을 갈 때를 제외하고는 그곳에서 반걸음도 떼지 않았다. 그런 그가 도무지 이해되지 않았던 사람들은 궁금함을 참지 못하고 남편에게 물었다.

"거기서 계속 뭐 하세요? 사장님은요?"

남편은 말없이 옆을 가리켰다. 사실, 그가 지키고 있던 옷 더미 밑에는 내가 있었다. 의자 세 개를 붙여 만든 간이침대에 옷가지를 덮고 누운 내가 멀리서 보기엔 그냥 옷 더미로 보여 다들 남편이 옷을 지키고 있다 오해한 것이다. 당시 이틀 동안 잠을 못 잔 상태였던지라 나는 넋놓고 곯아떨어졌다. 직원들은 아직도 이 일을 얘기하며 나를 놀린다.

"맙소사, 사장님 남편도 너무 오버 아니에요? 잠자는 사장님을 바짝 붙어 지키다니, 무슨 보물인 줄! 거기서 잠 좀 잔다고 누가 사장님을 어떻게 하는 것도 아니고. 그렇잖아요."

또 한번은 선전에서 베이징으로 출장을 왔었는데, 도착하자마자 심한 감기에 걸려 머리가 너무 어지러웠던 적이 있다. 밤 열한 시에 남편에게 걸려온 전화를 받을 때는 호흡도 고르지 않았다. 나는 너무 아파서 잠을 자고 싶으니 할 말이 있으면 내일 다시 하자 말하고 전화를 끊은 뒤 휴대전화 전원을 끄고 잠자리에 들었다.

이튿날 아침, 잠에서 깨어나 휴대전화를 켜니 맙소사! 수십 통의 메시지가 와 있는 게 아닌가! 괜찮으냐는 남편의 메시지 외에도 한동안 연락하지 않았던 초등학교 동창에 중학교 동창들에게까지 전화 통화가 안 되는데 괜찮은 거냐는 메시지가 와 있었다.

'아니 이게 다 무슨 일이람?'

내가 한창 의아해하고 있는 그때 호텔방의 벨이 울렸다. 나는 문을 열었고 그곳에는 남편이 서 있었다. 나와 함께 있어주려고 가장 빠른 비행기를 타고 베이징에 온 것이었다.

"이렇게 온갖 사람이 날 찾은 건 어떻게 된 거야?"

"어젯밤에 통화하면서 자기 목소리를 들어보니까 너무 많이 아픈 것 같더라고. 마음은 불안해 죽겠는데 알아보니 가장 빠른 비행기는 오전 일곱 시 이후라고 하잖아. 그래서 베이징에 있는 친구들한테 당신 좀 부탁하려고 내가 연락했지."

남편은 내가 너무 걱정된 나머지 밤새 한숨도 자지 않고 베이징에 있는 친구며 오랫동안 연락을 하지 않았던 옛 동창들(나의 옛 동창들이기도 하다)에게까지 전부 전화를 걸어 호텔로 가서 내 상태를 확인해줄 수 없겠느냐고 물었단다.

세상에, 한밤중에 전화를 걸어 오랫동안 연락도 않던 동창들을 괴롭히다니! 아마 그들 사이에도 최근 내가 쓴 '날강도들에게, 내가 왜 당신을 도와줘야 해?'라는 글이 돌았을 텐데…….

2015년 6월에서 8월은 내게 사업적으로 가장 힘든 시기였다. 그런데 이런저런 문제로 골머리를 앓고 있는 내게 남편은 종종 머리가 아프다, 눈이 아프다, 가끔은 눈이 안 보이기도 한다고 말했다. 그럴 때마다 입으로는 병원에 가보라고 했지만 솔직히 말하면 그다지 신경을 쓰지 않았다. 심지어 내가 얼마나 힘든지 뻔히 알면서 이렇게 성가시게 구나 싶어 내심 그가 철없게 느껴지기도 했다.

그런데 8월에 남편이 엘리베이터를 기다리다 쓰러져 병원에 실려 가고 말았다. 검사 결과 신성고혈압이라는 진단을 받았다. 당시 이미

혈압이 190이 넘어 그의 시신경까지 압박하고 있었던 것이다. 의사는 혈압이 이렇게 높으면 뇌출혈이 오기 쉽다며 상태가 이렇게 심각한데 얼른 병원에 오지 않고 뭐 했느냐고 나무랐다. 온몸에 심전도 검사기며 갖가지 장치를 주렁주렁 달고 누워 있는 남편의 모습을 보고 있자니 죽고 싶을 정도로 죄책감이 밀려왔다.

다행히 고혈압 환자 중에서는 남편이 젊은 편이라 혈압 회복 속도가 빠른 편이었다. 하지만 신장은 시간을 두고 관리해야 한다고 해서 남편은 한동안 입원을 했다. 남편이 입원해 있는 동안 나는 매일 병원을 찾았고, 그는 정말 기뻐하며 말했다.

"당신 사업 시작하고부터 우리 제대로 대화할 시간도 없었잖아. 그런데 요 며칠 매일 당신이랑 이렇게 오래 시간을 보내니까 내가 아픈 게 다 감사한 거 있지!"

이런 말을 들으니 나는 더욱 미안한 마음이 들었다. 남편이 입원을 하고 내가 그를 보살피는 입장이 되어서야 비로소 나는 나의 생존 능력이 얼마나 형편없는지를 깨달았다. 그랬다. 나는 밥을 사러 나갔다가도 길을 헤매는 여자였다. 그동안 줄곧 남편이 나를 보살폈으니 내가 알 턱이 있나!

하루는 남편의 병상을 지키며 그에게 이불을 덮어주는데 남편이 잠결에 어렴풋이 이렇게 중얼거렸다.

"여보, 이불 잘 덮고 자. 감기 걸린다."

우리 부부를 아는 사람들은 항상 이렇게 감탄한다.

"미멍, 너는 참 한국 드라마 리메이크 버전 같은 인생을 사는구나."

그러면 나는 말한다.

"내 얼굴을 보고도 그런 말이 나와?"

사실, 나도 남편에게 물어본 적이 있다. 어떻게 10년을 한결같이 나에 대한 사랑을 지킬 수 있느냐고…….

"지키고 있는 거 아닌데? 누군가를 진짜 사랑하면 굳이 그 마음을 지키려고 하지 않아도 자연스럽게 계속 사랑하고 싶어지는 거거든."

"솔직히 말해서 나는 좀 이해가 안 돼. 자기는 어떻게 그토록 사심 없이 나를 사랑할 수 있는 거야?"

"당신에 대한 내 사랑은 사심 없는 사랑이 아닌데? 내 사랑은 이기적이야. 당신과 함께 있어야만 내가 행복하고, 마음이 놓이니까. 순전히 나 좋자고 이렇게 당신을 사랑하는 거라고."

앞서 말했지만 예전에 나는 꽤나 뒤틀린 애정관과 결혼관을 가진

인간이었다. 우리 아빠와 아빠의 친구 대부분이 남자는 여러 여자를 거느릴수록 성공한 거라는 믿음으로 화려한 여성 편력을 자랑하며 외도하는 모습을 보고 자랐으니까.

나는 TV 드라마보다 더 황당하고 엽기적인 일들을 너무 많이 봐 왔다. 그래서 예전에는 '평안한 삶'이라는 말도 안 되는 단어가 실재한다는 걸 믿지 않았다. 나는 남편과 함께하고 나서야 조금씩 이 세상이 아름답다는 사실을 믿게 되었다. 알고 보니 변치 않는 마음은 현실 세계에도 존재했다. 뼛속까지 열등감으로 똘똘 뭉쳐 있던 과거의 나는 나를 예쁘다고 생각하는 눈먼 남편을 만나 그 지독했던 열등감에서 벗어났다.

꼭 사랑을 통해서만 우리가 치유되는 것은 아니다. 그러나 아름다운 사랑에는 확실히 강력한 치유의 힘이 있다. 나는 남편 때문에 이 세상을 사랑하게 되었다.

‘착한 사람’이라는 말의 정의

우리 아빠는 자칭 ‘착한 사람’이었다.

물론 아빠가 종종 유기견을 데려다 키웠던 건 맞다. 겨울이면 강아지가 추울까 봐 한밤중에도 몇 번씩 자다 일어나 강아지에게 이불을 덮어주곤 했다.

한번은 몇날 며칠 외박을 하다 강아지가 집을 나가 차에 치여 동물병원에 있다는 엄마의 전화를 받고 부리나케 돌아온 적도 있다. 동물병원에서 강아지가 수술을 받는 동안 아빠는 마음 아파하며 계속 눈물을 흘렸다. 집에 돌아온 아빠는 이게 다 당신이 강아지를 제대로 돌보지 않아 생긴 일이라며 엄마를 탓했고 이는 부부 싸움으로 이어졌다. 아빠는 급기야 엄마를 밀쳤고, 이때 엄마는 침대 모서리에

복부를 부딪혀 큰 부상을 입고 병원 신세를 졌다.

그러나 엄마가 입원해 있는 동안 아빠는 단 한 번도 병원에 얼굴을 내밀지 않았다. 아빠는 가족과 함께할 시간이 없었다. 1년 내내 밖에서 노름을 하느라 바빴기 때문이다. 엄마가 나를 낳을 때에도 예외는 아니었다. 난산으로 피를 많이 흘려 병원에서 위독하다는 연락을 세 번이나 했지만 아빠는 도박판을 벗어나지 않았고, 내가 태어난 다음 날에야 병원으로 왔다.

10대였던 그 시절, 나는 내 인생에서 처음으로 '착하다'는 말의 정의가 대체 무엇인지 진지하게 고민했다.

드라마 〈응답하라 1988〉을 보면서 마음이 참 답답했던 순간이 있었다. 바로 마음 여린 극중 여주인공의 아버지 때문이다. 매일 저녁 퇴근하는 그의 손에는 항상 이런저런 물건이 들려 있었다. 껌 파는 할머니며 길에서 채소를 파는 노인을 그냥 지나치지 못해 구입한 것들이었다. 심지어 그는 데모를 하는 학생에게 돈을 쥐어주기도 했다.

그렇다고 그가 돈이 많냐? 웬걸, 그의 집은 가난하다 못해 입에 거미줄을 칠 지경이었다. 마음 좋은 그가 친구에게 보증을 잘못 서주는 바람에 거액의 빚을 지고 온 가족이 반지하에 사는 처지였다. 딸이 인생에 한 번뿐인 수학여행을 기대하던 순간에도 수학여행 비용을 낼 돈이 없었던 부모의 마음은 무겁기만 했다. 결국 이웃에게 돈을 빌려 딸은 수학여행을 갈 수 있었지만 오밤중에 이웃에게 돈을 빌리러 갔던 그의 아내는 한참을 입을 떼지 못하고 앉아 있어야 했다.

만약 당신이 남에게 선의와 사랑을 베풀어 가족이 가난과 고생을 겪는다면 과연 당신을 착한 사람이라고 말할 수 있을까?

한 팬이 남긴 장문의 댓글을 보고 깊은 탄식을 한 적이 있었는데 그녀가 남긴 사연은 이랬다. 그녀의 아버지가 새로 사귄 사람들과 술을 마신 적이 있었다. 술자리가 끝나고 그중 한 사람의 차를 타고 집으로 돌아오는 길에 그의 아버지는 그만 사고에 휘말리고 말았다. 운전자가 음주운전 상태로 사람을 친 것이다. 그 운전자는 그 자리에서 내 팬의 아버지에게 무릎 꿇으며 애원했다. 그는 다음 달이면 결혼을 하는데 약혼녀가 이 사실을 알면 분명 자신을 떠날 거라고 했다. 집안의 3대 독자인 데다 나이도 서른일곱인지라 이 결혼이 엎어지면 어머니의 심장병이 재발할지도 모른다면서 말이다. 그는 공안과 검찰, 법원에 모두 인맥이 있으니 절대 옥살이를 하는 일은 없도록 하겠노라 약속했다. 요는 사람 목숨 살리는 셈 치고 죄를 대신 뒤집어써달라는 말이었다.

보통은 이런 부탁을 들어주지 않는 게 정상이지만, 내 팬의 아버지는 정상이 아니었다. 그는 음주 운전자의 부탁을 들어주었다. 온 가족이 그런 부탁은 들어주는 게 아니라고 말했지만 아무 소용이 없었다.

그 음주 운전자는 약속대로 인맥을 동원해주었고, 내 팬의 아버지는 징역 1년에 집행유예 2년을 선고받아 실제로는 수감되지 않았다. 그러나 이 일로 그녀의 집안은 풍비박산이 났다. 그녀의 할아버지는 뇌출혈로 쓰러졌고 병원으로 이송되었지만 곧 세상을 떠났다. 그녀의 할머니는 슬픔에 몸져누워 두 달 넘게 일어나지 못했고, 그녀의 어머니는 그길로 이혼했다. 이렇게 처참한 결말을 불러온 그녀의 아버지는 과연 착한 사람일까, 아니면 지독히도 어리석은 사람일까?

나는 착한 사람이 되는 걸 반대하지 않는다. 그러나 가족들을 서운하게 하면서까지 착한 사람이 되려는 욕심을 채우는 것에는 결사 반대다. 당신의 '착함'이 가족들에게 큰 상처를 주고 있다면 미안하지만 당신은 바보 아니면 인간쓰레기다. 그러니 사랑을 베푸는 일은 사랑이 넘치는 사람들의 몫으로 남겨둬라.

나는 무엇보다 내 가족을 첫 번째로 생각하고 싶다. 이미 여러 번 얘기했지만 성공이란 당신 주변의 사람이 당신의 존재에 기뻐하는 것이다. 즉, 내 주변 사람의 행복부터 챙기고 남은 여력으로 모르는 사람들까지 행복하게 만드는 게 순서라는 뜻이다. 나는 내가 좋아하는 사람과 나를 좋아하는 사람에게만 착한 사람이고 싶다!

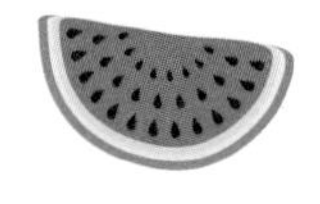

"밥 먹었어?"는 '네가 보고 싶어'라는 뜻

내가 아는 한 여성은 달걀볶음밥 때문에 남자 친구와 헤어졌다. 그녀는 남자 친구 그리고 그의 친한 친구 두 명과 밥을 먹으러 갔다. 남자 친구는 달걀볶음밥을 주문했고, 밥이 나오자 그녀에게 권했다.

"난 안 먹을래. 볶음밥에 파 들어갔어."

살짝 기분이 상했는지 남자 친구가 미간을 찌푸렸다.

"까탈스럽게 굴지 말고 어서 먹어."

그녀는 순간 서운한 마음이 솟구쳤다.

"나 정말 파 싫어한단 말이야."

남자 친구의 입에서 깊은 한숨이 흘러나왔다.

"파 좀 들어간 거 가지고 왜 이렇게 유별나게 굴어? 먹으면 좀 어

떠냐고? 죽는 것도 아니잖아!"

"내가 싫다는데 왜 억지로 먹으래? 그건 정상적인 행동이니?"

남자 친구가 버럭 화를 냈다.

"내 친구들도 있는데 이러면 내 체면이 뭐가 돼? 못 먹을 걸 먹으라는 것도 아니고 밥 먹으라는데 이렇게까지 할 필요 있어?"

남자 친구의 친구들이 안절부절못하는 가운데 둘은 너는 내가 안중에도 없다는 둥, 나를 사랑한 적이나 있었느냐는 둥 말다툼을 벌였고 결국 그 자리에서 헤어졌다.

이후 그녀는 새로운 남자 친구를 사귀었다. 사귄 지 반년 만에 처음으로 남자 친구네서 밥을 먹던 날, 주방에서 남자 친구의 목소리가 새났다.

"달걀볶음밥이네? 엄마, 미안한데 파는 좀 빼주라."

"어? 너 파 잔뜩 들어간 달걀볶음밥 좋아하잖아?"

"어, 실은 여자 친구가 파를 싫어해."

그녀는 깜짝 놀랐다. 그동안 그가 달걀볶음밥을 만들면서 파를 넣은 적은 단 한 번도 없었다. 당연히 그녀는 그 역시 파를 싫어한다고 생각해왔다.

그랬다. 세상에는 상대를 개의치 않고 본인만 생각하는 남자만 있는 건 아니었다. 그는 친구들과 더불어 밥을 먹을 때에도 어디로 가는 게 좋겠느냐며 항상 그녀의 의견을 먼저 물었다. 이런 그에게 그의 친구들은 볼멘소리를 했다.

"우리는 사람도 아니냐? 왜 우리한텐 안 물어봐?"

"내가 너희랑 결혼할 것도 아닌데 왜?"

그는 친구들 앞에서도 그녀의 숟가락에 반찬을 올려주고 새우 껍질을 까주는 등 살뜰히 그녀를 챙겼다.

이처럼 그가 당신을 사랑한다면 아무리 사소한 식습관이라도 모두 기억할 것이며, 당신의 취향을 존중하여 자기 체면을 살리겠답시고 싫어하는 음식을 먹으라 강요하지도 않을 것이다.

한국 드라마 〈응답하라 1988〉에는 세상에서 가장 따뜻한 마음씨를 가진 선우라는 남학생이 나온다. 선우는 일찍이 아버지를 여의고 어머니와 함께 사는데 그의 어머니는 어떻게 구워도 맛있는 소시지조차 맛없게 만드는 재주가 있다. 달걀 프라이에서 껍질이 나오는 건 예사지만 선우는 단 한 번도 투정하지 않고 매일 엄마가 챙겨주는 밥을 맛나게 먹었다.

친구들과 극장에 가느라 엄마가 싸준 도시락을 제때 못 먹은 그는 집 앞에 도착해서야 이 사실을 깨달았다. 그는 행여 엄마가 서운해할까 봐 문밖 계단에 앉아 묵묵히 도시락을 비워낸다. 이 장면에서 이런 내레이션이 깔린다.

"가끔은 착각해도 좋다. 엄마를 행복한 요리왕으로 착각하게 만들 수 있다면 지지리 맛없는 도시락 정도는 투정 없이 먹어줘도 그만이다. 행복한 착각에 굳이 성급한 진실을 끼얹을 필요는 없다. 가끔은 착각해야 행복하다."

사람들은 말한다. 그저 밥을 먹는 것뿐인데 그게 뭐 대단한 일이냐고 말이다. 그러나 밥 먹는 일을 우습게 보지 마라. 사랑도 이 사소한 일에서부터 시작되니까. 우리는 사람들과 식사를 함께하며 조금씩 정을 쌓아가며 모든 음식에 정감 있는 추억을 담는다.

사랑이란 없는 말도 찾아 하게 만들고, 상대의 허튼소리마저 한 마디도 놓치고 싶지 않게 만들며, 상대가 매일 뭘 먹었는지 궁금하게 만드는 마법 아니던가?

사실, 우리는 항상 상대에게 묻고 또 묻는다.

"밥 먹었어?"

"밥 먹었어?"는 '네가 보고 싶어'라는 뜻이다.

친한 친구와
조금씩 멀어진다는 것

친한 친구와 조금씩 멀어지는 게 어떤 기분이냐고?

그건 "누구누구는 요즘 어떻게 지내니?" 하는 엄마의 물음에 "나도 몰라요" 하고 대답할 수밖에 없을 때의 기분이다. 예전에는 항상 "나의 베프"라고 불렀지만 지금은 "내 예전 동창"이라고 할 수밖에 없을 때의 기분이다.

그랬다. 우리는 그때 평생 친구가 되자고 약속했고, 태어나지도 않은 아이들의 혼삿날을 정하며 서로 사돈이 될 것을 맹세했다.

우리는 우정을 나눌 때에도 사랑을 할 때처럼 "나의 미래에는 네가 꼭 있어야 해!" 하며 억지를 부리곤 한다. 하지만 말다툼을 하지 않더라도, 사이가 틀어지지 않더라도, 서로를 미워하지 않더라도 우리는 조금씩 '못 할 말 없는 사이'에서 '할 말 없는 사이'로 변해간다. 거침없이 서로를 디스하며 장난치던 사이는 SNS상에서 '좋아요'만 누르는 사이가 되고, 결국 '좋아요'를 누르기에도 어색한 사이가 된다.

우리는 흔히 우리의 우정이 영원할 거라고 생각하지만 의외로 우리의 많은 우정은 흐지부지 끝난다. 그렇다면 소원해진 우정을 다시 되돌려야 하는 걸까? 그럴 필요는 없지 싶다. 어떤 감정에는 단계가 있다는 사실을 받아들이는 법도 배울 필요가 있으니까. 억지로 되돌린 관계에서는 나도 내가 될 수 없고, 친구도 친구가 될 수 없다.

그러나 서로 다시 만나지 않는다 해도 나는 여전히 친구와의 아름다운 추억을 기억할 것이며, 친구가 내게 주었던 가르침을 기억할 것이다.

중학교 1학년 때 내 짝꿍은 양자리의 소녀였다. 부스스한 단발머리의 그녀와 나는 매일 함께 〈동화대왕〉(중국의 유명 작가 정위안제가 발행하는 월간 잡지)을 보며 어른들의 세상을 향한 정위안제의 날카로운 지적에 대해 이야기를 나눴다. 우리는 인생의 진리를 깨달았다 생각했고, 그런 우리가 스스로 꽤 기특했다.

그 무렵 엄마가 내게 자전거를 사주었다. 굉장히 멋진 분홍색 자전거였다. 그것을 타고 짝꿍과 함께 신화서점으로 사전을 사러 갔다. 사전을 사 들고 나오는데, 순간 다리 힘이 풀렸다. 자전거가 감쪽같이 사라졌기 때문이다. 당황한 나는 어쩔 줄을 몰라 하며 말했다.

"어떡해. 탄 지 며칠 되지도 않은 새 자전거인데…… 잃어버린 거

엄마가 알면 난 죽었다!"

짝꿍은 나를 진정시키며 당시의 환경과 모든 조건을 종합해 냉정히 분석하기 시작했다. 그러고는 다른 사람이 자신의 자전거로 착각해 잘못 끌고 간 게 분명하다는 결론을 내렸다.

나는 그녀의 말이 일리가 있다 생각했고, 그렇게 우리는 그 자리에서 마냥 기다리기 시작했다. 한겨울 칼바람 속에서 우리의 기다림은 오후 다섯 시부터 여덟 시까지 계속되었다.

사전을 사러 간다던 애가 늦도록 집에 돌아오지 않자, 불안해진 엄마는 신화서점으로 내달렸다. 서점 문 앞에서 우리를 발견한 엄마는 자초지종을 물었고, 이내 내게 소리를 질렀다.

"이 맹추야, 자전거 도둑맞은 게 틀림없고만 기다리긴 뭘 기다려!"

이 일이 있은 후에도 짝꿍은 그날 자전거를 도둑맞았다는 사실을 믿고 싶어 하지 않았는데, 지금 생각해보면 정말 착해서였던 것 같다.

그녀와 연락을 하지 않은 지도 한참이 되었다. 듣기론 그녀가 몇 해 전에 또 바보 같은 일을 했다고 한다. 커피숍에서 한 여학생이 그녀에게 대학교 학생증을 보여주며 학교로 돌아갈 차비가 없으니 50위안만 빌려달라고 한 것이다. 그 여학생은 돈을 꼭 갚겠다며 정중히 그녀의 주소까지 물었다고 한다. 그녀는 돈을 빌려주었고, 이후 그 여학생은 바람과 함께 사라졌다.

아직도 그런 빤한 속임수에 넘어가다니! 하지만 그녀의 이야기를 들으면서 나는 내심 마음이 놓였다. 그렇게 오랜 세월이 지났음에도 그녀는 여전히 내게 이 세상이 살 만한 곳이라는 믿음을 준 그때의 그 모습 그대로였기 때문이다.

세상에는 사기꾼도 있고, 천진난만한 그녀도 있다. 그렇기에 나는 이 세상이 그래도 살 만한 곳이라는 말을 믿으며, 양자리 태생이 착한 사람이라는 말도 믿는다.

대학 시절 친하게 지냈던 친구는 그야말로 별종이었다. 그러고 보니 왜 내 주변에는 온통 별종뿐인 걸까? 하긴…… 유유상종이지, 뭐. 어쨌든 내 친구는 객관적으로 예쁜 미모는 아니었지만 마음에 드는 남자가 있을라치면 무조건 대시하는 심히 저돌적인 여전사였다.

특히 그녀가 인상적으로 쫓아다닌 인물은 생물학과의 한 남학생이었다. 그는 장즈린(홍콩의 가수 겸 영화배우)을 닮은 꽃미남인 데다 굉장히 도도했다. 우리는 모두 그녀가 미쳤다고 생각했다. 하지만 그녀는 "해보지도 않고 될지 안 될지 어떻게 알아?" 하며 결과에 대한 우리의 호기심을 은근히 자극했다.

그녀는 생물학과 강의까지 매일 청강해가며 열과 성을 다해 그를 쫓아다녔다. 물론 수업 내용은 하나도 알아듣지 못했지만 그녀는 조금도 아랑곳하지 않았다. 그녀는 한 술 더 떠 그에게 장미꽃을 선물하는가 하면, 그를 위해 기타를 배우고, 교내 방송에 그를 위한 노래를 신청하기도 했다. 그 보수적인 학교에서 그녀는 그야말로 튀는 존재였다.

그래서 결과는 어떻게 됐느냐? 역시나 그녀의 짝사랑으로 끝이 났다. 하지만 그의 '훈남' 친구가 그녀를 좋아하게 되었다. 집도 부자였던 그 훈남은 우리한테 통 크게 양식을, 그것도 스테이크를 1인당 두 접시씩 사주기도 했다. 내 친구가 그렇게 멋있는 사람의 마음을 사로잡다니, 지금 생각해도 정말 대단하다!

나는 그녀를 통해 비로소 어려움을 알고도 포기할 줄 모르는 정신이 대부분 장점으로 작용한다는 사실을 알게 되었다. 그리고 이는 불가능한 일에 도전할 수 있는 용기를 내게 주었다.

그렇다. 세상일의 성패는 마음먹기에 달렸다. 솔직히 내가 지금 이렇게 맹목적인 자신감을 가진 철면피가 된 것은 그녀에게 절반 이상의 책임이 있다. 그러니 그녀는 내 인생을 책임져야 마땅하다.

차이캉융은 말했다.

"요즘엔 우정의 의미를 너무 화려하고 고급스럽게 포장하는 것 같습니다. 그러나 사실상 우리는 인생의 각 단계마다 각기 다른 친구를 만나게 됩니다. 친구란 바로 우리의 인생에 좋은 영향을 미치는 사람을 말합니다. 맞습니다. 어쩌면 한때의 친구는 이미 우리와 아무런 교차점을 가지고 있지 않은 각기 다른 세계의 사람이 되었을 수도 있습니다. 시간은 우정을 변화시킵니다. 그러나 한때의 친구가 우리에게 남겨준 아름다운 추억과 아름다운 습관과 아름다운 가치관은 변화시킬 수 없습니다."

어려움을 알고도
포기할 줄 모르는 정신이
대부분 장점으로 작용한다.
그렇다!
세상일은 마음먹기에 달렸다.

PART 7

개떡 같은 세상에서 즐거움을 유지하는 법

로맨틱함의 끝은 일상적이고 소소한 낭만

사랑에는 한 사람의 최고 지혜와 도덕적 최저선이 반영된다는 말이 있다. 당신이 어떤 상대를 만나고, 그 상대방을 위해 무슨 짓까지 할 수 있는지는 모두 당신 선택에 달렸다.

부부 사이에 가장 큰 갈등 요소는? 레벨!

내가 아는 한, 둥즈는 교통사고를 당해 다리를 잃은 사람들 중에서 가장 운이 좋은 인물이다. 왜? 그는 돈이 많기 때문이다.

둥즈는 영화 〈언터처블: 1%의 우정〉과 〈버킷리스트 죽기 전에 꼭 하고 싶은 것들〉에 나오는 주인공과 같은 상위 1퍼센트의 부자이다. 그러나 반신불수인 필립 혹은 재벌 사업가이지만 암에 걸린 에드워드처럼 처지는 딱했다.

둥즈의 아내는 그의 대학 동창으로 외국계 기업 임원으로서 수백만 위안의 연봉을 받는 파워우먼이다. 둥즈가 반신불수가 되었을 때 그의 아내는 아무 일 없다는 듯 평소와 다름없이 그를 대했다. 그녀는 절대 둥즈를 장애인 취급하지 않았다. 놀릴 일이 있으면 놀리고,

나무랄 일이 있으면 나무랐으며, 심지어 그의 장애에 대한 농담을 하기도 했다. 그가 앉은 휠체어를 밀면서도 그녀는 여전히 그와의 애정을 과시했고, 그 덕분에 둥즈는 동성 친구들의 질투를 한 몸에 받았다.

2년 후 그들은 이혼했다. "저 자식은 무슨 복이냐?"며 질투했던 친구들은 그제야 기를 펴며 말했다.

"거봐, 이 세상에 진정한 사랑이 어디 있어?"

그러나 둥즈는 그야말로 장애인들의 희망의 아이콘이었다. 이혼 수속을 하고 그 이튿날 회사 프런트에서 일하는 '베이글녀'를 후처로 맞은 것이다. 친구들은 그가 마치 자신들의 여자를 범하기라도 한 듯 그를 저주했다.

이 막장 이야기가 이것으로 끝이라고 생각했다면 그건 너무 순진하다. 지난 둥즈의 아버지 생신날, 친지와 친구들이 모두 모인 자리에 둥즈의 전처가 나타났다. 그것도 그들의 옛 결혼반지를 들고서! 그녀는 이 결혼반지로 다시 그에게 청혼했다. 친지, 친구 들은 그가 행여 접시라도 던질까 봐 그를 잡아끌었다. 그런데 웬걸! 둥즈는 그 자리에서 그녀의 청혼을 받아들였다. 그러고는 아연실색한 그의 후처에게 말했다.

"위자료로 얼마를 원하는지 말해봐."

곧 그의 얼굴에 접시가 날아들었다.

사실, 둥즈가 전처와 이혼을 한 건 그가 교통사고를 당한 후 생식 기능을 잃은 탓이었다. 전처의 꿈은 서른다섯에 일을 그만두고 아이 둘을 낳아 네 식구가 행복하게 사는 것이었다. 그는 차마 사랑하는 여자의 꿈을 저버리게 할 수 없었다. 가슴 아프지만 끝내 그는 그녀와의 이혼을 선택했고 그녀를 단념시키기 위해 번갯불에 콩 구워먹듯 재혼도 했다. 그녀 정도의 조건이라면 좋은 남자를 만날 수 있으리라는 생각에서였다.

그러나 다른 여자와 재혼을 하고 그는 뒤늦게야 깨달았다. 두 사람 사이에는 생각, 취미 등 공통의 관심사가 단 하나도 없다는 사실을 말이다. 전처가 찾아온 순간 둥즈의 마음은 무너졌고, 그때 그는 평생 전처에게 붙어사는 이기적인 인간이 되기로 마음먹었다.

언젠가 둥즈가 취중진담이라며 이런 말을 한 적이 있다.

"전처는 어려서부터 우등생이었어. 똑똑하고 감성도 풍부하고. 그 사람 능력으로 회사를 차리면 일 년에 수억을 버는 건 일도 아닐 거야."

둥즈는 전처와 함께하는 동안 돈 문제로 싸운 적이 한 번도 없다며 진정한 사랑을 했다고 말했다.

반면, 후처의 관심은 오직 인터넷쇼핑과 멜로드라마에 쏠려 있었다. 그녀가 둥즈에게 하는 말은 주로 솔로 데이 쇼핑 이벤트 때 몇 퍼센트 할인을 한다더라, 물건을 몇 개 샀는데 배송이 너무 느리다, 남동생이 외국 유학을 가는데 80만 위안만 보태줄 수 없느냐 등이었다. 그는 전처가 그날 청혼하러 오지 않았더라도 후처와 이혼했을 거라고 했다. 그의 말을 그대로 옮기자면 이랬다.

"바람 들어간 인형과 평생을 살 수는 없겠더라……."

세상에는 오직 사랑 하나만 보고 결혼해 부부가 함께 악착같이 노력하며 살아가기도 한다. 내 주변에도 많은 친구가 그렇게 살고 있다. 물론 남녀의 조건이 그리 대등하지는 않아도 서로 존중하고 아끼며 열렬한 사랑을 하는 사람들도 있다.

결혼과 사랑에 대해서는 다양한 해석이 존재한다. 그러나 그중에서도 내가 하고 싶은 말은, 부부 사이의 가장 큰 갈등 요소가 아마도 '레벨'일 거라는 얘기다. 사실, 이는 새삼스러울 것 없는 말이다.

'끼리끼리'의 핵심은 바로 가치관이다. 찰스 왕세자는 왜 다이애나가 아닌 카밀라를 사랑했겠는가? 집안을 놓고 보면 카밀라와 다이애나 모두 귀족 출신이다. 그러나 찰스 왕세자와 카밀라가 각각 케임브리지대학교를 졸업하고, 스위스와 프랑스에서 유학한 공부벌레 문학청년이었던 반면, 다이애나는 재시험도 통과하지 못해 고등학교를 중퇴한 전형적인 열등생이었다. 한마디로 찰스 왕세자와 다이애나는 공통 관심사가 없어 감정적 교감을 하기 어려웠던 것이다.

'레벨'이란 전혀 심오한 단어가 아니다. 당신이 마련한 집, 당신이 구입한 차, 휴대전화 그리고 칫솔까지 이 모든 것이 당신의 레벨을 암시한다. 루이뷔통 가방을 못 사는 게 아니라 돈이 아까워서 안 사는 거라고? 천만의 말씀! 냉철히 말해, 아까워서 안 사는 게 아니라 못 사는 거다.

부부 사이라고 해도 유동적인 레벨이 존재한다. 대부분의 부부는 결혼 초기 비슷한 레벨에 속한 상태에서 출발하지만 남자가 사업을 하고 돈을 버는 동안 여자가 제자리걸음을 하면서 두 사람의 레벨이 달라진다. 사돈의 팔촌 일까지 참견을 하며 남편이 돌아오길 기다리면 되겠지, 라고 생각한다면 그건 너무 안이하다. 바보들은 또 물을 것이다.

"그럼 어떻게 해야 하나요?"

우선 레벨 차이를 뛰어넘을 만큼 당신이 넘치는 매력을 지닌 게 아니라면 레벨 차이가 너무 많이 나는 상대를 찾지 마라. 무엇보다 결혼한 뒤에도 두 사람이 함께 성장할 수 있도록 끊임없이 노력하라.

인간은 선천적으로 속물근성을 가지고 있다. 부모와 자식 간에도 능력 있고 잘난 자식이 부모의 사랑을 더 많이 받는 법이다. 자신의 장점을 찾아 그 장점을 유지하라. 결혼생활에서도 직장생활을 할 때와 마찬가지로 대체 불가능한 존재가 되어야 한다.

우리의 월급이 노동력이 아닌, 노동력의 대체 불가능성과 정비례하는 것과 같은 이치다.

부부 사이에도 자기 PR이 필요하다

자신을 평가 절하한다고 해서 상대가 당신의 마음 씀씀이에 감동할 거라는 생각은 버려라. 그리고 솔직히 말해 미안하지만, 우리 중 대부분은 겸손함이 필요할 만큼 대단하지 않다.

당신이 매일 자신의 단점과 무능함을 이야기한다면 이는 마치 세뇌와 같은 효과를 발휘해 상대 마음속에 고정된 이미지로 자리 잡게 된다. 못 믿겠다면 매일 자신의 단점을 선전하는 방법으로 실험을 해봐도 좋다. 예를 들어 "나는 머리가 커", "나는 목이 두꺼워", "나는 다리가 짧아"라는 말을 반복적으로 하는 것이다. 그런 경향이 아주 조금 있을 뿐이라도 혹은 실제로는 전혀 그렇지 않더라도 같은 말을 100번 정도 하면, 모든 사람이 당신의 말에 동의하며 그 사실을 뒷

받침할 증거를 대신 찾아줄 것이다.

어떤 일을 혹은 말을 매일 100번 반복하면 사람들은 모두 그 일에 또는 그 말에 세뇌를 당한다. 심리학자 귀스타브 르 봉의 저서《군중심리》를 보면 인간이 우리가 생각하는 것보다 훨씬 더 맹종하고, 깊이 생각하지 않으며, 비이성적이라는 사실을 알 수 있다.《제3의 침팬지》에는 이에 대한 생물학적 논거로 인간과 침팬지의 유전적 차이가 고작 1.6퍼센트라고 이야기하고 있다. 어쨌든 우리는 조금 더 똑똑한 침팬지에 불과한 것이다.

자기 PR을 해야 한다는 말은 양심을 속이고 허풍을 떨라는 뜻이 아니다. 호박 같은 얼굴을 사과 같다고 말하는 건 자기 PR이 아니라 사기다.

이미 결혼을 해 서로 선택을 마친 상태이니 애프터서비스만 잘하면 될 거라는 생각은 버려라. 사실, 결혼이야말로 새로운 자기 PR의 장이 열리는 계기다. 자신의 장점을 파악해 그 장점을 극대화하고, 이를 상대에게 어필하며 더 많은 장점을 개발한다면 갈수록 상대는 모종의 우월감을 느끼게 될 것이다.

"내 안목은 정말 탁월해. 이런 반려자를 찾다니 정말 수지맞은 인생이지 뭐야!"

가끔씩 나는 남편에게 말한다.

"와, 난 정말 당신이 부러워."

그러면 남편은 최근 자기가 잘한 일이 뭐가 있었는지 생각해내려 열심히 머리를 굴린다. 이때 나는 말한다.

"이렇게 재능이 넘치는 아내를 얻었으니 완전 행운아인 거잖아."

남편이 머리가 좋은 편이 아니어서 그런 건지도 모르지만 어쨌든 남편은 정말로 자신이 재수가 좋아 나를 만났다고 생각한다.

자기 PR이라고 해서 거창하게 생각할 필요는 없다. 재미있는 방법으로 자신의 장점을 어필하고, 또 장난스럽게 자신의 단점을 자조하다 보면 '나'라는 개인 브랜드를 완벽하게 구축할 수 있다.

무엇보다 절대 셀프 디스에 중독되지 않는 것이 중요하다. 감정적인 자학을 죽자고 즐기는 사람을 진심으로 좋아해줄 사람은 이 세상에 아무도 없다.

로맨틱의 끝판은 일상적이고 소소한 낭만

낭만은 최고의 강장제다.

내가 아는 어느 멀끔한 청년은 업계 내에서 유명한 사랑꾼이다. 중학교 시절, 그는 반에서 가장 예쁜 여학생의 마음을 사로잡기 위해 연애편지로 그림책을 만들어 선물했고, 그 세심함과 정성으로 나머지 세 명의 연적을 제치는 데 성공했다. 대학 때는 더욱 과감하게 캠퍼스 퀸카의 마음을 공략했다. 당시 그가 준비한 이벤트는 라이트페인팅이었는데, 현지 신문사에서 취재를 나올 정도로 큰 규모에 전교가 떠들썩했다. 그는 이 대대적인 이벤트로 단번에 퀸카의 마음을 사로잡았다.

퀸카와 결혼한 후에도 그는 매일 아내에게 사랑의 문자메시지를 보냈다. 예컨대 '자기야, 오늘 차를 몰고 한 상점의 쇼윈도를 지나치는데 거기 진열된 마론 인형이 어찌나 예쁘던지 당신을 꼭 닮은 거 있지! 이번 생에 내가 당신을 만난 건 정말 행운이야' 하는 식의 닭살 메시지였다. 물론 그의 아내는 자신이 드라마 속 주인공인 듯한 기분을 느꼈다.

그러던 어느 날 술자리에서 진실게임을 하는데 술에 취한 이 멀끔한 청년이 사실은 그 닭살 돋는 문자메시지를 단체 발송하고 있다 말하는 게 아닌가! 그는 아내 외에 세 명의 애인에게도 똑같이 사랑 문자를 보내고 있고, 그녀들 역시 자신들이 드라마 속 주인공인 줄 착각하고 있다며 이렇게 말했다.

"여자들은 몰디브처럼 로맨틱한 곳에 데려가면 좋아서 사족을 못 써. 여행 한 번 다녀오면 강아지보다 더 말을 잘 듣는다니까. 그런데 강아지들은 평생 나 하나만 사랑할 거냐는 질문은 안 하잖아? 여자들은 그게 좀 성가시지."

이 멀끔한 청년이 얼마나 인간쓰레기인가를 떠나 내가 하고 싶은 말은 여자들이 늘 착각하는 한 가지가 있다는 사실이다. 여자들은 흔히 남자들의 로맨틱한 이벤트가 그의 마음을 대변한다고 착각하지만 이는 어디까지나 기술에 불과하다. 어쩌면 당신에 대한 사랑이 너무 깊어서가 아니라 어서 빨리 당신을 자신의 사람으로 만들기 위해 가장 빠른 방법을 쓴 것일지도 모른다는 뜻이다. 생각해보라. 매일 꾸준히 공을 들이는 것보다 장미꽃을 선물하고, 달콤한 말을 속

삭이고, 근사한 촛불 만찬 한 끼를 먹는 게 훨씬 간단하고 효과적이지 않은가!

그래서 나는 뉴스에서 남다른 스케일의 프러포즈 소식을 접할 때마다 무서울 정도의 냉정함을 유지한다. 무엇보다 중요한 건 얼마나 멋지고 화려하게 청혼하느냐가 아니라, 결혼 후에도 변치 않을 마음임을 알기 때문이다.

미국 출장을 갔을 때 일행 중 매우 과묵하고 재미없는 목석같은 비즈니스맨이 있었다. 다른 남성들이 무리지어 스트립쇼를 보러 갈 때에도 그는 일행 중 한 여성한테 진지하게 물었다.

"방금 이 옆 상점에 발이 편하기로 유명한 신발 브랜드가 들어와 있다고 하신 것 같은데 맞나요? 아내에게 발이 편한 신발을 사주고 싶어서요."

사실을 확인한 그는 그길로 신발을 사러 직진했다.

이튿날 먹보 가이드의 안내로 정통 씨푸드 레스토랑에 갔다. 다들 로브스터의 맛에 흠뻑 빠져 정신없이 식사를 하고 있는데 '목석' 씨만은 열심히 가게 간판을 들여다보고 있었다. 내가 뭘 하는 거냐고 묻자 그는 말했다.

"레스토랑 이름 기억해뒀다가 다음에 아내와 함께 오려고요."

이것이야말로 진정한 사랑꾼의 모습이다. 누군가를 사랑할 때 꼭 달콤한 말이나 깜짝 놀랄 이벤트가 필요한 건 아니다. 언제 어디서나 자연스럽게 상대를 생각하는 그 마음이 곧 사랑이기 때문이다. 어쩌면 당신의 그는 황홀한 사랑의 속삭임을 들려주지 않을지도 모른다. 그러나 그는 당신을 위한 온갖 자잘한 일을 성실히 해나가고 있을 것이다.

사랑은 작은 디테일에 있다!

한 남자가 당신을 진심으로 사랑한다면 그의 모든 행동이 당신의 필요에 따라 달라질 것이며, 굳이 어떤 잔꾀나 기교를 부리지 않아도 그의 사랑은 시간이 갈수록 빛을 발할 것이다.

아이를 위해
이혼하지 않겠다는 말,
핑계 아닌 게 확실한가?

2년 전, '레몬'이라는 닉네임을 쓰는 소녀가 내게 이메일을 보내왔다. 그녀는 자신의 일생에서 가장 원망스러운 사람이 바로 자신의 친모라며, 그 때문에 자살을 기도한 적도 있다고 했다.

그녀가 고등학교 1학년 때 그녀의 아버지는 주식 투자에 실패했다. 역시나 그녀의 아버지는 어머니를 탓하며 폭력을 휘둘렀고 그녀의 어머니는 장 파열로 병원에 실려 갔다. 레몬은 온몸에 주사 바늘을 꽂은 채 수액을 맞고, 수혈을 하고, 산소를 공급받는 어머니의 모습을 본 후 마음이 무너졌다. 그녀는 옆 병상에서 과도를 빼앗아 자신의 손목에 가져다대고 어머니에게 말했다.

"나를 위해서 이혼을 안 한다는 말은 하지 마. 엄마가 이혼을 안 한

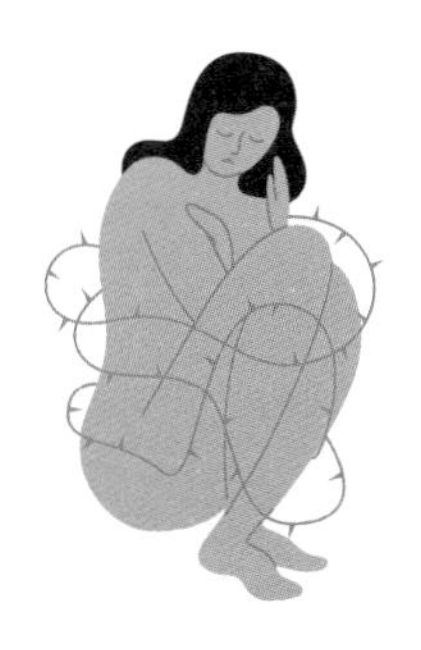

다고 하면 나 지금 여기서 죽어버릴 거야!"

그녀의 어머니는 너무 놀라 아무 말도 하지 못했다. 레몬은 어머니가 결심을 하도록 손에 쥐고 있던 칼에 힘을 실었고, 순간 손목이 베이며 그녀의 어머니의 얼굴로 피가 튀었다. 그때 그녀의 어머니는 이혼하겠다고 약속했다.

그러나 끝내 그녀의 부모는 이혼하지 않았고, 딸이 부인에게 이혼을 종용했다는 사실을 알게 된 그녀의 아버지는 그녀의 어머니와 그녀를 격리시켰다. 레몬은 고등학교 내내 기숙사생활을 했는데 그녀가 집에 돌아가지 않는 한 그녀의 어머니도 그녀에게 관심을 두지 않았다. 그때 레몬은 모든 것을 단념했다. 그녀의 어머니는 자신 때문이 아니라 그냥 남자를 떠나 살 수 없는 사람이었던 것이다.

그 후 레몬은 더 이상 내게 메일을 보내지 않았고 내가 메일을 보내도 답하지 않았다. 그녀가 지금은 어떻게 지내고 있을지 모르겠다.

내가 아는 또 다른 여성은 습관적으로 외도를 하는 아버지를 두었는데 그녀의 어머니 역시 딸을 위해 이혼할 수 없다고 말한다. 공장장인 그녀의 아버지는 공장의 경리며 얼굴이 반반한 공장 직원까지 골고루 바람을 피웠다. 게다가 그녀의 아버지는 자신이 얼마나 대단한지, 얼마나 많은 여자와 잤는지 자랑까지 하고 다녔다. 중학교 때 그녀는 반장으로서 학급 임원들을 데리고 병원에 입원한 친구의 병문안을 간 적이 있었다. 그곳에서 그녀는 성병 전문의의 진료실에서 나오는 아버지와 마주쳤다. 그 자리에 함께 있었던 남학생들은 그녀의 아버지가 매독에 걸린 게 분명하다며 비아냥거렸고 그녀는 반 전체의 놀림거리가 되었다. 그 일이 있은 후 그녀는 아버지에 대한 혐오감으로 말미암아 더 이상 아버지를 똑바로 쳐다보지 않았다.

내가 하고 싶은 말은 남편이 얼마나 쓰레기 같은 남자인지 알면서도 이혼을 하지 않는 게 정말로 아이를 위해서냐 하는 것이다. 당신이 이혼하지 못하는 이유는 어쩌면 그를 떠나 아이를 기를 수 없기 때문에, 혹은 생활수준이 대폭 낮아질 것을 두려워하기 때문일지도 모른다. 여러 해 동고동락한 남편을 남에게 넘겨주자니 죽 쒀서 개 주는 느낌이 들기 때문일 수도 있다. 혹은 체면 때문에 주변 사람들이 다른 눈빛으로 당신을 바라보는 게 두려워서인지도 모른다. 아이가 있으면 재혼하기도 어렵거니와 재혼을 하고도 삶이 녹록지 않을 거라는 생각 때문일 수도 있다.

〈내조의 여왕〉 속 여주인공처럼 남편이 외도한 걸 생각하면 속이 뒤집어지지만 이혼을 하고 처음부터 다시 시작하려면 당장 생필품부터 장만해야 하는데 아이를 데리고 고생할 생각을 하니, '됐다, 그냥 참자'라고 생각하고 있는 것은 아닌가?

그렇다. 당신이 이혼하지 못하는 이유는 아이를 위해서가 아니라 예측할 수 없는 삶에 대한 두려움을 이겨낼 수 없기 때문이다. 그러니 아이를 위해 이혼하지 않는 거라는 말은 하지 마라. 문제 가정의 부모가 이혼하지 않는다고 해서 아이들에게 좋을 것은 하나도 없다. 오히려 "너를 위해서"라는 말은 아이들을 자기혐오에 빠지게 만든다. 그 말에 아이들은 자신이 엄마에게 상처를 줬고, 부모에게 더 큰 불행을 안겼다고 생각할 것이기 때문이다.

자신을 사랑할 줄 아는 사람이 남도 사랑할 수 있으며, 엄마가 행복해야 아이도 행복해지는 법이다. 원망, 증오, 우울감을 품은 채 억지로 허울뿐인 가정을 유지한다고 치자. 이런 환경에서 정말로 아이가 건강하게 성장할 수 있다고 생각하는가?

모든 여자가
쓰레기 같은 남자의 리사이클링 센터가
되어줄 수 있는 건 아니다

석류 씨는 내 고향집의 이웃으로, 쓰촨 극단에서 단역을 비롯해 온갖 자질구레한 일을 도맡고 있다. 그녀는 매일 의식처럼 발성과 킥복싱을 연습한다.

그녀의 남편은 그녀보다 네 살 연하로 정신병원에서 간호사로 일한다. 그는 차이궈칭(중국의 가수 겸 배우)을 조금 닮았는데 그래서인지 병동의 환자들에게 인기가 보통이 아니다. 그를 보면 달려와 안기는가 하면 그와 잠을 자겠다고 말하는 여성 환자가 한둘이 아닐 정도다. 그러던 어느 날 결국 그는 바람을 피웠다. 상대는 여의사였다.

흔히 그러하듯 석류 씨는 다른 사람들이 남편의 외도 사실을 다 알고 난 후에야 그 사실을 알게 되었다. 그녀의 반응은 의외로 담담

했다. 마당에서 헛둘! 헛둘! 펀치 연습을 한 후 한 시간 동안 스쿼트를 하더니 남편이 돌아오자 단도직입적으로 물었다.

"나야, 그 여자야? 선택해!"

깜짝 놀란 그녀의 남편은 그 즉시 내연녀와 관계를 끊고 가정에 충실하겠다는 뜻을 밝혔다. 석류 씨는 그를 용서해주겠다고 했다. 그러나 그녀의 용서방식은 조금 남달랐다. 그녀는 매일 남편에게 중국의 24대 효자 빰치는 행동을 요구했고 조금이라도 자신의 마음에 들지 않으면 옛날 일을 들춰내 그에게 모욕감을 주었다. 남편의 가족, 친구, 동료 앞에서도 남편을 겨냥한 굴욕적인 언사를 서슴지 않았다.

그날 이후 이 짝퉁 차이귀칭은 한층 더 유순하고 고분고분해졌다. 이 공처가 남편이 하루는 설거지를 하다 석류 씨가 가장 아끼는 접시를 깼는데 이 일로 그는 반성문까지 써야 했다. 그래도 이 정도는 약과였다. 아내에게 의심을 사 거의 매달 얻어맞는 것에 비하면 말이다. 예컨대 그가 건너편의 발코니를 쳐다보면 석류 씨는 그가 건넛집 장씨네 며느리의 화려한 속옷을 쳐다본 거라 확신하고 그에게 손찌검을 하는 식이었다. 그녀는 공처가 남편을 그야말로 24시간 발정이 나 있는 생물로 취급했다.

이렇게 반년이 지났을까. 어느 날 밤, 석류 씨 집에서 또다시 싸우는 소리가 들려왔다. 이웃들은 으레 있는 일이니 대수롭지 않게 생각했다. 그런데 10여 분 후 한 사람이 밖으로 내처지더니 신음하며 고통을 호소하는 것이었다. 석류 씨였다. 공처가 남편은 파이프를 들고 독살스럽게 말했다.

"제기랄! 내가 당신 못 이길 것 같아? 이혼해서 미친 여자랑 결혼을 하는 한이 있더라도 당신이랑은 더 못 살아!"

듣자 하니 공처가 남편이 석류 씨의 큰 이모에게 국을 떠주었는데 석류 씨가 이를 보고 남편의 불륜을 의심한 것이 싸움의 원인이었다. 그랬다. 그녀는 피해망상증에 걸린 것이 분명했다.

그녀가 어렸을 때 그녀의 아버지도 바람을 피운 적이 있다. 석류 씨의 어머니는 용서를 택했고 그 후 그녀의 부모님은 금슬 좋게 20여 년을 보냈다. 석류 씨의 어머니가 위암으로 세상을 떠난 후에도 그녀의 아버지는 새장가를 들지 않았다. 매년 석류 씨 어머니의 기일이 돌아오면 그녀의 아버지는 아직도 눈물을 쏟는다. 그녀의 아버지는 이번 생에 이미 아내를 한 번 배신했으니 두 번은 배신할 수 없다고 말한다.

사실, 석류 씨의 어머니가 특별히 대단한 일을 한 건 아니었다. 그저 석류 씨의 아버지와 정상적인 생활을 하며 바람피운 일에 대해서는 일언반구도 하지 않았을 뿐이었다. 당시 석류 씨의 어머니는 말했다.

"바람피운 남편을 용서하는 아내는 살아 있는 파리를 삼킨 거나 마찬가지야. 물론 삼키지 않는 쪽을 선택할 수도 있지! 하지만 삼키기로 결정한 이상 쓸데없는 말은 집어치우고 자신의 선택에 책임을 져야 해."

맞는 말이다. 남자가 바람을 피웠을 때 당신에겐 두 개의 선택지가 있다. 그를 당신의 인생에서 꺼지게 하든지, 그를 용서하고 둘이 다시 0에서부터 시작하든지! 만약 상대를 용서하기로 했다면 '바람을 피우지 않은 나는 성모 마리아쯤 되는 대단한 사람이고, 바람피운 너는 평생 내 시중이나 들어야 하는 죄인이야'라는 생각은 버려야 한다.

바람피운 남자를 용서하는 것은 그리 대단한 일이 아니다. 당신은 성인군자가 아니라 단지 그를 떠날 수 없거나 떠나지 못할 뿐이다. 그를 너무 사랑해서든 그가 가진 돈을 너무 사랑해서든 대단히 고상한 이유는 아닐 것이다. 쓰레기 같은 남자를 용서하기로 한 그 순간, 당신은 그와 대등한 관계가 되니까.

그래서 쓰레기 같은 남자를 회수하는 일은 상당히 어렵다. 이를 증명하는 조사 결과도 있지 않은가? 그에 따르면 외도 후 원래의 관계를 회복하는 커플은 전체의 4분의 1밖에 되지 않는다. 대부분은 자포자기의 마음으로 끝장을 본다는 뜻이다.

이 세상의 모든 여자가 쓰레기 같은 남자에게 리사이클링 센터 같은 역할을 해줄 수 있는 건 아니다.

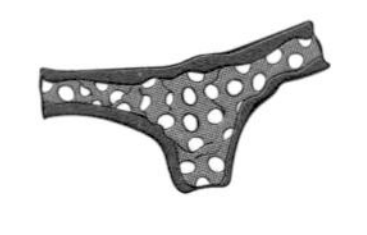

사랑에는
한 사람의 최고 지혜와
도덕적 최저선이 반영된다

사랑에는 누가 누구에게 어울리고 말고가 없다. 그녀가 그를 선택한 데에는 그에게 분명 그녀가 중시하는 무언가가 있기 때문일 것이고, 그가 바로 그녀의 스타일이었을 테니까.

여성 작가, 여성 화가, 여성 스타, 여성 감독 중에는 작품으로 보나 인품으로 보나 고상하고 때 묻지 않은 사람들이 사업가 중에서도 저속하기 짝이 없는 사람을 만나 결혼하는 경우가 종종 있다. 그리고 이 저속한 사업가들은 흔히 그녀들의 매니저를 자처하며 돈 한 푼에도 상대에게 얼굴을 붉히고, 막말과 각종 조작, 거짓말을 서슴지 않는다. 심지어 이 여성들을 보잘것없다고 생각하기도 한다. 그러나 그녀들이 이렇게 저속한 남자를 선택한 이유는 그녀들에게도 그런 저속한 면이 있기 때문이다. 만약 그녀들이 상대의 저속함을 견딜 수 없었다면 진즉 이혼을 선택했을 것이다. 저속한 남자와 오랫동안 관계를 유지할 수 있다는 건 그녀들이 우리의 생각만큼 그렇게 저속한 것에 반감을 가지고 있지 않음을 뜻한다. 즉, 그녀들은 각기 다른 역할 분배에서 고상한 역할을 맡았을 뿐이라는 얘기다.

대학 시절 전형적인 문학청년이 있었다. 그녀는 시와 글을 즐겨 썼으며 화장실을 갈 때조차도 가르시아 마르케스의 노벨문학상 수상작《백년 동안의 고독》을 손에서 놓지 않았다. 석사 과정을 마친 후 문예잡지사의 에디터가 된 그녀의 화제 속에는 언제나 로베르토 볼라뇨, 이언 매큐언, 데이비드 미첼 등의 순수문학 작가가 등장했다. 그녀의 앞에서는 연예계 가십을 꺼내는 것조차 쉽지 않았다. 마치 그녀의 귀를 더럽히는 것 같은 기분이 들어서였다. 어쨌든 그녀가 우리와 이야기를 나눌 때 문어체를 사용하지 않은 것만도 우리 같은 무식쟁이들에게는 큰 배려였다. 그녀는 허세를 부리는 게 아니라 진심으로 문학을 사랑했다. 친구들 사이에서도 알아주는 재원이었던 그녀는 원고를 쓰는 일 자체를 즐기며 원고료에는 신경 쓰지 않았다.

2009년, 그녀가 회계사와 결혼을 했다. 나는 그녀의 남편을 두 번 본 적이 있는데 그를 보고 조금 어리둥절했던 기억이 있다.

'회계사란 원래 이렇게 모든 일에 사사건건 계산기를 두드리나?'

그는 아내가 군밤을 살 때조차 가성비를 따져야 한다 말했고, 집에서 쓸 소파 방석을 사는 데에도 그의 허락을 받도록 했다.

우리는 돈 얘기를 하찮게 여기던 사람이 매 순간 돈을 밝히는 사람에게 시집갔으니 이 부부는 오래가지 못할 것이라고 생각했고, 적어도 매일 싸움이 끊이지 않을 것이라고 예상했다.

하지만 우리의 예상은 빗나갔다. 그들은 지금까지도 잘 살고 있다. 비결이 뭐냐고? 그녀가 그로 변했다. 문학을 사랑하던 그녀는 더 이상 시나 노벨문학상 수상작에 대해 이야기하지 않는다. 얼마 전 그녀를 만났을 때 그녀의 화제는 크게 세 가지로 나눌 수 있었다. 첫째, 우리 모두가 아는 사람들을 험담했다. 나보다 더 독한 말을 쏟아내는 그녀의 모습에 나는 너무나 씁쓸했다. 둘째, 그녀의 현재 직장 동료들이 하나같이 가관임을 성토했다. 집에 가는 방향이 같다고 그녀의 차를 얻어 타고는 기름값 낼 생각을 안 한다는 둥, 회사에서 자신은 열심히 일하는데 모두 농땡이를 부린다는 둥……. 셋째, 자신의 남편이 얼마나 돈을 잘 버는지, 온 가족이 몇 채의 집과 별장을 보유하고 있는지를 자랑했다. 그녀는 유럽과 미주, 대양주를 이미 전부 둘러봤기 때문에 춘제 때에는 어쩔 수 없이 두바이의 7성급 호텔에서 그럭저럭 휴가를 보냈다고 했다. 얘기를 듣고 있자니 그렇게 돈이 많다니 그 돈을 언제 다 쓸까 싶으면서 다음에는 아예 섬을 살 수밖에 없겠구나, 생각했다.

그런데 식사를 마치고 정작 계산할 때가 되자 그녀가 꿈쩍도 하지 않는 게 아닌가! 밥값을 낼 생각이 없었으면 생선회와 전복은 대체 왜 따로 주문했단 말인가? 그날 나는 어쩔 수 없이 눈물을 머금고 밥

값을 계산했다.

멀쩡한 문학청년이 어떻게 이런 속물 아줌마로 변한 거냐고? 사실, 그녀는 배우자관에서만큼은 상당히 현실적인 면이 있었다. 그녀는 남편의 직업과 수입을 마음에 들어 했고 결혼 후 두 사람이 함께 지내는 과정에서 완전히 자신을 버리며 가치관 면에서조차 타협했다.

물론 돈을 밝히는 게 나쁜 건 아니다. 그러나 돈밖에 모르는 인생은 너무 시시하다. 그녀의 동료가 흘린 소식에 따르면, 한번은 그녀가 택시를 타고 영수증 받는 걸 깜빡해 그녀의 남편에게 장장 한 시간 동안 잔소리를 들은 적이 있다고 한다. 영수증이 없으면 비용 청구를 할 수 없다는 뜻이었다. 당시 그녀의 남편이 했던 말을 그대로 옮기자면 이랬다.

"이건 돈 문제가 아니라 개념의 문제야."

그리하여 그녀는 자신의 본성 중 속물적인 면을 천천히 드러냈고 끝내 과거 문학청년의 모습을 내팽개쳤다.

부부가 서로 다른 가치관을 조정할 수 없다면 이혼하거나 둘 중 하나가 변하는 수밖에 없다. 사랑에는 한 사람의 최고 지혜와 도덕적 최저선이 반영된다는 말이 있다. 당신이 어떤 남자를 만나고, 그를 위해 무슨 짓까지 할 수 있는지는 모두 당신에게 달렸다. 찌질한 남자를 선택하면 그와 함께 찌질해질 것이고, 좋은 남자를 선택하면 당신의 잠재된 본성 중 아름다운 면을 살릴 수 있을 것이다.

PART 8

개떡 같은 세상에서 즐거움을 유지하는 법

그 시절,
인기 없던 소녀

어쩌면 지금 당신이 좋아하는 사람은 당신의 어두운 면만을 보고 있을지도 모른다.
그러나 언젠가는 당신 곁을 맴돌며 당신의 빛나는 부분을 봐줄 사람이 나타날 것이다.

노처녀는
결혼이 싫은 게 아니라
적당한 타협이 싫은 거다

쑨샤오메이가 대체 몇 번이나 이혼했는지 아는 사람은 아무도 없다. 내 생각엔 그녀 자신조차도 잊어버리지 않았을까 싶다.

원래 그녀는 '노처녀'의 표본이었다. 4년 전 그녀가 스물여덟일 때까지만 해도 그녀는 아무런 생각 없이 사는 평범한 여성이었다. 직장을 다니며 비서로 일했고, 퇴근 후에는 한국 드라마를 즐겨 보았으며 정크푸드를 좋아했다. 특히 선인장을 키우는 걸 좋아해 집에 있는 모든 선인장에 이름을 붙여주고 할 일이 없을 때면 그것들과 이야기를 나누기도 했다.

그녀가 선인장에 대고 이야기하는 모습을 본 어머니는 안달이 났다. 그녀의 어머니는 말했다.

"너무 이것저것 따지지 말고 적당한 사람 찾아서 살면 되는 거야! 네가 정말 현빈이나 이민호한테 시집갈 수 있을 거라고 생각하는 건 아니지?"

쑨샤오메이는 어머니의 기세에 눌려 하루에 열한 명의 남자를 만나기도 했다. 그녀는 안 그래도 사람 얼굴을 잘 기억하지 못하는데 마지막 남자를 만날 때에는 정말 누가 누구인지 구분이 안 가더라면서 너무 따분해 깜빡 졸기까지 했단다.

그 후 그녀는 은행에서 일하는 남자를 만났다. 꽤 성실해 보이는 사람이라 그녀의 어머니는 사윗감으로 매우 만족해했다. 그녀는 그와 혼인신고를 하고(중국에서는 보통 결혼 전에 혼인신고를 하고 식을 올린다) 식장, 신혼여행지, 호텔 등의 예약을 마쳤다. 그런데 그런 상황에서 남자가 뜬금없이 말했다.

"미안한데 내가 사랑하는 사람은 전 여자 친구뿐인 것 같아."

그렇게 쑨샤오메이는 웨딩드레스도 입어보지 못하고 '돌싱'이 되었다. 설상가상 그녀는 그와 가졌던 단 한 번의 잠자리이자 그녀의 첫날밤으로 말미암아 임신을 했다. 낙태를 하던 날 그녀는 남자에게 문자메시지를 보냈지만 그는 답장조차 하지 않았다.

그녀의 두 번째 결혼 상대는 부동산 공인중개사였다. 그는 언변도 좋고 벌이도 괜찮았으며 독서를 사랑하는 남자였다. 참고로 그가 가장 사랑하는 문학 명작은 연애소설《소녀 백결》이었다. 그를 처음 만났을 때 쑨샤오메이는 어머니에게 남자의 눈빛이 음란한 것 같지 않느냐고 말했다. 그러자 그녀의 어머니는 그 사람의 눈빛이 음란하다니 하는 말인데 너도 피부가 우중충하지 않느냐며 그런대로 괜찮으면 되는 거라고 까다롭게 굴지 말라 했다.

결국 결혼한 지 6개월 만에 그녀의 남편은 이혼을 요구했다. 쑨샤오메이가 몰인정하다는 이유에서였다. 그는 그가 요구하는 SM 플레이나 스와핑 등을 단칼에 거절하는 그녀의 태도를 문제 삼으며 그녀에게는 새로운 시도를 해보려는 열정이 전혀 없다고 말했다.

최근 그녀는 또다시 파경을 맞았다. 그들이 혼인신고를 했는지 안 했는지는 소문만 무성할 뿐 정확히 확인되지 않았다. 어떤 이는 그들이 홍콩에서 혼인신고를 했다 하고, 또 어떤 이는 혼인신고를 한 날 크게 다퉈 몸싸움 직전까지 가 결국 그날 헤어졌다고 했다.

사실, 쑨샤오메이는 그의 이름도 정확히 기억하지 못했다. 쑨샤오메이의 어머니는 그녀의 성의 없음과 무관심을 나무랐고 그녀는 이렇게 반박했다.

"엄마는 내가 지저분한 사람 제일 싫어하는 거 알면서 그런 사람한테 시집가라고 했잖아. 그 사람이랑 기차를 타면 여섯 시간 중 다섯 시간 반은 발가락을 주물럭대. 그리고 나머지 삼십 분엔 라면이나 닭다리를 먹지. 손도 안 씻고 말이야. 내가 가장 참을 수 없는 건 내 선인장에다 담뱃재를 털고 가래를 뱉는다는 거야! 그런 사람 이름을 내가 왜 기억해야 해?"

사실, 나는 결혼에 부정적인 사람이 아니다. 그저 적당히 아쉬운 대로 하는 결혼을 반대할 뿐이다. 내 한 친구는 연봉 빵빵한 직업을 가지고 있고 1년에 두 달은 여행을 다니며 내년에는 영국 유학을 떠날 예정이다. 사람들은 그녀에게 돈도 있고 시간도 있는데 왜 결혼을 하지 않느냐며 결혼하면 더 완벽한 인생이 되지 않겠느냐고 말한다. 그러면 그녀는 이렇게 답한다.

"돈도 있고 시간도 있는데 왜 굳이 결혼을 해야 하죠? 그런대로 사는 건 누구나 할 수 있잖아요? 저는 그러고 싶지 않아요. 남자가 폭력적이면 참아주고, 바람을 피우면 눈감아주고, 찌질하면 못 본 척해주고…… 내가 왜 그래야 하죠? 주변 사람들은 너무 이것저것 따지지 말고 눈을 낮추라고들 하는데 내가 상대를 사랑해서 눈을 낮추는 거면 몰라도 다들 그렇게 하니까 결혼을 위한 결혼을 하는 건 미친 짓 아닌가요? 남자를 사로잡는 법이야 알죠. 하지만 그러고 싶지 않아요. 지금은 내가 그 방법을 쓰고 싶은 정도의 남자도 없고요."

사람들은 그녀들에게 남자가 없기 때문에 적당한 타협을 원치 않는 것이라고 말한다. '가치 있게 죽을지언정 너절하게 살지는 않겠다'는 생각을 가진 노처녀를 인격적 결함을 가진 사람으로 치부하면서 말이다. 그래도 나는 여전히 이 말이 참 좋다.

'세상에서 절대 적당히 타협해서는 안 되는 일이 바로 결혼이다.'

천덕꾸러기 뚱보의 일생

나는 중학교 1학년 때부터 살이 찌기 시작했고 선생님은 그런 나를 교내 무용단에 넣으셨다. 한번은 시내에 공연을 하러 간 적이 있는데 당시 짧은 치마를 입고 무대에 설 준비를 하는 날 보고 몇몇 남학생이 이렇게 수군댔다.

"와, 백조의 호수라며? 백조가 아니라 돼지 거위 아니야?"

"다리 두꺼운 것 좀 봐. 보자마자 식욕 떨어져."

눈물을 참으며 공연을 마친 나는 그 후로 다시는 춤을 추지 않았다.

당시 내 짝은 반에서 나이가 가장 어리고 가장 장난이 심한 남학생이었다. 우리는 하루가 멀다 하고 싸웠고 그럴 때마다 그는 사악한 표정으로 내게 물었다.

"이렇게 뚱뚱하니까 똥도 굵직하겠다. 그치?"

한번은 녀석이 몰래 내 의자를 망가뜨려놨는데, 그 사실을 모르고 자리에 앉았다가 의자가 완전히 부서져 반 친구들에게 한동안 놀림을 당하기도 했다. 반 친구들은 내가 너무 무거워서 한쪽 엉덩이로 사람을 눌러 죽일 수 있다고 말했다.

나는 밥 먹을 때도 눈치를 봤다. 내가 많이 먹으면 그렇게 뚱뚱하면서 이렇게 많이 먹느냐고 말할 테고, 내가 적게 먹으면 그렇게 조금 먹는데 왜 아직도 그렇게 뚱뚱하냐고 말할 게 뻔했으니까. 날씨가 추울 때도 나는 옷을 많이 껴입을 수 없었다. 뚱보도 추위를 타냐는 말이 듣기 싫어서였다. 그렇다고 옷을 적게 입을 수도 없었다. 그들이 이렇게 말할 것이었기 때문이다.

"역시 뚱뚱하면 추위를 안 타는구나!"

뚱보는 침묵을 해도 잘못, 숨을 쉬어도 잘못, 존재 자체만으로도 잘못이었다. 나는 더 좋은 성적을 받고 더 다재다능한 사람이 되기 위해, 더 상냥하고 유머러스한 사람이 되기 위해 노력했지만 다 소용없었다. 그들의 마음속에서 나는 그저 이름 없는 '그 뚱보'였을 뿐이다.

누군가가 인터넷에 이런 질문을 올린 적이 있다.

'요즘은 왜 이렇게 마른 몸을 미의 기준으로 삼는 걸까요? 좀 뚱뚱해서 좋은 점은 하나도 없나요?'

그 답은? '없습니다'이다. 물론 엄밀히 말하면 뚱뚱해서 좋은 점도 있다. 그것은 바로 인기가 별로 없어서 마음 편히 공부에 집중할 수 있고, 책도 더 많이 읽을 수 있다는 것이다. 나처럼 말이다.

나는 좋아하는 사람이 생겨도 고백하지 못했다. 내가 뚱뚱했기 때문이다. 나를 좋아하는 사람이 있어도 그를 믿지 못했다. 내가 뚱뚱했기 때문이다. 심지어 우리 엄마조차 믿지 않았다. 모처럼 한 남자가 내게 고백을 했을 때 연애편지를 발견한 엄마의 첫 반응은 이랬다.

"말도 안 돼. 너한테 뭐 다른 마음 있는 거 아니니? 우리 집에 돈 몇 푼 있는 거 알아서 그러는 거 아냐?"

그때는 정말 내 친엄마가 맞나 싶었다. 한 네티즌은 말했다.

'나중에 딸을 낳으면 사춘기 시절에 살이 쪄서 흑역사를 겪는 일이 절대 없도록 어려서부터 몸매관리를 잘해야 한다고 알려줄 거예요. 비슷한 경험이 있는 분들은 다 아시겠지만 사춘기 때 예뻤느냐 못생겼느냐가 이후 세계관이며, 가치관, 인생관을 결정짓는 데 정말 큰 역할을 하잖아요. 그때 자신감을 키우지 못하면 평생 자신감을 키우지 못하는 것 같아요.'

아주 정확한 말이다. 사춘기 시절 내내 뚱보였다는 사실은 나의

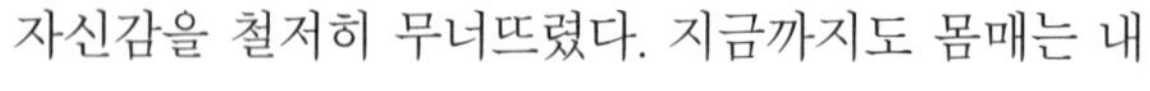

자신감을 철저히 무너뜨렸다. 지금까지도 몸매는 내가 나 자신을 인정하는 데 걸림돌로 작용하고 있다. 그렇게 긴 세월을 지나오면서 더욱 단단한 마음을 가질 수 있었고 또 나의 몸매에 대한 문제를 뛰어넘을 수도 있었지만 나는 그러지 못했다. 나는 다이

어트를 생각하면서도 살을 빼지 못하고, 살이 찌면 다시 극도의 공포를 느끼는 악순환 속에서 살고 있다. 살을 빼는 데 성공해 가장 자신감 있게 살았던 그 몇 년 동안에도 나는 조금만 살이 찌면 진심으로 나 자신을 경멸했고, 그 뿌리 깊은 열등감은 나의 모든 선택에 영향을 주었다.

나는 옷을 쇼핑하러 다니는 게 즐겁지 않다. 어떤 옷이 예쁜지가 아니라 어떤 옷이 날씬해 보이는지를 고려해야 하기 때문이다. 나는 사람을 만나러 자주 밖에 나가는 편도 아니다. 행여 나에 대한 환상이 깨질까 봐, 팬들과의 만남도 웬만하면 피하는 편이다. 그래서 나는 사인회를 고사했고, TV 출연 요청을 사양하면서 카메라 앞에 설 모든 기회를 날려버렸다. 나는 거울을 열심히 보지 않는다. 나는 내가 아직 많이 뚱뚱하지 않다는 환상 속에 살며 나 자신을 속이고 있다. 나는 사진을 찍는 것도 좋아하지 않는다. 어쩌다 용기를 내서 사진을 찍어도 그 즉시 얼굴은 더 갸름하게, 몸매는 더 날씬하게 보정한다.

뚱보의 삶은 찌질하다면 참 찌질하다. 밥을 먹을 때 자신의 입 하나 단속하지 못해놓고 먹자마자 즉시 후회한다. 매일 밤이면 침대에 누워 오늘 내가 먹어치운 음식들을 생각하며 입을 꿰매버릴까 생각하기도 한다.

그러다 이내 내가 날씬해진다면 얼마나 좋을지, 내가 미워하는 사람들은 그 모습을 보고 얼마나 아니꼽게 생각할지에 대한 상상의 나

래를 펼친다. 그러고는 다이어트 성공 후에 해야 할 일들을 나열해본다. 마치 살을 빼면 새로운 인생이 시작될 것처럼 모든 희망을 살을 뺀 이후에 거는 것이다. 그리하여 잠들기 전 나는 꼭 큰마음을 먹고 이렇게 결심한다.

'내일부터는 진짜 다이어트를 해야지!'

그런데 이 말은 전 세계에서 사람들이 가장 많이 하는 거짓말 아니던가. 혹시 밤에 잠을 자다 자신의 뚱뚱함에 놀라 깬 적이 있는가? 나는 있다. 나는 너무나 뚱뚱해진 내가 온 인류의 웃음거리가 되는 꿈을 꾸고 깜짝 놀라 잠에서 깬 적이 한두 번이 아니다.

온갖 다이어트 보조제를 먹어봤고, 인터넷 쇼핑몰에서 판매하는 정체불명의 다이어트 약도 먹었다. 그 부작용으로 한밤중에 급사하는 게 아닐까 겁이 날 정도로 심장박동이 빨라진 적도 있다. 뭐, 급사한다 해도 여전히 뚱보인 채로였겠지.

온갖 다이어트 방법도 시도해봤다. 폭음과 폭식 후 모조리 토해낸 적도 있었다. 진탕 먹고 마시면서 한편으로는 얼마나 자신을 원망하고 후회했는지 모른다. 1분 사이에도 몇 번씩 생각이 바뀌었다. 나의 머릿속에는 예쁜 몸매와 옷을 위해 얼른 먹을 걸 내려놓으라고 말하는 나와 이 짧은 인생에 자신을 괴롭힐 필요가 뭐 있냐며 '카르페 디엠(carpe diem, 지금 살고 있는 현재 이 순간에 충실하라)'을 외치는 내가 있었다.

그랬다. 나의 이런 발악과 자기혐오, 번민을 주변 사람들은 눈치 채지 못했다. 대부분의 뚱보와 마찬가지로 나 역시 겉으로 보기엔 밝고 긍정적인 뚱보였으니까.

누군가 "아이고, 어떻게 살이 또 쪘네?" 하거나 다른 사람이 "살 쪘다"고 말하려 해도 나는 아주 익숙하게 셀프 디스 모드로 전환했다.

"맞아요. 자꾸 살이 쪄서 죽겠어요. 지난번에 쇼핑을 갔는데 반대편에서 웬 아주머니가 걸어오시더라고요. 속으로 완전 뚱보 아줌마네, 라고 생각했는데 가까이서 보니까 글쎄 거울이더라고요."

그랬다. 뚱보에게는 유리 멘탈을 가질 권리가 없다. 누군가가 즈후에 '뚱보로 산다는 것'에 대한 글을 쓴 적이 있다. 그는 자신도 한때 활발하고 외향적인 뚱보로서 만인의 재롱둥이였단다. 그러나 그가 열여섯, 열일곱 즈음 섬세하고 예민한 성격이 조금씩 드러나기 시작했고 그때 그는 중요한 사실을 깨달았단다.

뚱뚱한 나는 진지함을 철저히 잃어버린 채 살아야 했다. 나는 진지해져서는 안 되는 사람이었다. 사람들이 뚱보를 그저 웃길 줄만 아는 존재로 치부했기 때문이다. 그들은 마치 '고뇌하는 뚱보? 그게 뭐야? 새로운 코미디 장르인가?'라고 생각하는 듯했다. 예를 들어 한 시인이 불행을 노래하는 시를 쓴다고 해도 그의 프로필에 피둥피둥 살찐 뚱보의 사진을 넣는 순간 그의 풍부한 감성

은 설득력을 잃었다.

그는 주변 사람들 눈에 뚱보란 침팬지처럼 우스갯짓을 할 수 있지만 인간은 아닌, 남성과 여성 이외의 또 다른 생물종임을 깨달았다고 했다.

항간의 소문에 따르면 쑨리(중국의 영화배우)가 〈옹정황제의 여인〉을 찍을 때 왕만두가 먹고 싶다며 어시스던트에게 사달라고 부탁한 적이 있다고 한다. 그러나 그녀는 사 온 만두를 반으로 갈라보고는 칼로리가 너무 높을 것 같다며 먹지 못하고 그냥 보는 것으로 만족했다고 한다.

이 이야기에 많은 뚱보가 먹고 싶은 것도 못 먹으면 사는 게 무슨 재미냐고 말했다. 그러나 뚱뚱해서 입고 싶은 옷을 못 입고, 만나고 싶은 사람도 못 만나고, 여행을 가서 온천욕도 하지 못한다면 사는 게 또 무슨 재미가 있겠는가?

이것이 바로 천덕꾸러기 뚱보의 일생이다. 그러나 가장 무서운 건 다른 사람에게 천덕꾸러기 취급을 받는 것이 아니라 스스로 천덕꾸러기라고 생각하는 것이다.

우리가 뚱뚱한 이유는 먹을 것에 미련을 두고, 마음껏 먹고 마실 기회를 잃고 싶어 하지 않기 때문이다. 그러나 뚱뚱하기에 우리는 진정으로 우리의 운명을 바꿀 기회를 잡지 못하고 더 많은 가능성을 잃는다.

그러니 지금 바로 이 책과 손에 든 간식을 내려놓고 밖으로 나가 뛰어라. 다이어트에 성공한 자신이 어떤 모습일지, 앞으로 어떤 가능성을 가지게 될지 궁금하지 않나?

얼굴과 몸매에 자신의 모든 생활 습관이 반영된다는 사실을 명심하라. '내일부터 다이어트 시작!'이라는 말은 넣어두고 바로 지금 시작하라. 아직 늦지 않았다!

'썸'을 즐기는 남자를 상대하는 법

D양은 베이비 페이스에 D컵의 글래머러스한 몸매를 가진 그야말로 베이글녀다. 빌어먹을 사실은 그녀가 겸손한 금수저라는 것이다.

D양의 생일날, 그녀는 댄디남을 만났다. 댄디남은 술을 많이 마신 그녀를 차로 집까지 바래다주었다. D양의 집 앞에 도착해 두 사람은 입맞춤을 나눴고, 댄디남은 한껏 심취한 표정으로 D양의 가슴을 만졌다. 그때 D양이 물었다.

"당신이 내 가슴 주무르고 다니는 거 천샤오잉도 알아요?"

댄디남은 잠시 당황하더니 이내 평정심을 되찾고 말했다.

"다 알았어요?"

"그녀 덕분에요. 그녀가 오늘 날 찾아와서 내 따귀를 때리지 않았다면 아마 계속 그쪽에게 놀아났겠죠. 알고 보니 참 대단한 분이시더라고요? 지난달에 결혼까지 하신 분이 나랑 썸까지 타고……. 아주 상이라도 드릴까 봐요?"

댄디남이 어색하게 말했다.

"달리 생각할 거 없어요. 난 그냥 당신이 귀여운 여동생 같아서 마음이 간 거니까."

"어디 다른 별에서 오셨나? 거기서는 여동생 가슴 만지는 게 유행인가 보죠?"

D양이 차에서 내리자 검은 정장을 입은 건장한 사내 몇이 댄디남에게 달려들었다. 이번엔 댄디남이 눈이 밤탱이가 되도록 얻어맞을 차례였다.

썸 타기는 남자들의 가장 비열한 수법 중 하나다. 내게 '그는 항상 뜨뜻미지근한 태도를 보여요. 가까워진 것 같다가도 아닌 것 같고. 왜 그러는 걸까요?'라고 질문하는 여성들이 있는데 이런 말이 있지 않던가?

'미온은 우리 삶에서 가장 좋은 온도지만 사랑에서는 사람을 죽고 싶게 만드는 온도다. 내 것인 듯 내 것 아닌 관계는 멜로드라마에 재미를 더하는 최고의 요소지만 실제 연애에서는 주먹을 부르는 요소다.'

종종 연락이 두절됐다가 다시 아무렇지도 않게 나타나 당신과 썸을 타는 남자를 이해하지 못하겠다고? 이는 당신이 그에게 어장 안의 물고기요, 애완동물이며, 장난감이라는 뜻이다.

그가 속 시원히 입장을 밝히지도 않고 관계를 인정하지도 않으면서 계속 썸을 타는 건 분명 부득이한 사정이 있어서일 거라고? 음, 맞다. 그는 외계인 또는 슈퍼맨, 배트맨이라 지구와 은하계를 구해야 하기 때문에 당신과 어울릴 시간이 없다. 그리고 당신은 연애 바보일 뿐이다.

나쁜 남자를 구원하는 일은 신에게 맡겨라

'인생을 살다 보면 몇 번쯤은 나쁜 남자와 사랑에 빠지기도 한다.'

로맨틱코미디 영화 〈골치 아픈 사랑〉에서 가장 유명한 대사다. 많은 여성이 이 대사에 무릎을 치며 공감했다. 정말 맞는 말이니까. 심지어 이 대사를 대단한 진리쯤으로 여기며 열등감에 빠진 이들도 있었다. 20, 30년을 살면서 아직 한 번도 나쁜 남자와 연애를 못 해봤는데 그럼 뭔가 불완전한 인생을 산 게 아니냐면서 말이다.

물론 마자후이(홍콩의 방송인이자 작가 겸 영화평론가)도 자신이 쓴 책의 머리말에서 이렇게 강조했다.

'한때 인간쓰레기들과 사랑에 빠졌던 경험 덕분에 비로소 철이 들었고 성숙해졌다.'

그러나 미안하지만 솔직히 바보들은 인간쓰레기 100명과 사귄 경험이 있다 해도 철이 들지도 성숙해지지도 못 한다. 나쁜 남자와의 연애는 성숙하기 위한 필수조건이 아니다. 중요한 건 연애 후의 자기반성이다.

나쁜 남자들 중에는 퇴폐적 성향을 가진 이들이 적지 않다. 그들은 불우하고 침울하며 온 세상이 자신에게 어울리지 않는다고 생각한다. 담배를 피우고, 폭음에 술주정을 하며, 싸움을 하고, 자학을 한다. 그것도 '바보야, 어서 와서 나를 구해줘'라는 표정으로 말이다. 그러면 여성들은 거기에 장단을 맞춰 그에게 아낌없이 모든 것을 바친다. 마치 록 밴드를 쫓아다니는 '그루피(groupie, 록 밴드들을 쫓아다니고 그들과 만날 기회를 찾는 사람들로 일종의 사생팬 개념)'처럼 말이다. 이런 여성들은 보답을 바라지 않고 기꺼이 자신의 한 몸을 바친다. 심지어 돈을 벌어 퇴폐남을 부양하면서 스스로 최면을 건다.

"내가 그의 곁을 떠나 그가 밥도 제대로 못 먹고 잠도 제대로 못 자면 어떻게 해요?"

"그가 약한 모습을 보이면 내 마음이 약해져요. 방금 그가 날 때렸는데도 말이죠."

"그의 불행에 내가 필요하다는 생각이 들어요."

아니 대체 그의 여자 친구가 되겠다는 건가, 엄마가 되겠다는 건가?

내 친구 중 한 명은 대학 시절 한 남자 교수를 열렬히 쫓아다녔다.

그는 자신을 쓰레기라고 말했다. 그러나 친구는 이 말을 듣고 더욱 몸이 달았다. 그가 진실하다고 생각했기 때문이다.

다음 날 그녀는 길 잃은 남자를 구원할 천사가 되리라 마음먹고 목욕재개를 마친 후 호텔 침대에 누워 그를 기다렸다고 했다. 그녀가 이 감동적인 이야기를 들려주었을 때 나는 말했다.

"딱 까놓고 말해서 구원은 개뿔! 넌 그냥 그의 바람기를 잡은 대단한 마지막 여자가 되고 싶은 것뿐이잖아."

"그래. 뭐 솔직히 그렇게 많은 여자가 침을 흘리는 남잔데 그런 남자한테 안길 수 있는 사람이 나뿐이라면 완전 뿌듯하겠지."

사실, 인생의 대부분을 나쁜 남자에게 허비하는 여성들은 보통 남자를 구원하는 일로 자신의 존재감을 증명하길 원한다. 이로써 자신이 좋은 일을 하는 좋은 사람이라는 도덕적 착각에 빠지는 것이다.

일반적으로 나쁜 남자의 주변을 맴도는 여자는 연기 욕심이 강하다. 밤새워 눈물을 흘리고, 비를 맞으며 길을 걷고, 자신의 손목을 그으며 지독한 멜로영화 속에 살고 있다 생각한다. 내가 이렇게 많은 것을 희생한 건 바로 그를 구원하기 위해서이니 얼마나 비장한가를 세상 사람들에게 보여주고 싶은 것이다.

그러나 대부분의 나쁜 남자는 구제 불능인 데다 성모님 뺨치게 자비로운 여성들의 넘치는 사랑을 받는 동안 더 나쁜 남자로 무럭무럭 자라게 마련이다. 그러니 나쁜 남자를 구원하는 일은 그냥 신에게 맡겨라.

사랑은 아낌없이 주는 것이라는 개소리

알밤은 죽음의 문턱을 경험했다. 그녀가 킹카를 사랑한 지 11년째 되던 해의 일이었다.

초등학교 6학년, 그녀가 열두 살일 때 킹카는 다른 학교에서 전학을 와 그녀와 짝이 되었다. 그때부터 시작된 킹카에 대한 짝사랑은 그녀가 킹카를 위해 온갖 궂은일을 감당하게 했고 불법을 저지르게 만들었다.

대학교 4학년 때였다. 킹카가 외국어대학에 다니는 한 퀸카에게 차이고 술독에 빠져 지내다 위장병이 걸렸다. 그런 그가 너무나도 안쓰러웠던 알밤은 자신을 여자로 생각해줬으면 한다며 용기를 내어 고백을 했다. 이에 킹카는 말했다.

"그럼 시험 삼아 삼 개월만 사귀어보자. 그래도 내가 안 되겠으면 헤어지는 걸로!"

이런 거지 같은 제안에도 그녀는 둘 사이에 대단한 전환점이라도 생긴 듯 희망에 부풀었다. 시기가 시기인 만큼 열심히 공부해 일자리를 찾아나서야 했지만 그녀는 오로지 킹카와 '작은 집'을 꾸려가는 데에만 정성을 쏟았다. 그녀는 아예 단기 월세를 구했다. 매일 킹카에게 맛있는 음식을 해주며 그에게 따뜻한 가정을 느끼게 해주고 싶어서였다. 킹카는 그녀의 정성에 조금은 감동했는지 가끔 그녀에게 메시지를 보내 너무 마르면 만지는 재미가 없으니 밥을 잘 챙겨 먹으라고 했다.

두 달 후 그녀는 자신이 임신했다는 사실을 알게 되었다. 킹카에게 전화를 걸어 언제쯤 돌아오느냐고 묻자 그가 말했다.

"다른 교생 선생님과 출장을 다녀오는 길인데 고속도로가 꽉 막혀서 꼼짝도 못하고 있어. 벌써 다섯 시간 반이나 차에 갇혀 있네. 마실 물도 없고, 먹을 것도 없고……."

그녀는 킹카가 가장 좋아하는 음료수와 초콜릿 파이를 준비해 택시를 타고 킹카가 말한 곳으로 향했다. 차가 너무 밀리는 탓에 그녀는 30여 분을 걸어서야 비로소 킹카를 발견할 수 있었다.

킹카는 늘씬하고 세련된 미모의 교생 선생님과 차 안에서 입맞춤을 하고 있었다. 그 순간 그녀는 자신이 살아가야 할 의미를 찾을 수 없었다. 그리하여 그녀가 선택한 방법은 물에 몸을 던지는 것이었다.

물에 완전히 몸이 가라앉으려 할 즈음, 그녀는 불현듯 자신이 수영을 할 수 있다는 사실이 떠올랐다. 살고자 하는 본능이 그녀를 살린 것이다.

그녀는 흠뻑 젖은 몸으로 집까지 네 시간이 넘는 길을 터덜터덜 걸었다. 길가는 사람들은 풀어헤친 머리에 하얀 롱스커트를 입고 눈물을 흘리며 걷는 그녀를 처녀귀신 보듯 했다.

이 일로 그녀는 폐렴에 걸렸고 배 속의 아이도 잃었다. 설상가상 유산수술이 잘못되어 대량의 출혈로 골반내염까지 얻었다. 일도 남자도 건강도 갖지 못하게 된 그녀는 그때 처음으로 킹카를 원망했다. 그녀는 그에게 문자메시지를 보내 따져 물었다.

'내가 널 위해 얼마나 많은 것을 갖다바치고 또 얼마나 많은 것을 희생했는데 어떻게 나에게 이럴 수 있니?'

그러자 킹카가 대답했다.

'네가 날 위해 많은 걸 해줬다는 건 나도 알아. 하지만 네가 원해서 해준 거였잖아! 이제 와서 나를 탓하는 건 반칙이지.'

그래도 최소한 알밤은 살아남았다.

그에 비하면 우리 동네의 한 여성은 더 극단적인 선택을 했다.

그녀는 부모의 사랑을 듬뿍 받으며 고생을 모르고 자란 도시 여자였다. 부모의 반대를 무릅쓰고 개천용인 남자와 결혼한 그녀는 남편이 공부를 할 때도, 집을 살 때도, 사업을 할 때도 물심양면으로 그를 도왔다. 그런 까닭에 온갖 고생을 해야 했지만 그녀는 불평 한마디

하지 않았다. 그 후 나름 성공한 그녀의 남편은 바람이 났고 조강지처인 그녀를 차버렸다.

그녀는 그길로 28층에서 뛰어내렸다. 겨울이라 물을 빼놓은 수영장 바닥으로 말이다. 사람들은 쓰레기 같은 남편이 그녀를 죽음으로 내몰았다고 말한다.

그러나 목숨을 걸고 한마디 하자면 당신을 사지로 몰아넣을 수 있는 사람은 당신 자신 외에는 아무도 없다.

당신의 사랑을 아낌없이 주는 사랑이라고 포장하지 마라. '사랑은 아낌없이 주는 것'이라는 말은 그야말로 개소리니까!

애덤 스미스가 《도덕감정론》에서 말하지 않았던가!

'남을 이롭게 하는 봉사와 헌신은 좀 더 수월하게 자신을 이롭게 하기 위한 이기심에서 비롯된다. 즉, 베풂은 보답을 얻기 위한 행동이며 이 보답은 현실적인 이익일 수도 자기 만족감이나 사회적 인정, 유전적 연속일 수도 있다.'

만약 사랑에 정말로 사심이 없다면 우리는 선택적으로 사랑을 하지 않을 것이다. 상대에게 바라는 것이 없는데 왜 굳이 옆집 아저씨가 아닌 그를 사랑하겠는가? 어쩌면 옆집 아저씨가 더 당신의 사랑을 필요로 할지도 모르는데 말이다.

그러니 솔직해지자. 우리가 누군가를 사랑하는 건 그를 위해서가 아니라 나 자신을 위해서다. 그를 보고 있어야 내가 행복하고, 그와 함께 산책을 해서 행복하며, 그와 함께 잠을 자서 행복하기 때문이라는 뜻이다. 즉, 그를 향한 당신의 헌신은 그런 헌신을 즐기고 그 헌신을 통해 가치감과 행복감을 느끼는 자신이 있기에 가능하다.

남자가 변심을 해 당신과 헤어지기를 원할 때 당신이 할 수 있는 가장 완벽한 답은 "그래"라고 말하고 미련 없이 돌아서는 것이다. 상대가 협박과 공갈로 당신의 헌신을 강요한 게 아니라 당신의 마음에서 우러나 그에게 아낌없이 주는 나무가 되어주었다면, 그래서 당신도 행복했고 즐거웠다면 그것으로 된 것 아닌가? 그러니 당신에게 마음이 없다는 남자는 하루 빨리 잊어버리고 좀 더 의미 있는 일에 시간을 쏟아라.

그런 나쁜 남자를 위해 목숨을 걸다니, 자신의 목숨을 고작 그런 쓰레기 같은 놈보다도 못한 것으로 만들 필요가 뭐 있겠는가?

그 시절,
인기 없던 소녀

최근 타이완에서 〈그 시절, 우리가 좋아했던 소녀〉의 여학생 버전이라고 할 수 있는 영화 〈나의 소녀시대〉가 선풍적인 인기를 끌었다. 그러나 내가 쓰고 싶은 이야기는 '그 시절, 인기 없던 소녀'다.

고등학교 1학년 때 내 자리는 뒤에서 두 번째 줄이었다. 맨 끝자리에 앉은 친구는 이과 과목의 천재였다. 수업 시간에는 매일 만화책을 보면서 수학, 물리학, 화학 시험은 항상 1등을 놓치지 않는 그런 타입이었다. 그러나 그는 언어와 문학에 취약했고 작문 실력은 그야말로 형편없었다. 그래서인지 그는 내가 글을 잘 쓴다는 사실을 꽤 대단하게 생각했다. 나의 주간 다이어리를 열심히 연구하며 내게 나중에 작가가 되면 좋겠다 말하기도 했다.

한번은 반 친구 하나가 내 이름을 가지고 나를 놀린 적이 있었다. 그 친구는 내 이름이 이상하다고 말했다. 그런데 그가 내 편을 들어주며 이렇게 말하는 것이 아닌가!

"내 생각엔 듣기 좋은 이름인 것 같은데?"

이 일에 대해 알게 된 내 '절친'들은 그가 나를 좋아하는 게 분명하다고 단언했다. 그때부터 나는 그가 나를 좋아한다는 증거를 수집하기 시작했다.

짝과 함께 중국에서 가장 통속적인 민간문학잡지 〈이야기 모음집〉을 읽다가 이런 일도 있었다. 당시 〈이야기 모음집〉이 거의 불온서적 취급을 받을 때였다. 한창 자극적인 부분을 읽다가 손에서 책을 놓쳤는데 하필이면 내 책상 뒤쪽으로 떨어져 선생님께 들키고 만 것이다. 선생님은 화를 내며 물었다.

"누구야? 수업 시간에 다른 책 본 사람?"

이 선생님으로 말할 것 같으면 무섭기로 유명할뿐더러 인신공격이 특기인, 한 번 혼내기 시작하면 한 시간을 넘기는 건 일도 아닌 그런 분이었다. 당시 나는 놀람과 두려움에 떨며 앞으로 내가 겪게 될 일들을 상상해보았다. 선생님께 죽도록 혼이 날 테고, 선생님은 부모님을 모셔오라고 할 테고, 어쩌면 엄마가 내 뺨을 올려붙일지도 모를 일이었다. 그렇게 내 머릿속이 온갖 상상으로 가득 채워질 즈음 그가 자리에서 일어나더니 자신이 봤다고 인정하는 것이었다.

선생님은 참 체력도 좋으시지, 장장 세 시간 동안 그를 꾸짖었다.

어쨌든 이 일로 나는 그가 나를 좋아하는 게 분명하다고 생각했다. 이후 나는 자물쇠가 달린 일기장을 구입했고, 나의 일기장은 그의 이야기로 가득 채워졌다.

고등학교 2학년 때 그는 이과를 나는 문과를 선택하면서 우리는 각자 다른 반이 되었다. 그때 그가 내게 아주 촌스러운 분홍색 액자를 선물해주었는데, 나는 그 액자가 세상 아름답게 느껴졌다.

그러던 어느 날 그에게 좋아하는 여자가 생겼다는 소문이 들려왔다. 그런데 그가 좋아한다는 여학생의 이름이 바로 내 이름 아닌가! 나는 생각했다.

'친구들에게 속마음을 털어놨나 보네. 이제 모두가 알게 되었으니 어쩜 좋아? 아, 몰라 몰라!'

한편으로는 그를 탓하면서도 또 한편으로는 달뜨는 기분을 어찌할 수 없었다. 너무 흥분한 나머지 수업 시간에도 계속 이게 꿈인지 생시인지를 확인하느라 선생님의 말씀은 하나도 귀에 들어오지 않았다.

이튿날 체조 시간이 끝나고 그와 그의 친구 몇 명이 매점에서 이야기를 나누고 있는 모습이 눈에 들어왔다. 순간 나는 고민에 빠졌다.

'네가 날 좋아한다는 걸 이미 알고 있다고 말해줘야 하나? 사실은 나도 너를 좋아한다고 말할까?'

바로 그때 그와 함께 있던 친구들이 흩어지면서 그의 옆에 서 있던 여학생이 보였다. 그는 그녀에게 곰돌이쿠키 한 상자를 건넸고 그 여학생은 자연스럽게 이를 받아들고는 먹을 쿠키를 고르려는지 머리를 숙였다. 그녀의 머리카락이 흘러내려 뺨을 덮자, 그는 또 아주 자연스럽게 손을 뻗어 그녀의 머리카락을 귀 뒤로 쓸어넘겨주었다.

그 후에야 나는 그 여학생이 우리 학교 후배이며 나와 이름이 같다는 사실을 알게 되었다. 다른 점은 그녀가 나보다 백배는 더 예쁘다는 것이었다.

훗날 나는 용기를 내어 그에게 물었다. 날 좋아하는 것도 아니면서 왜 그렇게 잘해준 거냐고. 그는 말했다.

"나는 누구한테나 다 잘해주는걸?"

그랬다. 확실히 그는 따뜻한 남자였다. 그저 내가 그를 좋아하는 마음에 내가 보고 싶은 것만 보고 있었을 뿐이다.

그 후배는 그에게 첫사랑이었다. 그가 내게 유독 잘해줬던 건 나와 그녀의 이름이 같기 때문이었다.

그가 들려준 말에 나는 아무 말도 하지 않았다. 뭐, 축하한다고 말했어야 하나? 그때 처음으로 나는 내 이름을 원망했다. 나는 내 모습을 원망했고, 나의 짝사랑을 원망했으며, 나의 존재를 원망했다. 나는 나의 모든 것을 원망했다!

내가 좋아하는 사람이 나를 좋아하지 않는다는 사실을 깨달았을 때 많은 사람이 흔히 상대가 아닌 자기 자신을 부정하듯, 나 역시 나를 부정했고 그 상처는 이루 말할 수 없이 아팠다. 나는 마라탕이며 량피(중국식 비빔면), 양꼬치, 소고기샤오빙, 딸기아이스크림 등을 흡

입했다. 온 세상을 먹어치울 기세로 열심히 먹고 또 먹은 후에야 겨우 상처를 치유할 수 있었다. 먹보에게는 역시 상처를 치유하는 데에도 음식이 최고였다.

그 후 나는 콩깍지가 단단히 씐 남편을 만났다. 분명 뚱보 아줌마처럼 생긴 나를 한결같이 아라가키 유이(일본 영화배우 겸 모델)의 닮은꼴이라고 생각해주는 그 덕분에 주변 사람들은 내게 아라가키 유이에게 무릎 꿇고 사과하라며 아우성이다. 우리는 벌써 결혼 10년 차 부부가 되었고 그의 콩깍지는 아직도 벗겨지지 않았다.

어쩌면 지금 당신이 좋아하는 사람은 당신의 어두운 면만을 보고 있을지도 모른다. 그러나 언젠가는 당신 곁을 맴돌며 당신의 빛나는 부분을 봐줄 사람이 나타날 것이다.

솔직히 예전의 그 남학생을 생각하면 원망하고 싶은 생각이 들기도 한다. 그러나 정도의 차이가 있을 뿐 학창 시절에 어리석은 짓 몇 번쯤 하지 않는 사람이 어디 있겠는가.

우리는 누군가를 좋아하기에 그와 관련된 모든 것에 관대했고 사랑에 서툴러서 정도를 몰랐을 뿐이다. 그래도 실패를 딛고 일어설 수 있는 게 바로 청춘이지 않을까? 상처를 받더라도 다시 사랑할 수 있는 건 바로 그러한 시기를 지나온 힘이 있기 때문이다. 불현듯 한 영화의 홍보 문구가 떠오른다.

'큐피드의 화살이 제대로 꽂히면 아름다운 사랑이, 큐피드의 화살이 엇갈리면 청춘의 기억이 된다.'

개떡 같은 세상에서 즐거움을 유지하는 법

초판 1쇄 인쇄 2019년 1월 21일
초판 1쇄 발행 2019년 1월 28일

지은이 | 미멍
옮긴이 | 원녕경
펴낸이 | 전영화
펴낸곳 | 다연
주 소 | 경기도 고양시 덕양구 은빛로 41, 502호
전 화 | 070-8700-8767
팩 스 | 031-814-8769
이메일 | dayeonbook@naver.com
편 집 | 미토스
디자인 | 디자인 [연:우]

ISBN 979-11-87962-15-1 (03820)

이 도서의 국립중앙도서관 출판예정도서목록(CIP)은 서지정보유통지원시스템 홈페이지(http://seoji.nl.go.kr)와 국가자료종합목록시스템(http://www.nl.go.kr/kolisnet)에서 이용하실 수 있습니다. (CIP제어번호 : CIP2019002278)